킹의 몸값
KING'S RANSOM

옮긴이 홍지로

서울대학교 영어영문학과에서 그럭저럭 성실한 영문학도 생활을 마친 후 연세대학교 커뮤니케이션대학원 방송영화학과에서 불성실한 영화학도로 살아가고 있다. 한국시네마테크협의회 소속 서울아트시네마에서 때때로 고전영화 자막 번역을 맡고 있다는 사실에 과도한 자부심을 지니고 있다. 애인 있음.

이 도서의 국립중앙도서관 출판시 도서목록(CIP)은 서지정보유통지원시스템 홈페이지(http://seoji.nl.go.kr)와 국가자료공동목록시스템(http://www.nl.go.kr/kolisnet)에서 이용하실 수 있습니다. CIP제어번호:CIP2013009131

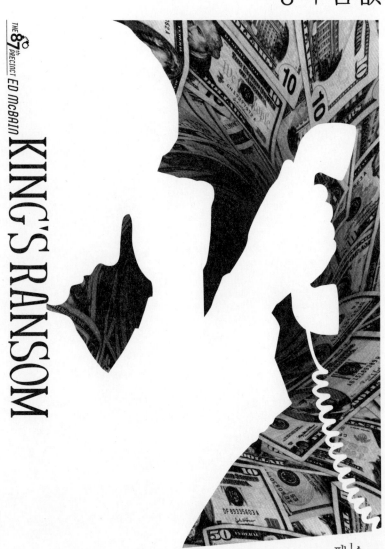

킹의 몸값

THE 87th PRECINCT ED McBAIN
KING'S RANSOM

피니스
아프리카에

사랑하는 아내 드라지카에게

이 소설 속 도시는 모두 상상에 의한 것이다.

등장인물도 장소도 모두 허구다.

다만 경찰 활동은 실제 수사 방법에 기초했다.

✝ 일러두기
본문의 모든 주는 옮긴이 주입니다.

1

둥근 퇴창과 마주한 하브 강 위로는 늦은 오후 두 주쎄 사이를 왕래하는 예인선과 바지선의 흐름이 한창이었다. 창 너머로는 11월을 향해 가는 10월 특유의 똑 부러지는 듯한 청명함 속에 오렌지색과 금색의 이파리가 더없이 파랗고 차가운 하늘을 배경으로 제각기 그 빛깔을 담대히 뽐냈다.

방 안에는 시가와 궐련 연기가 회의를 위해 모인 사람들을 자욱이 뒤덮고 있어 바깥의 날카로운 선명함이라곤 온데간데없었다. 연기는 쫓겨난 유령의 숨결처럼 허공을 맴돌면서 이른 아침 묘지의 안개처럼 마룻바닥의 널빤지에 엉겨 붙는가 하면 거친 목재가 드러나 있는 천장을 향해 솟아올랐다.

거대한 방은 머리가 빠개져라 이어진 회의의 잔재로 어수선해서 꽁초가 넘쳐흐르는 재떨이, 술 취한 군대가 퇴각하고 남긴 쓰레기처럼 방 곳곳에 흩어진 빈 잔과 반쯤 빈 잔, 탁자 위에 어지러이 널린 빈 병, 진이 빠진 나머지 이리저리 흩날리는 연기를 따라 금방이라도 공기 속으로 사라져 버릴 것만 같은 사람들로 엉망진창이었다. 지긋지긋한 피로 속에서도, 더글러스 킹의 맞은편에 앉은 두 사내는 보드빌 탭댄서와 같은 정확함을 담아 또박또박 주장을 펼쳤다. 킹은 조용히 듣고만 있었다.

"더그, 우린 다만 순익도 좀 고려해 보라는 얘기네." 조지 벤자민이 말했다.

"그리 과한 요구는 아니잖아?" 루디 스톤이 말했다.

"물론 신발 생각은 해야지. 신발을 잊어선 안 되지. 하지만 순익과 연관 지어 생각하잔 말이야."

"그레인저 제화는 어디까지나 사업체야, 더그. 사업이라고. 이익과 손실, 흑자와 적자."

"그리고 우리가 할 일은 그레인저를 흑자로 유지하는 거잖나, 그렇지? 자, 그럼 그 점을 염두에 두고, 순익에 관해서도 생각하면서, 다시 한 번 이 신발을 보게."

벤자민은 안락의자에서 몸을 일으켰다. 그는 좁은 얼굴을 검은 테 안경이 거의 뒤덮다시피 한 가냘프고 성마른 사내였다. 그는 발을 재게 놀려 소파에서 몇 걸음 떨어진 곳에 세워 둔, 놋쇠로 마감하고 유리로 위를 덮은 차수레를 향해 맹금처럼 날렵하게 미끄러져 나갔다. 수레 위는 여성용 구두로 뒤덮여 있었다. 벤자민은 그중 하나를 집어 들고는 마찬가지로 미끄러지듯 날렵하게 움직여 마치 값비싼 마룻바닥에서 몇 센티미터 위의 허공을 거니는 듯 기이한 우아함을 선보이며 이렇다 할 의견 없이 침묵을 지킨 채 앉아 있는 킹의 곁으로 걸어왔다. 그는 킹에게 신발을 들이밀었다.

"이게 과연 판매를 촉진할 신발일까?"

"조지 말을 오해하진 마." 스톤이 서둘러 덧붙였다. 거실 한쪽 벽을 따라 늘어선 책장 곁에 선 그는 남성미 넘치는 금발에다 십 대의 유연함을 겸비한 마흔다섯의 사내로, 북유럽의 신과 견주어도 부족함이 없어 보였다. 입은 옷 또한 예술가적 기질을 과시하는 체크무늬 조끼에 연청색 스포츠코트였는데, 나이에 비해서는 너무 젊은 감이 있었다. "좋은 신발이긴 해. 훌륭하지. 하지만 이젠 순익을 따져 보자고."

"적자와 흑자 말이야." 벤자민이 거듭 강조했다. "우리 관심사는 그거잖나. 맞지요, 프랭크?"

"백 프로 맞지." 프랭크 블레이크가 말했다. 그는 시가를 빨아들이고는 천장을 향해 연기 고리를 내뿜었다.

"이 신발로는 대중을 자극할 수가 없어, 더그." 스톤이 책장에서 멀어지며 말했다. "끌리는 구석이 없단 말이네."

"딱 이거다 싶은 맛이 없어." 벤자민이 말했다. "그게 문제야. 평균적인 미국 가정의 주부가 사기엔 너무 비쌀 뿐더러, 설령 살 돈이 있다 한들 이건 안 사. 미국의 부인네, 우린 그네들을 공략해야 해. 뜨거운 스토브 앞에서 땀 뻘뻘 흘리고 코를 훔치는 여인네들 말이지. 미국의 부인네가 우리의 고객이야. 미국의 부인네, 우주에서 가장 멍청한 소비자지."

"여자를 흥분시켜야 해, 더그. 그게 기본이지."

"여자들이 열광하게 해야 해."

"여자는 무엇에 흥분할까, 더그?"

"자넨 유부남이잖나. 킹 부인은 뭐에 흥분하시나?"

킹은 무심한 눈길로 벤자민을 뜯어보았다. 벤자민의 뒤편에 있는 바에 서서 술을 섞던 피트 캐머런이 문득 고개를 들더니 킹과 눈을 마주쳤다. 비밀스럽게 미소를 흘렸지만 킹은 화답하지 않았다.

"여자는 옷에 흥분하지!" 스톤이 말했다.

"드레스, 모자, 장갑, 가방, 신발!" 벤자민의 목소리는 점점 커졌다. "그중 신발이 바로 우리 사업이야. 우리가 정신 건강이나 챙기자고 사업을 하는 건 아니잖은가."

"그런 사람은 아무도 없지! 순익이란 자극과 흥분에 달린 걸세. 이 신발로는 여자들을 흥분시킬 수 없어. 이 신발을 가지곤 암말을 발정 나게 할 수 없다고!"

방은 순간 조용해졌다.

이윽고 더글러스 킹이 입을 열었다. "지금 뭘 팔자는 건가? 신발이야, 최음제야?"

그 즉시 프랭크 블레이크가 몸을 일으켰고, 두터운 남부인의 입술에서 두터운 남부 액센트가 뚝뚝 떨어졌다. 쉰여섯의 그는 젖 대신 당밀을 먹고 자란 듯한 사내였다. "더그는 자꾸 농담만 하는군.

미안한데 나는 농담 따먹기나 하려고 앨라배마에서 여기까지 날아 온 게 아니야. 그레인저사에는 내 돈이 꽂혀 있어. 그 돈이 어째 다 적잔가 했더니 조지 벤자민한테 회사 돌아가는 꼴을 들어 보니까 이제 알겠군."

"프랭크 말이 맞아, 더그." 벤자민이 거들었다. "지금 농담할 때 가 아니야. 어서 뭔가 하지 않으면 그레인저 제화는 옛말처럼 개울 이나 오르는 신세가 될 걸노 없이 개울을 오르다. 궁지에 빠져 옴짝달싹 할 수 없게 됨을 이 르는 표현."

"옛말처럼, 노도 없이 말이지." 스톤이 덧붙였다.

"내게 바라는 게 뭔가?" 킹이 온화하게 물었다.

"이제야 말이 좀 통하는군." 벤자민이 말했다. "피트, 한 잔만 더 주겠나?"

바에 있던 캐머런이 고개를 끄덕였다. 그는 잽싸게 술을 섞기 시 작했다. 움직이는 모양새가 잘 지은 회색 플란넬 양복에 자신의 체 형을 딱 맞춘 듯, 낭비 하나 없었다. 술을 섞는 동안에도 키 크고 잘 생긴 이 서른다섯 살 사내의 갈색 눈은 방 안의 사람들 사이를 바삐 오갔다.

"자네에게 뭘 바라느냐고?" 벤자민이 말했다. "좋아, 우리 요구 는 이거네."

"똑똑히 말해 주라고." 스톤이 말했다.

캐머런이 술을 가져온 뒤 물었다. "또 드실 분 계십니까?"

"나는 됐어." 블레이크는 자신의 잔을 손으로 덮었다.

"이거 좀 채워 주게, 피트." 스톤은 자신의 빈 잔을 건넸다.

"자, 더그." 벤자민이 말을 이어갔다. "지금 이 순간 이 방에는 그레인저 제화 최고의 두뇌들이 모여 있네. 그렇지? 난 판매 담당이고, 자넨 공장 담당이고, 여기 루디는 패션 코디네이터지. 우린 모두 이사회 소속이고, 다들 이 회사의 문제가 뭔지 너무나 잘 알고있네."

"그게 뭔가?" 킹이 물었다.

"노인네."

"우리가 만들 신발이 그 양반의 정책에 좌우되잖나." 스톤이 덧붙였다. "그 양반의 정책이 이 회사를 나락으로 밀어 넣고 있다고."

"그 양반은 신발과 티눈 고약도 구분 못해." 벤자민이 말했다.

"하물며 여자들 취향에 대해 뭘 알겠나? 젠장, 여자에 대해 뭘 알겠냔 말이야?" 스톤이 말했다.

"나이가 일흔넷인데 아직도 숫총각일걸." 벤자민이 덧붙였다.

"하지만 그레인저의 회장이니까, 결국 그레인저는 노인네 가는 대로 갈 수밖에." 스톤이 말했다.

"그런데 대체 왜 그 양반이 회장일까, 더그? 혹시 자문해 본 적있나?"

"더그는 머저리가 아냐, 조지. 왜 노인네가 회장인지야 당연히 알겠지."

"무슨 선거가 됐든지 제 맘대로 휘두를 수 있는 의결권주議決權株를 갖고 있으니까." 블레이크가 두 사람 사이에 끼어들었다.

"그러니 해가 가고 달이 가도 계속 회장인 게지." 고개를 끄덕이며 스톤이 말했다.

"그리고 해가 가고 달이 가도 우리는 그 양반이 이…… 어머니용 신발을 찍는 꼴이나 보고 있고!" 벤자민이 말했다.

"그리고 해가 가고 달이 가도록 회사가 곤죽이 되는 꼴을 지켜만 봐야 하고."

"그리고 내 주식값은 폭락하고. 안 좋아, 더그."

벤자민은 잽싸게 차수레 쪽으로 움직였다. 킹은 이야기를 듣는 내내 침묵을 지키고 있었다. 수레 위의 신발 더미에서 빨간 펌프스를 들어 올리는 벤자민을 보면서도 여전히 아무 말도 하지 않았다.

"자, 이 신발을 보게. 이걸 좀 보라고! 스타일! 감각! 흥분!"

"저놈 디자인은 내가 직접 감독했지." 루디 스톤이 자랑스럽게 말했다.

"더그, 자네가 휴가 가 있는 동안 샘플을 만들어 놨네."

"내가 휴가 가 있는 동안 공장에서 무슨 일이 있었는지는 나도 아네, 조지." 킹이 나직이 대꾸했다.

"그래? 그렇단 말이지?"

"그래."

"신발을 줘." 스톤이 말했다. "자세히 보여 주라고."

벤자민은 펌프스를 킹에게 건네고는 고개를 돌려 시가 연기를 뿜어대고 있는 블레이크를 힐끗 보았다. 킹은 큰 손아귀 안에서 신발을 돌려 가며 아무 말 없이 꼼꼼히 살펴보았다.

"직접 보니 어떤가?" 벤자민이 물었다. "여자들은 그걸 보면 미칠 거야. 여자들이 뭘 알겠나? 발만 예뻐 보이면 됐지, 이디 품질에 신경이나 써?"

"저 친구 속내가 훤히 보이는군." 스톤이 말했다. "노인네는 저런 신발 찍는 걸 절대 용납 안 할 거라고 생각하고 있어."

"아, 하지만 노인네는 아무 말도 못할 걸세, 더그. 우리가 오늘 여기 모인 게 바로 그 때문이지."

"아하, 우리가 그래서 모였던 거로군?" 킹이 시큰둥하게 물었지만 다들 그 목소리에 담긴 아이러니를 놓친 가운데 피트 캐머런만이 이를 감지하고는 미소를 지어 보였다.

"노인네는 의결권주를 한몫 단단히 갖고 있네." 벤자민이 눈을 가늘게 떠 보였다. "전체의 이십오 퍼센트지."

"안 그래도 의결권주 이야기가 언제 나오려나 궁금하던 차였지."

조지 벤자민이 어쩔 수 없다는 듯 웃음을 흘렸다. "이 친구는 역시 빈틈이 없단 말입니다, 프랭크. 더그 앞에선 뭐든 숨길 수가 없다니까요."

킹은 칭찬에 반응하지 않은 채 무미건조하게 말했다. "노인네는 이십오 퍼센트를 갖고 있고 자네, 루디, 프랭크 세 사람 몫은 합쳐도 이십일 퍼센트지. 선거에서 노인네를 이기기엔 부족해." 그의 침묵은 의미심장했다. "뭘 노리는 건가?"

"경영권이지." 스톤이 대답했다.

"경영권이야." 벤자민이 반복했다. "자네의 의결권주를 원하네.

자네가 우리와 함께 표를 던져 주면 좋겠어."

"으음?"

"더그, 자네에겐 십삼 퍼센트가 있지. 나머지는 선거야 어떻게 되든 나 몰라라 하는 작자들 사이에 흩어져 있고."

"자네 주식을 더하면 우리 몫은 딱 삼십사 퍼센트가 되는 거야." 루디 스톤이 말했다. "그만하면 노인네를 제치고도 남지. 어떤가, 더그?"

"같이 가자고." 벤자민은 열을 올렸다. "우린 새 회장을 뽑을 걸세. 지금 자네가 들고 있는 그런 신발을 내놓을 거고. 그 신발이면 칠 달러에 팔 수 있어. 저가 시장을 그레인저의 이름으로 도배하는 거야. 양질의 물건 따위는 집어치우라고 해! 큰돈은 물량에서 오는 법. 고급 패션계에서 명성이 자자한 회사의 이름을 내걸고 저가 시장에 파고들면 경쟁사쯤이야 우리 밥이지."

"조지 생각에 나도 찬성이야." 프랭크 블레이크가 느릿하게 말했다. "그렇게 생각 안 했으면 여기까지 오지도 않았겠지. 난 투자한 돈만 지키면 돼, 더그. 솔직히 돈만 벌 수 있다면야 어떤 신발을 팔든 별 관심 없네. 나한테 사업은 결국 그거야. 돈 버는 거."

"노인네를 투표로 몰아내자?" 킹이 되뇌었다. "새 회장을 뽑자 이거지."

"바로 그거야, 더그." 스톤이 말했다.

"누구지?"

"뭐가 누구야?"

"그럼 새 회장은 누구지?"

잠시 머뭇거리는 기색이 이어졌고 사내들은 서로 눈치를 보았다.

스톤이 말을 꺼냈다. "물론 자네 몫 십삼 퍼센트가 크기는 해. 크고말고. 하지만 반대로 자네도 우리 몫이 없으면 아무것도 할 수 없고, 또⋯⋯."

"말 돌릴 필요는 없고, 루디." 블레이크가 딱 잘라 말했다. "오늘 모임 자체도 그렇지만 저가 시장 쪽으로 전환하자는 것부터가 다 조지 머리에서 나온 거 아니겠나. 더그도 우리 제안이 공정하다는 데 별 이의 없지 싶은데."

"그래서 우린," 스톤은 폭발을 예감하기라도 한 듯 조심스럽게 말을 꺼냈다. "조지 벤자민이 회장이 돼야 한다고 생각했네."

"그래, 놀라운 얘기로군." 킹의 목소리는 건조했다.

"물론 부회장 자리는 당연히 자네지." 스톤이 서둘러 덧붙였다. "연봉도 엄청나게 오를 테고."

더글러스 킹은 한동안 사람들을 조용히 뜯어보다가 천천히 몸을 일으켰다. 소파 위에 늘어져 있는 동안은 땅딸막하다는 인상이었으나 일어선 순간 그 인상은 산산이 깨어졌다. 키는 최소 188센티미터에, 전시회에 나가는 자동차 시운전자처럼 어깨는 넓고 허리는 가늘었다. 마흔둘이라는 나이를 감안하면 관자놀이에 난 흰머리를 이른 편이라고 말해도 괜찮을지 어떨지 애매했다. 어쨌거나 그 흰머리는 강경해 보이는 그의 볼과 턱 선, 불안한 빛을 띠는 푸른 눈에 위엄을 더했다.

"그러니까 이런 제품을 만들겠단 말이지, 조지?" 그가 빨간 펌프스를 내밀며 물었다. "저가형 신발에 그레인저의 이름을 붙이겠단 거지?"

"그래, 맞아."

"아마 현재 표준 공정의 절반 정도는 없앨 수 있으리란 계산에서 나온 얘길 테지." 그는 순간 머릿속으로 계산을 해 보고는 말을 이었다. "압연과 금형을 들이려면 현재의 재단실 공정은 사실상 전부 치워 버려야겠군. 오 층에 있는 기계도 다 빼고……."

"좋은 생각 같지 않나, 더그?" 조지 벤자민이 희망 섞인 목소리로 물었다.

"그리고 이게 그 결과가 될 거란 말이지. 이 신발이." 킹은 펌프스를 바라보았다.

"그 결과 더 높은 순익이 나온단 얘기지." 블레이크가 말했다.

"괜찮은 신발이잖나, 더그." 스톤은 변호 조였다.

"노인네 때문에 우리가 곤두박질치게 생겼는지는 몰라도 최소한 그 양반은 늘 정직한 신발을 내놓았어. 자네들이 내놓으려고 하는 건 쓰레기야." 킹이 쏘아붙였다.

"잠깐, 더그, 내 말 좀 들어……."

"자네나 똑똑히 들어 둬! 난 그레인저 제화를 좋아해. 열여섯에 창고에서 일을 시작해서 지난 이십육 년을 공장에서 일했지. 군에 갔을 때를 빼면 사실상 내 성년기 전부를 이 회사와 함께했어. 난 이곳의 모든 소리와 모든 냄새와 모든 공정을 알고 있고, 무엇보다도 신발을 알아. 좋은 신발이 뭔지, 품질이란 게 뭔지! 그런 그레인 저의 이름을 이따위 쓰레기에 붙일 생각은 추호도 없어!"

"그래, 이해하네." 스톤이 말했다. "자자, 자네가 들고 있는 건 아직 샘플이야. 더 나은 신발을 뽑아내면 되지 않나. 조금만 더하면······."

"더하긴 뭘 더해? 이런 신발은 한 달이면 망가져! 허리쇠는 어디 갔지? 뒤축 보강재는 뭐다 먹었나? 선심은 또 어떻고? 까래는 얼마나 싸구려로 만든 거야?" 킹은 까래를 잡아 뜯고는 끈과 쇠도 찢어 냈다. 재빠른 손놀림 한 번에 굽도 꺾여 나갔다. 그는 파편을 양손에 모아 쥐었다. "이걸 팔겠다는 건가? '여자들'에게?"

스톤은 구두가 해체되는 모습에 분개했다. "그 샘플값이······."

"얼마나 들었을지는 나도 잘 알아, 루디."

"낭만이 밥 먹여 주는 줄 아나!" 블레이크가 노기를 띠었다. "품질과 이익이 같이 못 가면 어쩔 수 없이······."

"같이 못 간다고 누가 그럽니까? 다른 고급형 브랜드에서 들으면 깜짝 놀랄 소리를 하시는군요. 노인네에겐 불가능일지도 모르고, 당신들에게도 불가능일지 모르겠지만······."

"더그, 이건 사업이야, 사업이라고."

"사업인 건 나도 알아! 내 사업이고, 내가 사랑하는 사업이지! 신발은 내 인생의 일부고, 이제 와서 쓰레기를 만들었다간 내 인생도 악취를 풍길 거야!"

"나는 꾸준히 뒷걸음질하는 회사 주식을 계속 갖고 있을 생각 없다고. 그건 옳지 않은 거야. 그래서야……."

"그럼 팔든가요! 대체 내게 뭘 바라는 겁니까?"

"말조심하게, 더그." 벤자민이 불쑥 말했다. "이십일 퍼센트는 아직 우리에게 있고, 자네보다 더 큰 거물들도 투표로 쫓겨난 적이 있다고."

"그럼 어서 쫓아내 봐."

"거리로 나앉아 봐야 정신을……."

"내 걱정은 마시게, 조지. 어디로도 나앉을 생각은 없으니까." 킹은 빨간 펌프스의 잔해를 차수레 위에 내려놓고는 현관홀 바로 바깥에 있는 계단 쪽으로 몸을 돌렸다.

"내가 회장이 되도록 도와주면 자네 연봉도 엄청나게 오를 거야. 그러면 자네도……." 벤자민의 말이 뚝 끊겼다. "어딜 가려는 건가? 지금 내가 얘기하고 있잖나."

"여긴 아직도 내 집이야, 조지. 자네 회의도 지겹고, 자네 제안도 지겹고, 자넨 특히 넌덜머리가 나! 그러니 난 이만 가겠어. 자네도 그만 가 보지?"

벤자민은 그의 뒤를 쫓아 계단 쪽으로 걸어갔다. 좁다란 얼굴은 이제 붉게 달아올라 있었다. "자넨 내가 그레인저의 회장이 되는 게 마음에 안 드는 거지?" 그가 소리쳤다.

"바로 맞혔어."

"그럼 대체 누가 회장감이라고 생각하는데?"

"알아서 생각해 보시게나." 킹은 그렇게 말하고 계단을 올라가 사라졌다. 죽은 듯한 침묵이 뒤를 이었다. 그의 모습을 쫓아 계단 위를 바라보는 벤자민의 얼굴과 눈에 억눌린 분노가 치솟았다. 블레이크는 화난 듯이 재떨이에 시가를 짓눌러 끄고는 쿵쿵거리며 코트를 찾으러 홀의 벽장으로 향했다. 스톤은 신발을 샘플용 케이스에 담기 시작했는데, 파괴의 현장 앞에서 고개를 내저으며 조심스럽게 빨간 구두의 잔해를 주워 올리는 모습이 애틋해 보일 지경이었다. 벤자민은 결국 계단에서 몸을 돌리고는 바 곁에 선 피트 캐머런에게 다가갔다.

"저 친구, 소매 속에 뭘 숨기고 있는 건가, 피트?"

"팔이겠죠, 아마."

"빌어먹을, 농담은 집어치워! 자넨 저 친구의 보좌관이잖아. 저 꿍꿍이속을 알 사람이 자네 말고 또 있나. 자, 대체 뭐야? 말해 보라고."

"잘못 짚으신 겁니다. 짐작도 안 가는걸요."

"그럼 알아내."

"말씀하신 바를 제가 제대로 이해하고 있는 건지 모르겠군요."

"순진한 척하지 마, 피트. 우린 막 더그에게 제안을 내놓았고, 저 친구는 그걸 매몰차게 거절했어. 좀 더 정확히 말하자면 우리더러 지옥에나 가라고 했다고 해야겠지. 단단히 믿는 구석이 있지 않고서야 이십일 퍼센트나 되는 의결권주를 지옥에나 가라고 할 리 없잖나. 자, 그럼 뭘 믿고 그러는 걸까?"

"직접 물어보시지 그럽니까?"

"건방 떨지 말게. 안 어울리니까. 자네 지금 얼마나 받지? 이만? 이만오천? 그것보다 더 받을 수 있네, 피트."

"그런가요?"

홀 벽장에서 코트를 꺼낸 스톤이 두 사내 쪽으로 걸어와 뒤쪽의 계단을 가리키며 말했다. "저 자식, 이러고도 무사할 거라고 생각한다면……."

"남의 집에서 내쫓기는 기분이 과히 좋지는 않군." 블레이크가 분통을 터뜨렸다. "영 안 좋아! 다음 이사회가 언제지, 조지? 다음 투표 때 저 건방진 폐하를 도로 창고에 처박아 드리세!"

"저 친구도 압니다." 벤자민이 달래듯 말했다. "그걸 알면서도 상관없다는 듯이 구는군요. 그 말인즉 뭔가 큰 건수를 물었단 얘기죠. 그게 뭐지, 피트? 노인장이랑 거래라도 했나?"

캐머런은 어깨를 으쓱해 보였다.

"뭐가 됐든 박살을 내 주고 싶군. 그리고 그걸 거들어 주는 사람에게는 더글러스 킹의 빈자리가 기다리고 있을 거야. 그 자리가 어떤 자리인지는 알고 있겠지, 피트?"

"대강 짐작은 갑니다."

"그리고 나도 자네가 이 회사에서 자신이 가고자 하는 길을 잘 아는 사람이리라 짐작하고 있다네. 잘 생각해 보라고, 피트." 스톤이 코트와 모자를 건넸다. 벤자민은 잽싸게 코트를 걸친 다음 홈부르크 모자를 손에 들었다. "우리 집 전화번호는 아나?"

"아뇨."

"웨스틀리 힐스. WE 4-7981이야. 외울 수 있겠나?"

"전 오랫동안 더그를 보좌해 온 사람입니다."

"그럼 이제 가지를 칠 때도 됐군. 연락하라고."

"절 유혹하시는군요." 캐머런의 입가에 희미한 미소가 어렸다. "제가 명예를 아는 사람이라 다행입니다."

둘은 서로를 뚫어져라 바라보았다.

"그러게. 다행이로군." 비꼬는 듯한 목소리였다. "웨스틀리 힐스 4-7981이야."

스톤은 샘플케이스를 들어 올리고 모자를 썼다. "킹 자식, 자기가⋯⋯." 목소리가 뚝 끊겼다.

다이앤 킹이 조용히 계단을 내려와 방을 바라보며 서 있었다. 네 사람은 할 말을 잃은 채 그녀를 바라보았다. 맨 먼저 움직인 것은 스톤이었다. 그는 모자를 살짝 들어 보이며 정중히 "킹 부인."이라고 한 뒤 현관문을 열었다.

벤자민이 모자를 썼다. "킹 부인." 그도 정중히 인사한 뒤 스톤의 뒤를 따라나섰다.

블레이크는 모자를 떨어뜨리고는 더듬거리며 찾다가 다시 집어 들어 벗어진 머리 위에 얹은 다음에야 정중히 말했다. "킹 부인." 그러고는 황급히 집을 나서면서 등 뒤로 문을 쾅 닫았다.

문이 닫히자마자 다이앤이 물었다. "저 사람들이 더그에게 무슨 짓을 한 거죠?"

2

킹의 사유지—왕이 다스린단 말은 아니고—는 87분서 관할구역의 경계에 있었다. 그 너머로는 하브 강밖에 없으니 사실상 관할구역에서 가장 먼 곳이나 다름없었다. 이 한적한 사유지가 속한 구획은 하브 강의 굽이에서부터 해밀튼 다리가 만들어 내는 임의의 경계선까지 뻗어 있었고, 구획 안에는 다른 시대에서 뚝 떨어진 것처럼 보이는 집이 대략 서른 채쯤 있었다. 집들은 도시의 지극히 도회적인 풍경과는 전혀 어울리지 않는, 시골풍의 별세계 같은 분위기를 자아냈다.

이곳에 거주하는 주민을 제외한 다른 모든 시민들은 도시의 이 부분을 가리켜 '클럽'이라고 불렀다. 반면 1백 명이 될까 말까한 주민들은 이곳을 '스모크 라이즈'라고 불렀다. 그들은 이 이름을 대수

롭지 않다는 듯 들먹였지만, 실은 자기들도 그 이름이 부와 특권을 나타낸다는 사실을 알고 있었다. 스모크 라이즈는 거의 도시 안의 또 다른 도시나 다름없는 것이다. 심지어 그 지리적 위치조차 이러한 생각을 뒷받침해 주는 듯했다. 북쪽은 하브 강이 둘러싸고 있었다. 남쪽으로는 리버 고속도로를 따라 우거진 포플러 나무가 도시의 나머지 부분, 나머지 세계의 침공에 맞서 스모크 라이즈를 막아내기라도 하려는 듯 굳건한 장벽을 형성하고 있었다.

고속도로 남쪽에는 화려한 실버마인 가가 있는데, 이곳은 그 부에 있어서 스모크 라이즈의 먼 친척뻘(그러나 그만큼 부유하지는 않은)에 해당했다. 실버마인 공원과 공원을 마주보는 아파트 단지에서 더 남쪽으로 발길을 옮기다 보면, 우선 천박한 상업주의, 깜빡거리는 네온 불빛, 밤샘 영업하는 식당, 과자 가게, 그리고 피가 뚝뚝 떨어지는 단검처럼 관할구역을 가로지르는 스템 가에서 비명을 지르듯 서 있는 신호등과 마주치게 된다. 그 남쪽으로는 에인슬리 가가 있는데, 여기까지만 해도 부에서 가난으로 넘어가는 변화의 흐름이 아직 은밀한 덕분에 이 부근의 건물은 왕년에는 근사했으나 이제는 낡아 버린 홈부르크 모자와도 같은 고풍스런 위엄을 그럭저럭 간직하고 있었다. 그 다음으로 컬버 가에 이르면 이제 변화는 한층 뚜렷해서 갑작스레 적나라한 가난의 흉포함과 마주치게 된다. 칠이 벗겨지고 더러운 건물들의 그을음으로 뒤덮인 외관이 겨울처럼 싸늘한 하늘을 배경으로 줄지어 늘어서 있고, 술집들은 무표정한 가면을 쓴 주택 사이에 웅크리고 있으며, 툰드라의 강풍처럼 차가운 바람이 음침하게 휩쓰는 이 잿빛 협곡의 모퉁이마다 교회―와서 주께 빌어라―가 옹기종기 모여 있다.

남쪽으로, 남쪽으로 가다 보면 푸에르토리코인들이 라 비아 데 푸타스사창가라고 부르는 메이슨 가가 짧게 뻗어 나와 그 차가운 빙원 위에 이국적인 색채를 번뜩이며 에로티시즘을 흩뿌렸고, 거기서 그로버 가를 지나 더 내려가면 퍽치기, 칼잡이, 강간범들의 행복한 사냥터인 그로버 공원이 나온다.

그로버 가에 있는 87분서 건물은 이 공원을 마주 보고 있었다. 형사실은 건물의 2층에 있었다.

2급 형사 마이어 마이어는 그로버 가와 그 너머 공원이 내려다보이는 창문 앞 책상에 앉아 있었다. 10월의 희미한 햇살이 벗겨진 정수리에 반사되어 푸른 눈 앞에서 춤을 추었다. 앞에 있는 책상 위에는 줄 쳐진 노란 메모장이 놓여 있었다. 마이어는 맞은편의 사내가 말하는 동안 그 위에 메모를 끼적였다.

자신의 이름을 데이비드 펙이라고 밝힌 사내는 전파상을 운영하고 있다고 말했다.

"라디오 부품을 파신다는 말씀이죠?"

"어, 시중에 판매되는 그런 건 아니고요. 그러니까, 그런 것도 조금 다루기는 합니다마는 주로 햄을 상대로 하는 가게라서요. 무슨 말인지 아시죠?" 펙은 엄지와 검지로 코를 만지작거렸다. 코를 풀거나 후비고 싶어하는 것처럼 보였다. 마이어는 펙이 손수건을 갖고 있는지 궁금했다. 클리넥스를 건네려다가 괜한 상처만 줄지도 모르겠다 싶어 그만두었다.

"햄이오?"

"네, 햄이오. 먹는 햄 말고요. 그런 햄은 아닙니다." 펙은 웃더니 또 한 번 코를 만지작거렸다. "에, 그러니까 저희가 식료품점을 한다거나 그런 얘긴 아니고요. 햄이라는 건 아마추어 무선 통신사를 가리키는 말입니다. 그런 얘기죠. 저희는 주로 그 사람들에게 장비를 팝니다. 이 동네에 햄이 얼마나 많은지 아시면 깜짝 놀라실걸요. 별로 많지 않을 것 같죠, 그렇죠?"

"네, 그런 줄은 몰랐네요."

"정말 많아요. 덕분에 동업자랑 제가 하는 장사도 퍽 잘되고 있습니다. 휴대용 라디오나 하이파이 기기 같은 시제품도 조금 팔기는 합니다만 그런 건 뭐, 서비스 조로 하는 일이고요, 기본적으로는 햄을 상대로 물건을 판다 이겁니다."

"잘 알겠습니다, 펙 씨." 제발 그 코 좀 풀어 줬으면. "그래서, 신고하실 내용은 뭡니까?"

"그게 말이죠," 펙은 코를 만지작거렸다. "누가 저희 가게에 침입했어요."

"언제 있었던 일이죠?"

"지난주에요."

"왜 바로 신고하지 않고 지금까지 기다리신 겁니까?"

"그게, 침입한 사람이 별로 훔쳐간 게 없어서 굳이 신고할 필요까진 없겠다 싶었거든요. 저희가 파는 장비라는 게 꽤 무거운 편이라가게 물건을 다 실어가려면 웬만큼 힘이 세지 않으면 안 되죠. 아무튼, 딱히 많이 털린 것도 아니고 해서 동업자와 전 그냥 잊어버리기로 했습니다."

"그런데 왜 이제 와서 신고를 하시기로 한 거죠?"

"그게 말입니다, 놈이 다시 왔거든요. 그 자식, 그러니까 그 도둑놈이오."

"다시 왔다고요?"

"네."

"언제요?"

"어젯밤에요."

"이번에는 장비를 많이 훔쳐 갔나 보군요?"

"웬걸요. 지난번보다도 덜 가져간걸요."

"저기, 잠깐만요, 펙 씨. 처음부터 다시 시작해 볼까요. 그런데 혹시 클리넥스 필요하십니까?"

"클리넥스요? 클리넥스는 왜요?" 펙은 다시 코를 만지작거렸다.

마이어는 참을성 있게 한숨을 내쉬었다.

참을성이 강하기로 따지자면 아마 87분서의 모든 형사를 통틀어 마이어 마이어가 제일일 것이다. 그의 참을성은 부모에게서 물려받은 기질은 아니었다. 굳이 분류하자면 마이어의 부모는 충동적으로 일을 저지르곤 하는 편이었다. 두 사람이 처음 충동에 이끌려 저지른 일이 바로 마이어 마이어를 임신하여 낳은 것이었다. 그는 소위 말하는 늦둥이였다. 보통 아이가 곧 태어나리란 소식은 부모에게 주체 못할 기쁨을 안겨 주기 마련이지만, 자식이 생기리란 사실을 알게 된 맥스 마이어 영감의 반응은 달랐다. 맥스는 소식을 달가워하지 않았다. 전혀 아니었다. 그는 곰곰이 생각하고, 초조해하고, 골을 낸 끝에 새로 태어날 아이에게 복수할 방법을 충동적으로 결정했다. 그는 멋진 놀림거리가 되리라 기대하며 아이에게 마이어 마이어라는 이름을 지어 주었고, 그건 과연 끝내주는 농담이었다. 아이는 그 이름 때문에 거의 죽을 뻔했다.

뭐, 그것은 과장이겠다. 어쨌거나 마이어는 어른이 되었고 건강한 신체와 정신의 표본이 되었으니까. 하지만 마이어는 '이교도'들이 주를 이루는 동네에서 성장기를 보냈고, 성이 두 번 반복되는 마이어 마이어라는 이름을 지닌 정통파 유대교도라는 사실은 친구를 사귀거나 사람들의 신망을 얻는 데에는 아무런 도움도 되지 않았다. 유대인이라는 이유만으로도 즉각적인 증오를 불러일으키는 동네에서, 마이어 마이어는 자신만의 고초를 겪어야 했다. 아이들은 '마이어 마이어, 불타는 유대인'이라는 노래를 불러댔고 그 노래를 실천에 옮겨 불을 지르지만 않았을 뿐, 이 웃기는 이름의 유대인 소년에게 갖은 짓을 해댔다.

마이어 마이어는 참는 법을 배웠다. 주먹질로는 여남은 명이나 되는 아이들과 싸워 이길 수 없었다. 대신 머리 쓰는 법을 익혀야 했다. 마이어 마이어는 정신과 의사의 도움 없이 참을성과 지성을 통해 스스로 문제를 해결했다. 참을성이 절로 몸에 배었다. 참을성이 삶의 방식이 되었다. 그렇게 보면 맥스 마이어 영감의 농담도 결국 그리 해롭지는 않았다고 해야겠다. 마이어 마이어의 머리가 당구공처럼 매끈하다는 사실만 무시한다면 말이다. 사실 이것도 그렇게까지 중요한 문제는 아니었다. 이 사실을 또 다른 생물학적인 사실과 연관 지어 생각하지만 않는다면 말이다.

마이어 마이어는 고작 서른일곱 살이었다.

그는 참을성 있게 연필을 노란 메모장 위에 올려놓고 물었다. "펙씨, 처음 도둑이 들었을 때는 뭘 훔쳐 갔죠?"

"발진기였어요."

마이어는 메모를 해나갔다. "발진기는 가격이 얼마나 합니까?"

"어, 2L-2314번 육백 볼트짜리 발진기였으니까, 사십이 달러 삼십구 센트입니다. 세금 포함해서요."

"처음에 가져간 건 그게 다고요?"

"네, 그게 답니다. 원래 사십 퍼센트는 남겨 파는 물건이었으니까 손해가 그리 크지는 않았죠. 그래서 그냥 잊어버리기로 했던 거고요."

"그렇군요. 그런데 어젯밤에 다시 도둑이 들었단 말씀이죠?"

"바로 그렇습니다." 펙은 코를 만지작거리며 대답했다.

"이번에는 뭘 훔쳐갔나요?"

"자질구레한 것들입니다. 세금 포함해서 십 달러 이십이 센트에 파는 중계기 같은 거요. 배터리도 좀 가져갔고요. 접이식 개폐기도요. 뭐, 그런 것들이었습니다. 훔쳐 간 거 다 해 봐야 이십오 달러도 안 될 겁니다."

"그런데 이번엔 신고하시겠다고요?"

"네."

"왜죠? 제 말은, 이번엔 지난번보다도 액수가……."

"세 번째로 올까 봐 걱정돼서 그런 겁니다. 다음번엔 트럭 같은 걸 몰고 와서 가게를 싹 쓸어가기라도 하면 어쩝니까? 그럴 수도 있잖습니까."

"그럴 수 있지요. 이렇게 신고해 주셔서 고맙습니다. 오늘부터 가게에 특별히 주의를 기울이도록 하겠습니다. 가게 이름이 어떻게 되죠?"

"페커^{pecker,'코'라는 뜻이 있다} 부속상이오."

마이어는 눈을 깜빡였다. "어…… 어디서 따온 이름입니까?"

"그야, 제 성이 펙이잖습니까."

"그렇죠."

"그리고 제 동업자 이름은 어윈이거든요. 그래서 둘을 합쳐서 페커 부속상이라고 지었죠."

"동업자분 성함의 다른 부분을 갖다 쓰시는 편이 더 낫지 않았을까요? 이름 말고 성이라든가."

"성이오? 그렇게 하면 뭐라고 지어야 할지 모르겠는데요."

"그분 성이 어떻게 되는데요?"

"립쉬츠요."

"아." 마이어 마이어는 한숨을 내쉬었다. "가게 주소를 알려 주시겠습니까?"

"컬버 가 천팔백이십칠 번지입니다."

"고맙습니다. 잘 지켜보겠습니다."

"고맙습니다." 데이비드 펙은 코를 한 번 만지작거리고는 형사실을 나섰다.

다해서 칠십오 달러쯤 되는 장비를 도난당한 일이야 그 자체로는 그리 특별할 것이 없었다. 법전의 자구 하나하나에 매달려 모든 자질구레한 도둑질을 죄다 범죄로 규정하려 드는 사람이 아닌 다음에야 절도치고는 그리 대단한 일도 아니었다. 칠십오 달러를 잃어버리는 것쯤은 87분서 관할구역에서는 흔히 있는 일이었고, 그런 좀도둑까지 일일이 다 쫓아다니는 데 열을 올렸다가는 정말 심각한 범죄에 쏟을 시간이 남아나지 않는다. 정말이지 펙 씨의 소액 절도 신고에는 관심을 기울일 만한 구석이라곤 하나도 없었다. 형사실과 관할구역에서 벌어지는 일을 모조리 꿰고 있는 데다 축복받은 기억력마저 갖춘 마이어 마이어라는 이름의 사내가 아니라면 말이다.

마이어는 메모장에 적어 둔 내용을 검토한 뒤 방 저편에 있는 책상으로 다가갔다. 책상에 앉은 스티브 카렐라는 마지못해 한다는 듯 양 검지로 타자기를 두들겨대며 보고서를 작성하느라 바빴다.

"스티브." 마이어가 말을 걸었다. "방금 온 사람 말인데……."

"쉿, 쉿." 카렐라는 그렇게 말하고 계속해서 타자기를 두들기더니 문단을 끝마친 다음에야 고개를 들었다.

"얘기해도 돼?"

"해."

"방금 온 사람 말인데……."

"앉지그래? 커피 어때? 미스콜로에게 커피 좀 부탁하지."

"아니, 커피는 됐어." 마이어는 참을성 있게 사양했다.

"그냥 놀러 온 거 아냐?"

"아니야. 방금 컬버 가에서 전파상을 한다는 사람이 왔다 갔어."

"그래?"

"응. 가게가 두 번 연속으로 털렸다는군. 처음엔 발진기를 훔쳐 갔다는데 그게 뭐하는 물건인지는 나도 모르겠고, 두 번째엔 그냥 이것저것 잡동사니를 긁어 갔나 봐. 그 얘길 들으니까 떠오르는 게……."

"어라, 그러게?" 카렐라는 책상에서 타자기를 치우고 맨 아래 서랍을 열었다. 그는 책상 위에 종이 다발을 쏟은 뒤 허겁지겁 뒤적이기 시작했다.

"전파상 도난 사건철이 뭉텅이로 있었지?"

"그래, 맞아. 그놈의 목록이 어디 갔지?" 카렐라는 계속해서 책상 위의 서류를 뒤적거렸다. "나 참. 이놈의 서랍엔 쓸데없는 것만 가득하군. 이 친구는 이미 잡혀서 캐슬뷰에서 복역 중이고. 이건 또 뭐야……? 보석상…… 자전거…… 이건 자전거 도난 파일에 왜 안 넣은 거야? ……여기 있다. 자네가 말한 게 이거지?"

마이어는 타자로 친 종이를 바라보았다.

"맞아. 이상하지 않나?"

사실 그 목록에 이상할 것은 없었다. 지난 몇 달 사이 이곳저곳의 전파상에서 도난당한 장비를 열거한 목록일 뿐이었다. 둘은 목록 위로 몸을 구부리고(뒷장까지 꿰뚫어 볼 기세로) 자세히 검토했다.

"어떻게 생각해?"

"모르겠는데."

"자네도 뭔가 수상쩍다고 생각했으니까 여기 이렇게 반장님께 메모를 남겼을 거 아냐."

"그건 그래."

"반장님은 뭐라고 하셨는데?"

"별말 안 하셨는데. 꼬맹이들 짓이겠거니 하셨지, 아마."

"범행 수법은? 기억나?"

"전부 가게 뒤쪽 창문을 깨고 들어갔어. 그리고 전부 다 큰 물건 하나 아니면 작은 물건 몇 개만 훔쳤고."

"왜 도둑질을 그런 식으로 한 걸까?"

"규모가 작으면 신고하지 않을 거라고 생각했는지도 모르지. 아니면 아예 도둑맞은 표시도 안 났거나. 전부 동일범 소행이라는 가정하에 하는 얘기지만."

"내겐 확실히 그렇게 보이는데."

"으음. 어쨌든 별로 심각한 건 아냐."

"그야 그렇겠지. 자, 이것도 목록에 붙여 둬야지." 마이어 마이어는 말을 맺고 벗어진 머리를 긁적였다. "러시아 스파이나 뭐 그런 거 아닐까?"

"아니면 IRA 멤버거나."

<u>RADIO EQUIPMENT THEFTS</u>

<u>DATE REPORTED</u>	<u>SHOP AND ADDRESS</u>	<u>EQUIPMENT</u>	<u>SERIAL NUMBER</u>
June 11th	David Radio, 312 N. 10	Oscillator 1600 volt	216-81-R 17
		Dial	
		Battery	
July 22nd	R&L Parts, 4511 Mason Avenue	Transmitter 35.66 mg.	TX 11-4812
August 5th	Sparks, Inc. 7614 Grover Avenue	Receiver 43.66 mg.	RV 327-89L
September 8th	~~Osigier~~ *OSIKRIAS* Radio Parts, Repair & Service, South 14th and Culver	four relays (one inch by three inch)	
		six Batteries	
		thirty-five-ft. rubberized wire	

PETE:
M.O. SAME ON THESE.
MAKE ANY CONNECTION ?
Steve

"내 말은 대체 왜 이런 부속을 필요로 하냔 말이야."

"취미에 들일 돈이 없는 햄이 범인인지도 모르지."

"그럼 왜 취미를 바꾸지 않는 걸까?"

"내가 형사가 된 뒤로 더 이상 고민하지 않게 된 게 하나 있는데 말이야, 바로 동기야. 범인이 왜 범행을 저질렀는지 이해하려 들다 간 돌아 버린다고."

"추리소설 애독자의 동심을 파괴하지 말아 주시지. 수단, 동기, 기회. 이건 누구나 아는 거라고."

"난 빼 줘. 내 할 일이나 할래."

"그래."

"어쨌든 결국에는 밝혀지게 돼 있어. 모든 수수께끼가 찰칵 들어맞는 날이 오기 마련이라고. 그리고 진상은 늘 상상했던 것과는 다르지. 동기를 알고 싶으면 정신과 의사가 돼야지."

"그래도 이 장비 좀 봐. 이걸 모으려고 일곱 번을 털었잖아. 취미치고는 위험이 큰데. 이걸 다 어디다 쓰려는 걸까?"

"아, 성가시니까 저리 가." 카렐라는 그렇게 말하고는 다시 타자를 치기 시작했다.

3

다이앤 킹은 아름다운 여인은 아니었다.

그러나 그녀는 매력적인 여인이었다.

그녀의 매력은 얼굴 골격과 직결되어 있었는데, 그 골격이 할리 우드나 매디슨 가에서 생각하는 유형의 아름다움에는 부합하지 않았지만, 어쨌거나 매력적인 용모를 쌓아 올리기에 딱 알맞은 기반을 마련해 주고 있었다. 더불어 그녀의 매력에 간접적으로 보탬이 되는 다른 요소들도 있었는데, 예를 들자면 다음과 같다. (a) 수많은 화장품 회사에서 제공한 각양각색의 화장품, (b) 비교적 순탄하고 호화로웠던 삶, (c) 언제든 미장원에 갈 수 있는 여건, (d) 영화 스타처럼 지나치게 풍만한 가슴을 갖추지 못한 자신의 체형을 보완해 줄 옷을 선택할 줄 아는 타고난 취향.

다이앤 킹은 매력적이었다. 아니, 다이앤 킹은 끝내주게 매력적이었다.

이 서른두 살의 여인은 끝으로 갈수록 통이 좁아지는 검은색 실내용 슬랙스와 목이 트인 흰색 긴팔 블라우스 차림으로 호화로운 자택의 현관홀 바로 안쪽에 서 있었다. 목과 블라우스의 어깨 위에는 타월을 걸치고 있었다. 그녀의 머리칼은 과부 봉우리이며 한가운데에 V자 형태로 머리카락이 난 부분을 가리키며, 머리가 이렇게 자란 여자는 일찍 과부가 된다는 미신이 있다에서 시작하여 정수리 부근까지 수은처럼 퍼져 있는 은색 머리칼을 빼고는 입고 있는 검은 슬랙스와 같은 색이었다. 가느다란 허리에는 은색 장식 못이 박힌 허리띠를 둘렀다. 그녀는 초록빛 눈동자를 현관에서 피트 캐머런의 얼굴로 옮긴 다음 재차 물었다. "저 사람들이 더그에게 무슨 짓을 한 거죠?"

"아무것도 아닙니다." 캐머런은 그녀의 머리카락을 바라보았다. "머리카락을 어떻게 하신 겁니까?"

다이앤은 귀찮다는 듯 손을 들어 은색으로 염색한 부분을 만졌다. "그냥 리즈가 해 보라고 해서요. 그럼 아까 소리치던 건 다 뭐였는데요?"

"리즈가 아직 여기 있습니까?" 그렇게 묻는 캐머런의 목소리에는 호기심이 역력히 묻어났다.

"그래요, 아직 여기 있어요. 더그가 왜 그렇게 이십 세기 특급뉴욕과 시카고를 오가며 한때 '세상에서 가장 유명한 기차'로 명성을 떨쳤던 고속열차처럼 열을 내며 위층으로 올라가 버린 거죠? 이 높으신 분들의 회의라는 거, 정말 마음에 안 들어요. 그거 알아요, 피트? 그 사람, 올라가면서 날 보려고 하지도 않더군요."

"난 보던데." 그렇게 말하는 목소리에 뒤이어 리즈 벨류가 계단을 내려와 거실로 들어섰다. 다이앤 킹에게 부족한 아름다움이라는 게 무엇이었든 간에, 리즈 벨류는 그걸 갖추고 있었다. 타고난 금발은 미용사의 마술 따위는 필요로 하지 않았고, 짙은 속눈썹은 푸른 눈동자를 장식했으며, 코의 형상 또한 절묘했거니와 입술마저 육감적이었다. 수년 동안 가꿔 온 몸매에서 요염함이 줄줄 흘러내리는 것이 대문자 S-E-X를 네온사인으로 내건 듯한 데다, 그 명명백백한 아름다움을—이런 표현이 실례가 안 된다면— 갓 구운 에나멜처럼 부드럽고 단단한 광택으로 덮어씌우기까지 했다. 지금처럼 스모크 라이즈의 일상에 어울리게끔 간단한 스웨터와 스커트 차림에 스웨이드 플랫을 신고 백 대신 스웨이드 파우치를 들었을 뿐일 때조차 그녀의 관능적인 몸매에서는 요염함이 양동이째, 욕조째, 술통째 뚝뚝 떨어졌다. 보석은 왼손에 끼운 커다란 다이아몬드 하나뿐이었는데, 그 크기가 악성 암세포와 견줄 만했다.

"안녕이란 말 한 마디 없이 리즈 벨류를 그냥 지나칠 남자가 있으려고." 그렇게 말하는 다이앤은 위층에서 킹과 마주쳤을 때를 떠올리는 것이 분명했다.

"안녕." 캐머런이 인사를 건넸다.

"언제쯤 날 알아차리려나 했죠."

"한가할 때는 미용사도 겸하는 모양이군요."

"다이앤 머리 봤군요! 근사하지 않아요?"

"제 눈엔 별로던데요. 제 솔직함을 용서하시길. 다이앤은 새하얗게 염색하지 않아도 무척 아름다워……."

"조용히 해요, 이 짐승." 리즈가 투덜거렸다. "바로 그 부분이 매혹을 더해 주는 거예요. 다이앤을 해방시켜 주는 거라고요." 그녀는 잠시 뜸을 들였다가 다음 말은 가볍게 흘렸다. "어차피 정 마음에 안 들면 씻어 내면 그만이니까."

"일단 더그가 어떻게 생각하는지 보고." 다이앤이 말했다.

"자기야, 남자한테는 자기 몸의 어떤 부분에 대해서도 절대 의견을 구해서는 안 되는 법이야. 그렇죠, 피트?"

캐머런이 씩 웃었다. "옳으신 말씀."

다이앤은 불안한 듯 계단 쪽을 바라보았다. "그 사람은 위에서 뭘 하는 거지?"

"자기 그이? 통화 중이던데. 내가 불러 세웠더니 날 못 보고 지나쳐서 미안하다고 사과하면서 중요한 전화를 해야 한다고 하더라."

"피트, 그 사람에게 별일 없는 거 확실해요? 표정이 꼭……."

"그 표정이 뭔지 모른단 말이야? 세상에, 해럴드는 항상 그 표정인데. 곧 누군가를 죽이겠다는 뜻이잖아." 리즈가 말했다.

"죽인다고?"

"그럼."

다이앤은 황급히 캐머런 쪽을 돌아보았다. "피트, 여기서 무슨 일이 있었던 거죠?"

캐머런은 어깨를 으쓱해 보였다. "별거 아니었습니다. 모두가 더그에게 한 가지 제안을 했고, 더그는 그 사람들을 한데 모아 침을 뱉어 줬을 뿐입니다."

"우리 해럴드였다면 걷어차서 집 밖으로 쫓아냈을 텐데."

"더그도 그렇게 한 겁니다."

"그럼 된 거네. 살인 하나 날 테니까 각오해 둬, 다이앤."

"각오는 항상 하고 있어." 다이앤의 초록빛 눈동자에 근심이 어렸다. 그녀는 리즈와 캐머런에게서 몸을 돌려 바 쪽으로 걸어갔다. "하지만 이런 일이 점점 잦아지니까."

"다이앤, 그게 사업이란 겁니다. 서로 먹고 먹히는 거죠."

"그리고 살인도 재미있을 수 있어." 리즈가 덧붙였다. "느긋하게 즐겨라. 그게 내 좌우명이지." 그녀가 빙긋 웃어 보이자 캐머런은 즉각 미소로 화답했다.

만약 캐머런과 리즈 사이에 지극히 번잡스러운 사교적 언사를 살짝 넘어서는 무언가가 더 있다고 느껴졌다면, 그래서 둘이 그냥 오다가다 아는 사이 이상의 무언가를 공유한다는 기분이 들었다면, 그러한 인상은 아마도 두 사람이 수년에 걸쳐 조심스럽게 불륜의 물길을 따라 배를 타고 노닐었다는 사실에서 비롯했을 것이다. 리즈 벨류는 남편 해럴드에게 헌신적이었고 젊은 중역인 피트 캐머런은 깨어 있는 매 순간 회사 생각으로 꽉 차 있었건만 두 사람은 어떻게 해선가 시간을 내어 서로에게 이끌렸고, 망설이는 가운데 첫 만남을 가졌고, 그 후로는 쭉 바커스 축제에 가까운 밀회의 패턴 속으로 빠져들었다.

리즈 벨류는 서른다섯 살 먹은 여자들 사이에 널리 알려져 있으며 의학적으로는 '바람기'라고 명명된 질병을 앓고 있었다. 성공 가도를 달리는 재계의 거물과 결혼한 것은 좋기만 했고, 위층 하녀, 아래층 하녀에 운전기사까지 두고 스모크 라이즈에 사는 것은 경이로웠으며, 밍크와 족제비 모피를 바꿔 가며 입을 수 있게 된 것은 즐거웠으나 피트 캐머런 같은 물건이 어슬렁거릴 때면 벨류 가의 소유 재산에 하나를 더 추가하고 싶다는 유혹을 떨치기가 어려웠다. 게다가 리즈는 일상에서 들려오는 사이렌의 유혹 앞에 애써 용감히 맞서는 사람도 아니었다. 느긋하게 즐겨라. 그것이 그녀의 좌우명이었다. 그리고 자신이 기억하는 한 그녀는 언제나 그렇게 해왔다. 다행히도 피트 캐머런은 정상적인 사람이라면 누구나 그러하듯 그녀를 만족시켰고, 그녀는—캐머런 덕분에— 진짜 바람둥이가 되는 추한 모습을 피할 수 있었다. 어찌 되었든 두 사람은 공적인 자리에서는 상호협의하에 가면을 쓴 채 가벼운 성희를 일삼으며 보고 듣는 사람으로 하여금 저렇게까지 대놓고 연기를 피워대는 걸 보면 진짜 불이 난 것은 아니겠거니 하고 생각하도록 유도했다.

다이앤은 술을 한 잔 따르고는 몸을 돌려 캐머런을 마주보았다. "더그가 다른 사람 목을 그으려는 건가요?"

"그렇다고 생각합니다."

"난 그이가 로빈슨에게 그렇게 한 이후로는 어쩌면⋯⋯."

"로빈슨?" 리즈가 끼어들었다. "아, 그래, 그 땅딸막한 사람. 브리지를 참 못했지. 더그에겐 그 사람이 없는 편이 더 나아."

"누가 없는 편이 낫단 말씀이신지?" 킹은 위쪽에서 그렇게 묻고는 활기차게 계단을 내려와 곧장 바 곁에 선 다이앤에게 걸어갔다.

"전화는 하셨나요, 나리?" 리즈가 물었다.

"불통이더군요." 킹은 아내에게 가볍게 입 맞춘 뒤 물러나 그녀를 슥 훑어본 다음 은빛으로 염색한 머리를 살펴보았다. "여보, 머리카락에 달걀이 묻었는걸."

"저런데도 우린 남자들에게 잘 보이려고 기를 쓰니 원." 리즈가 툴툴거렸다.

"마음에 안 들어, 더그?"

킹은 조심스럽게 답을 골랐다. "귀여운 맛이 있는데."

"우와, 귀여운 맛이 있대!" 리즈가 흉내 냈다. "내가 저 말을 마지막으로 들은 게 졸업생 다과회 때였지. 레오 라스킨이라는 축구부 애였는데. 걔 기억나, 다이앤?"

"아니. 난 축구부는 잘 몰라서."

"난 여기까지 내려오는 블라우스를 입고⋯⋯." 리즈는 자기 배 근처의 한 부분을 가리켰다. "적어도 여기까진 잘랐어! 사실상 벌거벗은 거나 다름없었다니까. 퇴학당하지 않은 게 신기하지. 그걸 입고 레오 라스킨에게 어떠냐고 물었더니 걔가 그러더라. '귀여운 맛이 있는데'."

"그 말이 뭐 어때서요?" 킹이 물었다.

"귀여운 맛이 있다고요? 참 나, 아무리 축구 선수라도 나이는 셀

줄 알아야죠!" 리즈는 손목시계를 흘끗 보았다. "난 가야겠네. 우리 나리께 네 시까지는 들어가겠다고 약속했거든."

"이미 늦었어요." 캐머런이 말했다. "가기 전에 한잔하죠."

"안 그래도 되는데." 리즈는 그렇게 말하고는 빙긋 웃어 보였다.

"레몬 두 조각?"

"저 양반은 기억력도 좋군요. 자기가 만든 칵테일을 사양 못 하는 줄 잘도 안다니까요."

리즈의 눈은 캐머런의 눈에서 떨어질 줄 몰랐다. 다이앤과 킹은 이렇게 뻔한 연막에는 조금도 신경 쓰지 않았다. 때마침 전화가 울렸고, 다이앤이 받았다.

"여보세요?"

"보스턴으로 연결해 드리겠습니다." 교환원이 말했다.

"아, 고마워요. 잠시만요." 다이앤은 킹에게 수화기를 건넸다. "보스턴으로 연결해 달라고 했어?"

"응." 킹이 수화기를 받았다.

마티니를 섞고 있던 캐머런이 고개를 들었다. "보스턴?"

"여보세요?" 킹이 수화기에 대고 말했다.

"보스턴 전화 연결됐습니다. 잠시만 기다려 주세요." 한동안 침묵이 흐르다가 교환원의 안내가 이어졌다. "말씀하시면 됩니다."

"여보세요?" 목소리가 흘러나왔다. "여보세요?"

"핸리, 자넨가?" 킹이 물었다.

"그래, 더그, 잘 지내나?"

"잘 지내지. 그쪽은 어떻게 돼 가나?"

"예상했던 대로야, 더그."

"저기, 이 일을 빨리 마무리해야겠네."

"얼마나 빨리?"

"오늘 안에."

"왜? 무슨 문제라도 생겼나?"

"마지막 결전을 위해 여기에 장의사들이 모였었지. 그치들은 그리 오래 기다리지 않을 거야. 우리 친구는 뭐라던가?"

"그냥 오 퍼센트를 끌어안고 가겠다는데, 더그."

"뭐? 대체 왜?"

"자기 생각에는······."

"됐어, 관심 없어. 그 오 퍼센트는 나머지만큼이나 중요하니까 꼭 얻어 내. 그냥 얻어 내라고, 핸리!"

"최선을 다해 보기야 하겠지만 대체 어떻게······?"

"어떻게 하든 상관없으니까 그냥 하라고! 돌아가서 어깨에 기대고 울든, 손을 붙잡든, 침대를 같이 쓰든, 얻어 내!"

"시간이 좀 걸릴 텐데."

"얼마나?"

"그게······ 솔직히 나도 모르겠군. 바로 만나 볼 순 있지만."

"그럼 어서 가. 만난 즉시 다시 연락하고. 기다릴게. 아, 그리고 핸리, 난 자네가 성공한다는 전제하에 움직일 거야. 그러니까 일 망치지 말라고. 알았나?"

"노력해 보지."

"노력만으론 안 돼. 꼭 해내라고. 전화 기다리겠네." 더글러스 킹은 전화를 끊고 캐머런을 돌아보았다. "피트, 자네가 보스턴으로 가 줘야겠네."

"제가요?" 캐머런은 리즈에게 마티니를 건넸다.

"행운아군요!" 리즈가 끼어들었다. "나는 스콜레이 광장보스턴 도심에 있는 광장이 너무 좋던데."

"보스턴에 두툼한 수표 한 장 들고 가서 핸리에게 전해 주게. 그럼 내 평생 가장 큰 건수를 해치우게 되는 거야!"

"변호사까지 개입했다면 크긴 큰가 보군요. 무슨 일이죠, 더그?"

"말하면 부정 타." 킹은 웃었다. "다 끝날 때까지는 얘기하지 않겠네. 때가 되면 말해 주겠지만 확실해지기 전까지는 안 돼. 그럼 자넨 어서 전화해서 보스턴행 비행기 시간을 알아봐. 위층 전화를 쓰게. 이 전화는 핸리와 연락을 위해 비워 둬야 하니까."

"알았어요, 더그." 캐머런은 계단을 올라가다가 잠시 멈춰 리즈를 바라보고 말했다. "작별 인사도 없이 먼저 가진 않겠죠?"

리즈는 마티니를 들어 보였다. "달링, 내가 항상 작별 인사를 미적거린다는 걸 알잖아요."

캐머런은 미소를 짓고 계단을 올라갔다. 킹은 날카롭게 손뼉을 한 번 치고는 방 안을 걸어 다니기 시작했다.

"하이에나 같은 자식들, 깜짝 놀라겠지! 시체 주위에서 어정거리다 죽은 줄 알았던 몸이 벌떡 일어나 주둥이를 후려갈기면 어떤 표정을 짓는지 두고 보자고! 날더러 자기들과 함께하자니, 그게 말이나 되는 소리야, 다이앤?"

"실례합니다, 킹 선생님." 목소리가 들려왔다.

거실 반대편에서 들어온 사내는 나이가 아무리 많아도 서른다섯을 넘지 않았을 테지만, 언뜻 보기에는 그보다 훨씬 늙어 보였다. 그가 거실 문간에 주저하듯 서서 어깨를 웅크리고 있었던 데다 운전기사 복장까지 더해지면서 그러한 인상을 한몫 거들었으리라. 그의 이름은 찰스 레이놀즈였지만 킹의 집안 모든 사람들에게는 그저 레이놀즈라고만 불렸다. 어쩌면 이름 끝자락으로만 불리는 사람이란 최후의 궁지에 몰린 사람인지도 모른다. 여하간 그에게는 거의 눈에 보이다시피하는 나약함이 깃들어 있었다. 그를 보고 있노라면 손을 내밀었을 때 물컹물컹하고 끈적거리는 물질이 만져질 것만 같은 기분이 들었다. 또한 그를 보고 있노라면 극도의 동정심과 슬픔도 우러났다. 그의 아내가 죽은 지 1년도 채 되지 않았다는 사실을 모르더라도, 그가 킹의 차고 위에 있는 방을 어린 아들과 함께 쓰면서 배우자를 잃은 사람의 서투른 손길로 아이를 키우고 있다는 사실을 모르더라도—이런 사실을 알지 못하더라도 그를 보면 동정심이 일었고, 이 세상의 떠돌이 같은 존재라는 게 절로 느껴졌다.

"무슨 일이지, 레이놀즈?"

"죄송합니다. 방해할 생각은 없었습니다."

"방해하지 않았네." 킹의 목소리는 퉁명스러웠다. 킹은 자신 같은 사람을 좋아했으며 나약함을 참지 못하는 성미였건만, 나약함은

이 사내의 힘이었다.

"저는 그저 제 아들…… 제프가…… 혹시 여기 있을까 해서요."

"그건 우리 부인께서 아실 문제로군."

"위층에서 바비랑 놀고 있어요, 레이놀즈."

"아, 그렇군요. 괜히 귀찮게 해 드려 죄송합니다만 날이 좀 쌀쌀해진 터라 밖에 나가 놀려면 코트를 입혀야겠다 싶어서요."

다이앤은 숙련된 어머니의 눈길로 레이놀즈의 손에 들린 오버코트를 살펴보았다. "그건 좀 무겁겠는데요. 이미 바비의 스웨터 하나를 입혀 줬답니다."

레이놀즈는 처음 보기라도 하는 듯한 눈길로 코트를 내려다보았다. "아……." 소심한 미소가 입가에 떠올랐다. "고맙습니다, 부인. 뭘 입혀야 좋을지 몰라서……."

"이따가 캐머런을 공항까지 태워 줬으면 하는데." 킹이 끼어들었다. "준비해 주겠나?"

"알겠습니다. 언제쯤 출발할까요?"

"아직 확실히 정하진 않았어. 정해지면 부르겠네."

피가 얼어붙을 듯한 비명이 위층 어딘가에서 터져 나오더니 뒤이어 더 소름끼치는 소리가 들려왔고, 곧바로 계단 위를 코끼리처럼 쿵쾅거리는 소리가 잇따랐다. 파란색 스웨터를 입고 이마 위로 금발을 드리운 바비 킹이 계단을 부리나케 내려오는 가운데, 제프 레이놀즈가 뒤를 바짝 쫓고 있었다. 언뜻 보면 두 소년은 형제 같았다. 둘 다 금발에 키와 체격도 비슷하고 장난감 소총을 들었으며 똑

같이 새된 소리로 비명을 지르고 있었으니까. 그러나 둘 다 여덟 살
인 데다 사실 체격과 머리색을 빼면 조금도 닮은 구석이 없었으니
이란성 쌍둥이일 가능성만 제외하면 둘이 형제일지도 모른다는 가
설은 금세 깨어졌다. 아이들은 거실에 있는 사람들은 안중에도 없
이 발을 구르고 고함을 질러대며 현관문으로 향했다.

"어이!" 킹이 소리치자 그의 아들은 상상 속의 말을 멈춰 세웠다.

"워, 워!" 바비가 대답했다. "왜요, 아빠?"

"어디 가는 거냐?"

"밖에 놀러요."

"작별 인사라도 하고 가는 건 어때?"

"작별 인사라니." 리즈 벨류가 눈을 크게 뜨고 눈동자를 굴리며
말했다. "이거 어째 익숙한 풍경이네."

"우리 엄청 바빠요, 아빠."

"왜? 어디 불이라도 났어?"

"불은 안 났어요, 킹 아저씨." 제프가 대답했다. "하지만 할 게임
이 있어서요."

"그래? 무슨 게임인데?"

"크릭^{Creeks}인디언 놀이요."

"그게 뭐지?"

"어서 집에 가지 않으면 내가 오르게 될 것이죠^{'크릭'을 '개울(creek)'로 해석}
_{하여 '노 없이 개울을 오르다: 궁지에 빠져 옴짝달싹 할 수 없게 됨'이라는 속담을 빗댄 농담.}" 리즈가
말했다.

"인디언이에요. 크릭은 인디언 부족이잖아요. 모르세요?"

"아, 그렇구나."

"교대로 크릭을 맡고 있어요." 바비가 설명했다. "각자 숲에 숨은 상대방을 찾아야 해요. 제가 기병대고……."

"맙소사, 이 분위기는 너무 익숙한데." 리즈가 말했다. "난 여기서 빠져나가야겠어."

"……제프가 크릭일 때는 제가 얠 찾아야 해요. 제가 얠 잡으면……."

"그래서 무기를 든 게로구나?" 킹이 아이들이 손에 쥔 장난감 소총을 가리켰다.

"당연하죠." 바비의 목소리는 엄숙했다. "무기도 없이 숲에 들어갈 순 없잖아요?"

"그렇겠지."

"집에서 너무 멀리 떨어지면 안 된다, 바비." 다이앤이 말했다.

"안 그럴게요, 엄마."

"이번엔 누가 크릭이지?" 킹이 물었다.

"저요!" 제프가 대답하고는 전쟁의 함성을 내지르면서 방을 따라 돌며 춤을 추었다.

"제프!" 레이놀즈가 어쩔 줄 몰라하며 꾸짖었다.

"의식을 치르는 거예요." 그의 아들이 설명했다.

"그렇게 소리 지르면 안 돼. 그리고 킹 부인께서 빌려 주신 스웨터 조심히 입고."

"알았어요." 제프가 밝은 빨간색 스웨터를 건성으로 훑어보며 대답했다. "안 잡힐 거니까 걱정 마세요."

"잡히든 말든 상관없으니까 그저……."

"과연 안 잡힐까?" 킹이 끼어들었다. "아들아, 꼭 잡아야 한다. 가문의 명예가 달린 일이야."

"잡을 거예요." 바비가 씩 웃었다.

"네 전략은 뭐냐?"

"에?"

"계획 말이야."

"그냥 쫓아가서 잡는 거요." 바비는 어깨를 으쓱했다.

"절대 남을 쫓아가면 안 돼." 킹이 충고했다. "그런 식으로 하는 게 아냐. 넌 도움이 좀 필요할 것 같구나."

"더그, 날도 어두워질 텐데 알아서 놀라고 내버려 둬." 다이앤이 말했다.

"그럴 거야." 킹은 미소 지었다. "하지만 이 녀석에겐 머리 가죽 사냥 전문가의 조력이 필요할 것 같은데? 이리 와 봐라, 바비." 그는 아들을 곁으로 불러 제프가 대화를 들을 수 없도록 속삭였다. "나무 위로 올라가, 알겠니? 그 위에서 제프를 지켜보는 거야. 뭘 하든 지켜봐. 그렇게 하면 쟨 네가 어디 있는지도 모를 테니까 네가 모든 패를 쥐게 되는 거지. 그러다가 제프가 이다음엔 뭘 하려고 하는구나 하는 게 확실해지면 한 방 먹이는 거야. 덥석 덮치는 거지!"

"더그!" 다이앤이 질겁했다.

"당신은 들으면 안 되는 거였는데."

"하지만 나무 위로 올라가는 건 규칙에 어긋나요, 아빠."

"규칙은 네가 만드는 거야! 이길 수만 있으면 돼."

"더그, 애한테 대체 무슨 소릴 하는 거야?"

"인생의 진리인데 뭘." 리즈가 대신 대답했다.

"애들은 그냥 밖에 나가서 게임을 하려는 것뿐이잖아."

"왜 나는 아무도 안 도와줘요?" 제프가 아버지를 바라보았다. "난 어떻게 해요, 아빠?"

레이놀즈는 깜짝 놀란 데다 고용주가 곁에 있다는 사실 때문에 당황한 기색이 역력했다. "그게…… 그러니까…… 바위 뒤에 납작 엎드려 있어. 그렇게 하면 절대 못 찾을 거다."

"움직이기 전까지는 말이지, 제프." 킹이 말했다. "움직였다간, 조심해야 할 게다!"

"그렇지만 움직이지만 않으면 안전하단 얘기지." 레이놀즈가 허울 좋은 논리를 내세웠다.

"아무도 움직이지 않는다면 게임도 없어. 그럼 무슨 재미야?" 킹이 말했다.

"애들아, 그냥 너희들이 하고 싶은 대로 최선을 다해서 놀면 되는 거야." 다이앤 킹의 목소리는 다소 쌀쌀맞았다. "이제 가서 재밌게 놀렴."

전쟁의 함성이 다시 터져 나왔고, 소총도 다시금 허공으로 쳐들렸다. 빨간 스웨터와 파란 스웨터가 뒤섞여 보라색 얼룩을 만들어

내며 현관문으로 향했고, 뒤이어 문이 쾅 닫히는 소리가 집 안을 뒤흔들었다.

"와우!" 리즈가 말했다.

"그럼 저는 캐머런 씨께서 준비하시는 대로 가실 수 있도록 차를 대기해 두겠습니다." 레이놀즈가 말했다.

"그러게." 킹은 레이놀즈가 방에서 나가기도 전에 그를 머릿속에서 지워 버렸다.

"고맙습니다." 레이놀즈는 식당으로 돌아가 부엌 쪽으로 방향을 틀더니 그림자 속으로 사라졌다.

다이앤은 그가 완전히 사라질 때까지 기다렸다가 입을 열었다. "그런 소릴 하면 어떡해, 더그."

"어? 내가 뭘?"

"나무 위에 올라가서 보다가 덮치라며. 규칙은 내가 만든다! 무조건 이겨라! 뭘로 키우려는 거야? 정글 호랑이?"

"으음, 맞아. 어미를 닮은 놈으로 말이지. 눈은 번쩍이고 이빨은 날카롭고⋯⋯."

"더그, 나 진지해!"

"저이도 마찬가지야." 리즈가 잽싸게 끼어들었다. "지금 자기한테 구애하고 있는 거 모르겠어? 난 이만 가 봐야겠네."

"애한테 그게 할 소리냐고!" 다이앤이 역정을 냈다. "덮치라고! 나 원, 기가 막혀서. 당신은⋯⋯ 당신은 애가 커서 혹시, 음⋯⋯ 그러니까⋯⋯?"

"강간범?" 리즈가 거들었다.

"그래. 고마워, 리즈."

"안 될 거 있나. 부전자전······."

"지금 이게 농담으로밖에 안 들리나 본데, 내가 보기엔 하나도 안 웃겨."

리즈 벨류는 한숨을 내쉬었다. "허리케인 다이앤에 대한 태풍 경보를 발령합니다."

"적당히 해 둬." 다이앤은 단호했다. "그만큼 봐 왔으면 내가 정말 화가 났는지 아닌지 알 때도 됐잖아." 그녀는 분노가 조용히 끓어오르기를 좀 더 기다렸다가 이내 폭발했다. "덮쳐라, 덮쳐라, 덮쳐라! 당신이 이 보스턴 건을 덮치듯이, 불쌍한 로빈슨에게 그랬듯이 말이야!"

"불쌍한 로빈슨이라고?"

"그래, 무슨 얘기인지는 당신도 잘 알겠지."

"그냥 해고일 뿐이잖아. 그게 무슨 범죄라도 된단 소리야?"

"해럴드는 날마다 사람을 해고한다고." 리즈가 명랑하게 말했다.

"그렇겠죠." 킹이 말했다. "여보, 사업을 하다 보면 말이야, 다른 사람 걱정만 해 줄 수는······."

"알아, 하지만 왜 그 사람을 해고했지? 방법은 또 어땠고? 로빈슨 가족은 우리 친구였잖아."

"친구? 브리지 몇 번 같이 했다고 친구야?"

"몇 번이 아니었어. 그리고 친구였다고!"

"좋아, 친구라고 해 두지. 하지만 그 이상은 아냐." 킹이 잠시 말을 골랐다. "그 친구 때문에 내 꼴이 우습게 됐다고."

"그게 지금 이유가 된다고……."

"그 친구가 신발 가격에 영업 출장비를 포함시켰다는 얘기를 내가 전에도 했잖아. 어떤 멍청이가 실크를 사러 이탈리아에 가면 로빈슨은 그 비용까지 회계부에 청구했다니까. 그 친구 때문에 나랑 우리 공장 쪽만 병신이 됐어. 자꾸 그렇게 부당하게 구니까 내가 방법을 다시 검토하라고 거듭 얘기했고. 그런데 당신도 알다시피 그 친구가 거부했잖아."

"그래서 해고해 버렸지. 사직할 기회조차 주지 않았어."

자기 집에서도 끝없이 듣는 이런 대화에 신물이 난 리즈는 소파에 길게 늘어져 계단 쪽을 힐끗 보았다.

"사직? 사직 같은 소리 하고 있네! 자기 일도 제대로 못하는 인간은……."

"다른 일자리를 구하러 다니면서 새 고용주가 될지도 모를 사람에게 자기가 해고당했다고 말해야 할 사람의 기분은 생각해 봤어?"

"머저리나 자기가 해고당했다고 밝히겠지. 로빈슨에게 생각이란 게 있다면……."

"그 사람이 뭐라고 말하든 그쪽에선 그레인저 제화에 확인해 볼 거란 거, 당신도 알잖아."

"영업부랑 손잡기 전에 그 생각부터 했어야 할 거 아냐. 다이앤, 그 친구가 그 난리를 쳐서 회계부 돌아가는 꼴이 엉망이 됐다고!"

"그렇게 잔인하게 굴 필요는 없잖아!"

"잔인하다고? 내가?" 그는 웃음을 터뜨렸다. "리즈, 내가 잔인해요?"

"상냥하기만 한걸요."

"대체 왜 내가 잔인하다고 생각하는 거야? 남들이 엉덩이 딱 붙이고 빈둥거리는 동안 할 일을 해서? 여보, 세상에는 자리만 지키는 사람이 있고 행동에 나서는 사람이 있어. 행동을 취한다고 해서 그 사람이 꼭……."

"그래. 하지만 당신이 틈만 나면 남을 밟아대고 신경도 쓰지 않는다면……."

"여보, 내가 그간 자리만 보전하고 있었다면 당신은 지금 이 집에 살지도 못했을 거야. 그 팔찌도 차지 못했을 테고, 또……."

"이이 말이 맞아." 리즈는 다이아몬드 반지를 낀 손을 쭉 내밀어 보였다.

"당연히 맞죠. 뭔가를 하든가 아니면 앉아 있기만 하든가야. 그렇죠, 리즈?"

"옳으신 말씀." 리즈는 몸을 곧추세웠다. "저도 항상 행동을 즐기며 산답니다." 그녀는 손목시계를 보았다. "어머, 언덕 위의 내 보금자리로 돌아가야겠다. 두 사람, 오늘 밤 클럽에 올 거죠?"

"어쩌면." 다이앤의 목소리에는 노기가 어려 있었다.

"으음." 리즈가 다이앤을 바라보았다. "이 숙녀분께 뭐가 필요한지 알겠네요."

"나도 압니다."

"그러시겠죠. 그나저나 혹시 피트가 물으면⋯⋯." 리즈는 말을 멈췄다. "아녜요, 그 사람도 이제 다 컸으니까." 그녀는 손을 흔들어 보이며 "재밌게들 놀아요."라고 말하고는 집 밖으로 나갔다.

그녀가 떠난 자리에 죽은 듯한 침묵이 감돌았다. 다이앤은 방 한가운데에 우두커니 서 있었다. 킹은 잠시 그 모습을 살펴보다가 천천히 그녀 주변을 맴돌기 시작했다.

"다이앤?" 그가 부드럽게 말했다.

"왜?"

"다이앤, 난 나무에 앉아서 당신을 내려다보고 있어⋯⋯."

"뭐?" 다이앤은 어리둥절한 기색이었다.

킹은 원을 좁혀 들면서 말했다. "지금 당신에게 경고해 주는 거야⋯⋯ 공정해야 할 테니까⋯⋯ 내가 조만간 이렇게⋯⋯ 덥석!"

킹은 갑자기 다이앤을 붙잡아 가까이 끌어안았다. 그의 입이 그녀의 입 바로 앞까지 다가왔다.

"이거 놔! 이런 걸로 어떻게 해 보려는⋯⋯." 킹이 키스했다. 그녀는 좀 더 버둥거리다가 그의 키스를 받아들였고, 되돌려주었고, 그에게 달라붙었고, 그런 다음 입을 떼었다.

"당신은⋯⋯ 멍청이야." 그녀가 속삭였다.

"맞아." 그는 그렇게 말하고 다시 키스했다.

"정말이야." 그녀가 속삭였다. "당신, 부끄러운 줄 알아."

"알아. 깊이 뉘우치고 있어." 다시 키스했다. "당신은 아름다워.

특히 새로 염색한 머리가 섹시한데."

"당신한텐 과분한 줄이나 알아, 이 고릴라야."

"알아, 알아. 그런데 오늘 저녁은 몇 시지?"

"왜?" 그녀가 수상쩍다는 듯 물었다.

"혹시 둘이서⋯⋯." 그가 어깨를 으쓱해 보였다.

"그리고 당신이 리즈랑 같이 내가 무슨 소라도 되는 것처럼 날 두고 토론하는 거 하나도 안 고맙거든?"

"으음, 끝내주게 근사한 소지." 그는 그렇게 말하고는 다시 키스했다. "대답을 안 했잖아."

"뭘 물었지?" 그녀는 현기증이 이는 듯했다.

킹은 그녀의 목에 키스했다. "저녁 시간 말이야." 그는 속삭였다. "저녁 먹기 전까지."

"피트가 집 안에서 돌아다니고 있잖아."

"없애 버리지 뭐. 해고해 버릴게."

"어떻게 그런 말을⋯⋯?"

"공항에 좀 일찍 보내지."

"그럼⋯⋯." 다이앤은 주저했다.

"그럼?"

"그럼⋯⋯." 부끄러워하는 듯한 미소가 입에 걸렸다.

"좋았어! 일단 핸리한테 연락부터 해 보고."

"핸리한테 연락을 하겠다고!"

"혹시 도중에 그 친구가 연락할지도 모르니까⋯⋯."

"나도 당신 비서를 통해 약속 잡을 걸 그랬네요."

킹은 씩 웃고는 전화기 쪽으로 걸어가며 다이앤의 엉덩이를 찰싹 때렸다. 그는 수화기를 집어 들고 그녀 쪽을 보며 말했다. "금방 끝날 거야. 그냥 확인만……." 그는 문득 누군가가 통화 중인 것을 깨닫고 말을 멈추었다가 이내 그것이 캐머런의 목소리임을 깨달았다.

"……네, 조지. 바로 그 얘깁니다. 알고 싶어하실 만한 얘기라고 생각해서……."

더글러스 킹은 서둘러 전화기의 버튼을 눌러 다른 선으로 옮겼다. "이상하군."

"무슨 일인데?"

"피트가 다른 회선을 쓰고 있어." 얼굴에 이해하지 못하겠다는 표정이 떠올랐다. "그 친구랑 얘기하는 사람이 분명……." 킹은 어깨를 으쓱하고는 교환 번호를 돌린 다음 기다렸다. "보스턴 스탠호프 호텔에 있는 오스카 핸리와 연결해 주시겠습니까?" 잠시 상대의 말에 귀를 기울였다. "알겠습니다. 그럼 연락 부탁할게요." 그는 전화를 끊고 아내 쪽으로 고개를 돌렸다. "기다리는 동안 가볍게 술이나 한잔……."

현관문이 벌컥 열렸다. 크릭족이 귀환하고 있었다. 적어도 한 명은.

"바비, 집에 들어올 때 그런 식으로 불쑥 들어오지 말라고 했잖니!" 다이앤이 침실을 향해 계단을 내닫는 아들을 꾸짖었다.

"미안, 엄마! 뿔 화약통을 깜빡했어요! 그거 어딨어요, 엄마?"

"늘 그렇듯 위층 네 장난감 상자에 있겠지."

"좀 찾아 주실래요?"

"어디 있는지 너도 알잖아."

"그치만 바쁘단 말이에요. 제프가 이미 한 발 앞서 나가서 전—앗 싸! 여기 있다! 문고리에 걸어 놨었네!" 아이는 요란한 함성을 내지르며 복도를 쿵쿵 내달리더니 잠시 후 어깨에 뿔 화약통을 걸고 돌아왔다. "안녕! 나무 찾으러 갈게요, 아빠!" 그러고는 다시 집 밖으로 질풍처럼 나가 버렸다.

"기다렸다 덮치겠단 말이지." 다이앤이 책망하듯 말했다.

덤불 속의 남자는 덮칠 때를 기다리고 있었다.

담배를 피우고 싶어 죽을 지경이었지만 피울 엄두도 내선 안 된다는 걸 알았다. 그가 숨어 있는 위치에서는 킹 집의 창문이 없는 쪽과 차고문이 한눈에 들어왔다. 진입로에는 긴 검은색 캐딜락이 세워져 있었고, 운전기사가 매끈한 보닛을 섀미 헝겊으로 문지르고 있었다. 덤불 속의 남자는 운전기사를 힐끗 본 다음 손목시계를 보았고, 다시 하늘을 올려다보았다. 곧 날이 저물 것이다. 좋아. 어둠이 필요했다.

그는 담배 한 대가 간절했다.

에디가 여전히 차에 있는지 궁금했다. 집에는 별일 없는지도 궁금했다. 이 모든 것이 잘 될지도 궁금했고, 계속 그렇게 궁금해하다 보니 걱정이 되기 시작했고, 그래서 손바닥이 축축해졌고, 그 어느 때보다도 담배 생각이 간절했다.

덤불 속에서 소리가 들려오자 공포가 샛노란 로켓처럼 타다닥 등골을 타고 치솟아 두개골 속에서 터져 버릴 것만 같았다.

침착해. 그는 속으로 되뇌었다. 침착하자.

떨리지 않도록 손을 꽉 쥐었다. 눈을 질끈 감았다가 다시 뜨니 나무 사이로 다가오는 형체가 눈에 들어왔고, 심장이 덜컹했다. 소년이었다.

그는 입술을 축였다.

입을 열자 쉬어 터진 목소리가 흘러나왔다. 침을 꿀꺽 삼키고 다시 시도했다.

"얘야, 뭘 하고 있니? 경찰 놀이?"

황혼이 도시를 비집고 들어오기 시작했다.

고양이의 주둥이처럼 부드러운 10월의 황혼에는 특별한 느낌이 있다. 그리고 그 느낌은 나무나 낙엽을 태울 일 없는 도심에서조차 나무 타는 냄새를 동반한다. 그 냄새는 뭐랄까, 인간이라는 종의 기억 속에 배어들어 있어서, 다른 달에서는 찾아볼 수 없는 10월만의 고즈넉함을 안겨 준다. 어둠이 완전히 내려앉기 조금 전에 가로등이 불을 밝힌다. 태양은 하늘에 새빨간 얼룩을 만들어 내면서 천공을 향해 휘어져 나가는 장엄한 보랏빛 구름과 뒤섞인다. 교각의 굵은 실루엣이 도시를 가로지르고, 현수선 뒤편으로는 보랏빛 황혼의 얼룩이 펼쳐지며 초록색 불빛이 늘어놓은 에메랄드처럼 다가오는 어둠을 향해 윙크한다.

보폭은 조금 빨라지고 발걸음은 조금 더 가벼워진다. 대기에 어린 상쾌함이 사람들의 뺨을 물어뜯고 이를 쑤셔대는 가운데, 이제 상점들의 낮빛이 불빛 속에서 살아나면서 발갛게 달아오른 배불뚝이 난로처럼 유혹해 온다. 가을은 침묵하는 시간일지니, 밤은 고요하고 이 냉담한 도시마저 여름의 죽음 앞에는 숙연하다. 코트 깃이 높이 세워지고, 손은 입김의 세례를 받으며, 모자는 더욱 깊숙이 눌린다. 거리에 소리라고는 바람 소리뿐이고, 시민들은 실내의 안온함을, 요리 중인 음식의 냄새를, 라디에이터에서 쉿쉿 뿜어져 나오는 증기의 공격을, 사랑하는 사람들의 품을 갈망하며 발걸음을 재촉한다.

황혼이 도시 위로 내려앉는다.

곧 어두워질 것이다.

어둠이 짙어지기 전에 집으로 돌아가는 편이 좋으리라.

4

 더글러스 킹의 거실에 전화벨이 울렸다. 킹은 재빨리 방을 가로
질러 수화기를 집어 들었다. "핸리?"

 전화 반대편의 목소리가 말했다. "누구?"

 "아, 실례합니다. 다른 전화를 기다리고 있었거든요. 누구시죠?"

 "좋아, 맥^{Mac} '이봐', '자네'라는 뜻으로 잘 모르는 남자에 대한 호칭이기도 하다. 짧게 말할
테니 잘……."

 "여기 맥이라는 사람은 없는데요. 전화를 잘못 거셨나 봅니다."
킹은 수화기를 내려놓고 계단 쪽으로 고개를 돌렸다. 캐머런이 그
를 바라보고 서 있었다.

 "핸리가 아닙니까?"

 "아냐. 누가 잘못 건 전화였어." 킹이 손가락을 딱 하고 튕겼다.

"잘못 걸린 전화 얘기가 나와서 말인데, 피트."

"네?"

"조금 전에 조지 벤자민과 얘기하고 있었나?"

"전화로요?"

"그래."

"실은 그랬습니다."

"왜 연락한 거지?"

"내일 제가 없을 것 같다는 얘길 하려고요. 새로운 극동 비단 라인 건에 대해서 이야기하기로 했었거든요."

"보스턴에 간다는 말을 한 건 아니겠지?"

"안 했습니다. 해야 했습니까?"

"아냐. 그럼 무슨 말을 한 건가?"

"출장 때문에 회의에 참석하지 못할 것 같다는 말만 했습니다."

"보스턴 얘기는 안 했고?"

"보스턴이 그렇게 중요해?" 다이앤이 물었다. "어딘지 알아내면 벤자민이 당신 거래를 망칠 수도 있을 만큼?"

"그렇지는 않을 거야. 하지만 놈은 내가 누구랑 거래하는지, 아니면 거래가 있다는 사실만이라도 알아낼 수 있다면 뭐라도 하려 들 테니까. 이번 일만 끝나면 내 자리는……."

전화벨이 다시 울렸다.

"이제 오는군." 킹이 재빨리 전화기로 다가갔다.

"난 바비를 불러야겠어. 슬슬 어두워지네."

"이 전화 받을 동안만 기다려 주지 않겠어? 당신이 뒤에서 소리 치면 잘 안 들릴 것 같아서." 킹은 수화기를 들었다. "여보세요?"

"보스턴 준비됐습니다." 교환원이 말했다.

"좋아요."

"말씀하세요. 연결됐습니다."

"여보세요, 더그?"

"어떻게 됐나, 핸리?"

"다 잘 됐네." 목소리에 피로가 묻어났다. "오 퍼센트 받아 냈어."

"좋았어! 신용거래인가? 신용거래겠지?"

"더그 자네가 원한 대로야. 수표는 언제쯤 보내 줄 수 있나?"

"당장 피트를 보내지. 방을 하나 잡아 주게. 피트, 비행기 시간은 어떻던가?"

"매 시간마다 페리 필드에서 출발합니다."

"좋아." 더글러스 킹은 손목시계를 보았다. "아홉 시 비행기를 탈 수 있겠나?"

"그러라고 하신다면."

킹이 수화기에 대고 말했다. "핸리, 아홉 시 비행기를 탈거야. 도착이 언제인지는 모르겠군. 그쪽 공항에 연락해서 확인해 보게."

"그러지."

"핸리?"

"왜, 더그?"

"정말 잘해 줬어." 킹은 전화를 끊었다. "어서 움직이자고!" 들뜬 목소리였다. "피트, 항공사에 연락해서 어서 예약해!" 그는 손가락을 팅기더니 전화기의 버튼을 누르며 수화기를 들어 올리고 잠시 기다렸다 말했다. "레이놀즈, 이리 와 주겠나? 얼른."

"이제 다 된 거면 어떻게 된 일인지 설명 좀 해 주시겠습니까?" 캐머런이 물었다.

"이제 다 마무리했으니 상대가 조지 벤자민이라도…… 아니, 그건 안 되겠군." 킹은 킬킬거리며 잽싸게 바로 걸어가서 술을 한 잔 따랐다.

"바비를 찾으러 가야겠어." 다이앤이 말했다. "벌써 이렇게 어두워졌네."

"잠깐 기다려 보라고, 다이앤. 이 얘기 듣고 싶지 않아?"

"그렇긴 하지만……."

"애야 뒷마당에서 노느라 정신없겠지."

"그거야…… 알았어. 하지만 정말……."

"피트, 자네는 벤자민이 지껄이는 소리를 들었지? 내가 의결권주의 십삼 퍼센트를 갖고 있다는 얘기 말이야."

"그렇죠."

"그렇기는!" 킹은 뜸을 들이며 폭탄을 떨어뜨릴 채비를 갖추었다. "난 지난 육 년 동안 조용히 주식을 사들였지. 지금 바로 이 순간, 내겐 이십팔 퍼센트가 있어."

"대단해, 더그!"

"그럼, 보스턴 얘기는 뭡니까?"

"다이앤, 우리가 언제 거기에 갔더라? 이 주 전이었나? 핸리는 그때부터 쭉 거기서 물밑 작업을 하면서 내가 '내버려진' 주식이라고 부르는 의결권주 뭉치를 갖고 있는 사람과 접촉해 왔어."

킹은 재빨리 방을 가로질러 구석에 있는 책상으로 가 책상 덮개를 열고 수표책을 꺼냈다. 그는 책상에 앉아 수표를 작성하기 시작했다.

"얼마나 큰 뭉치인데요?"

"십구 퍼센트."

"뭐라고요!"

"더해 보라고. 십구 더하기 이십팔은 사십칠이야. 그거면 아무리 그 머저리들이 노인네와 작당을 한다고 해도 어떤 선거에서든 다 내 마음대로 할 수 있지. 그레인저의 회장이 되기에도 충분해! 회사를 내 마음대로 경영하고 내가 만들고 싶은 신발도 마음껏 만들 수 있단 얘기야!" 킹은 의기양양하게 수표책에서 수표를 찢어내 캐머런에게 건넸다. "자, 이걸 보라고."

캐머런은 수표를 받아들고는 길게 휘파람을 불었다.

"칠십오만 달러군요." 목소리에 경외감이 어렸다.

"오십 퍼센트는 신용거래로 남겼는데도 그 정도야. 이 일이 완전히 끝날 즈음엔 그 주식에 백오십만 달러가 들겠지. 하지만 그만한 가치가 있어. 날 믿으라고!"

"더그, 대체 그 돈이 다……."

"우리가 가진 걸 거의 다 현금으로 바꿨어, 다이앤. 이 집까지 저당 잡혔지."

"저당……." 다이앤은 할 말을 잃고 킹을 바라보다가 문득 짓눌리듯 주저앉았다.

"그건…… 정말 큰돈이군요." 캐머런이 말했다.

"내가 가진 전부야! 싹싹 긁어모은 거라고. 한 푼이라도 모자랐더라면 못 샀을걸. 다이앤, 이번 거래로 난 성공하게 될 거야."

"그…… 그러길 바라, 더그."

"성공하지 못할 수가 없어, 여보. 이젠 아무도 날 막지 못해."

"누구에게서 주식을 사는 겁니까, 더그?"

"조용히 구석에 처박아 놓았던 사람. 그 치는 회사가 어떻게 굴러가든 신경도 안 써. 그저 빨리 현금으로 바꿀 수만……."

"누군데요? 그 사람 이름이 뭡니까, 더그?"

"정말 멋진 부분은 그 사람이 주식을 스무 명이 넘는 대리인에게 흩어 놓았다는 거야. 우리 말고는 아무도 그 사람이 그렇게 큰 덩어리를 휘두르고 있다는 사실을 모른단 얘기지."

"누굽니까? 대체 누군데요?"

방 한쪽에서 작은 헛기침이 들렸다. 더글러스 킹은 식당 쪽으로 고개를 돌렸다. "아, 레이놀즈, 거기 있었군. 캐머런을 공항으로 데려다 주게."

"서두를 거 없잖습니까, 더그. 아직 예약도 못했어요."

"이제 난 당장 바비를 데려와야겠어." 다이앤은 현관으로 가서 문을 열고 아이를 불렀다. "바비! 바비!"

"캐머런이 예약을 할 동안만 기다려주게, 레이놀즈. 오래 걸리지는 않을 거야."

"바비! 바비!"

전화벨이 울렸다. 킹이 수화기를 들었다.

"여보세요?"

"킹?"

"네, 제가 킹입니다." 킹은 송화구를 가리고는 피트에게 말했다. "피트, 어서 움직여. 꾸물거릴 시간 없어."

그와 동시에 전화 저편의 목소리가 말했다. "이번에는 끊지 마라, 킹. 장난치는 거 아니니까."

"뭐라고요? 미안합니다. 뭐라고 하셨죠?"

"네 아들을 우리가 데리고 있다, 킹."

"내 아들? 대체 무슨……?" 킹은 황급히 문 쪽을 바라보았다.

"바비!" 다이앤이 외쳤다. "바비, 제발 엄마 말에 대답 좀 할래?"

"네 아들, 우리가 네 아들을 유괴했다고."

"당신들한테…… 내 아들이 있다고?"

다이앤이 열린 문 앞에서 홱 돌아보았다. "뭐라고? 방금 뭐라고 했어?"

"내…… 내 아들을?" 킹이 멍하니 반복했다.

"마지막으로 말해 주지. 네 아들 바비는 우리가 데리고 있다고. 알아들었나?"

"하지만 그건…… 그건 말도 안 돼."

"무슨 일이야, 더그?" 다이앤이 비명을 질렀다.

"네 아들은 숲에 있었어. 그렇지 않나?"

"그래, 하지만…… 농담하는 거지? 만약 농담이라면……."

"농담이 아니야, 킹."

"더그, 제발. 제발 대체 무슨 일인지 얘기……."

전화기의 목소리가 무미건조하게 말을 이어 나가는 동안, 킹은 다이앤에게 조용히 하라고 손짓했다. "한번만 말할 테니까 잘 들어 둬. 아이는 무사하다. 그리고 우리가 시키는 대로 하면 계속 무사할 거야. 표시하지 않은 지폐로 오십만 달러를……."

"잠깐, 받아 적을 테니 기다려." 책상 위에 있는 연필과 메모지를 낚아채느라 전화 줄이 있는 대로 늘어났다. "오십만 달러……."

"표시하지 않은 소액권으로. 알았나?"

"그래, 알았다. 다 적었…… 애가 무사하다는 건 확실한가?"

"아이는 무사하다. 지폐의 일련번호가 이어지면 안 돼, 킹. 내일 아침까지 돈을 마련해라. 그때 다시 전화해서 추가 지시사항을 전달하겠다. 경찰에 연락할 생각은 말고."

"그래. 그래, 알았다."

"알아들었지?"

"알았다니까. 확실히 알아들었다." 킹은 속으로 상대에게 덫을 놓을 방법을 절박하게 찾아 헤맸다. 마침내 아이디어가 떠오르자, 그는 마치 오랫동안 고대했던 거래를 성사시키듯 그 아이디어를 신속하게 실행에 옮겼다.

"좋아, 그럼." 목소리가 말했다. "오십만 달러를……." 킹은 전화를 끊고 몸을 돌리며 소리쳤다. "피트, 부엌에서 전화를 걸어. 우선 경찰에 연락해서 바비가 납치당했다고 말하고 범인이 오십만 달러의 몸값을 요구했다고 해."

"안 돼!" 다이앤이 절규했다. "안 돼!"

"그런 다음 전화 회사에 연락해. 내가 그 자식들 전화를 끊었다고 말하고……."

"뭘 어쨌다고? 바비를 데리고 있는 사람들 전화를 끊었다고? 전화를 끊었……?" 다이앤은 말을 잇지 못한 채 다시 현관문으로 내달려 짙어가는 어둠을 향해 소리를 내질렀다. "바비! 바비! 바비!"

"놈이 다시 전화할 거라고 믿고 끊은 거야. 전화 회사에서 통화를 추적할 수 있을지도 모르고…… 그동안 나는 생각을 할 수 있어. 생각을……." 킹은 다시 입을 열었다. "레이놀즈, 위층에 있는 내 주소록을 가져다주게. 다이앤의 진주가 사라졌을 때 고용했던 사립탐정이 있지. 이름이 디 바리였던가. 주소록에 있네. 그에게 연락해서 당장 이리 와 달라고 하게."

"알겠습니다." 레이놀즈가 계단으로 달려갔다.

다이앤은 문을 세차게 닫고는 방 한가운데 서 있는 킹에게로 달려왔다. "오십만이랬지. 좋아, 은행에 전화해. 당장! 당장 전화해, 더그. 그 사람들에게 돈을 갖다 줘. 바비를 찾아와야 해!"

"찾아올 거야. 놈들이 원하는 건 뭐든지 주겠어. 백만을 불러도 상관없어. 돈은 구하면 돼." 킹은 다이앤을 끌어안았다. "걱정 마,

여보. 어서, 어서 마음을 가라앉혀. 마음을……."

"난…… 난 괜찮아. 다만…… 그냥……."

캐머런이 부엌에서 달려 들어왔다. "경찰이 오고 있습니다. 전화
회사 쪽에서도 대기하고 있고요. 다시 전화가 오면 다른 회선으로
연락 달랍니다."

"좋아, 부엌에 가 있게. 전화벨이 울리거든 교환원에게 당장 추
적하라고 해."

"알겠습니다!" 캐머런은 다시 방 밖으로 뛰어나갔다.

레이놀즈가 난처한 기색으로 계단을 내려왔다. "말씀하신 주소
록이 안 보입니다. 죄송합니다. 전화 탁자를 샅샅이 살펴봤습니다
만……."

"내가 갈게." 다이앤은 애써 어깨를 펴 보이며 킹에게서 떨어져
계단으로 향했다. 현관을 지나는 순간 문이 벌컥 열리는 바람에 그
녀는 화들짝 놀랐다.

"나 불렀어요, 엄마?" 바비 킹이 말했다.

다이앤은 믿지 못하겠다는 듯 눈을 깜빡였다. "바비?" 그런 다음
에야 목구멍에서 그 이름이 확신을 담고 터져 나왔다. "바비, 바비,
바비!" 그녀는 달려가 무릎을 꿇고 아이를 끌어안았다.

"무슨 일 있어요?"

킹은 어안이 벙벙한 얼굴로 아들을 바라보았다. "도대체……."
그는 말을 내뱉다 말고 돌아서서 전화기를 향해 삿대질하며 소리쳤
다. "이 더러운 사기꾼……."

"이젠 제프랑 안 놀래요, 엄마." 바비가 말했다. "아빠 말대로 나무 위에 올라가서 기다렸는데 안 통했어요. 어디 있는지 안 보인다니까요."

"그게 무슨 소리냐?" 그렇게 말하는 킹의 목소리에 새로운 불안이 깃들었다. 그는 전화기를 향해 날카로운 시선을 던졌다. "안 보인다니, 무슨 말이야? 제프는 어디 있는데?"

"분명히 숲 밖으로 나갔을 거예요. 사방을 찾아다니면서 바위 뒤란 바위 뒤는 다 봤어요. 앞으로 걔랑 안 놀래요. 아무 데도 없다니까요. 걔가 어디 갔는지 모르겠어요!"

먹먹한 침묵이 흘렀다. 모두의 입속에 그 이름이 맴돌았고, 모두의 가슴속에 진실이 파고들었지만 그 단어, 그 하나의 단어, 바깥의 숲에서 일어난 모든 일을 간단하고도 정확히 요약해 주는 그 이름, 괴한에게서 걸려 온 전화를 설명해 주는 그 이름을 마침내 입 밖으로 꺼낸 사람은 결국 소년의 아버지였다.

"제프." 그 이름은 레이놀즈의 입술 사이로 희미한 속삭임처럼 새어 나왔다.

저 멀리서 사이렌 소리가 스모크 라이즈라는 이름의 외진 안식처를 향해 점점 다가오고 있었다.

5

스티브 카렐라가 겁내는 게 두 가지가 있다면, 그건 바로 어마어마한 부유층이 얽힌 사건과 어린아이가 얽힌 사건이었다. 도시 빈민가 출신은 아니었으니 어린 시절의 가난함 때문에 돈을 두려워한다고 할 수는 없었다. 제빵사였던 아버지 안토니오의 벌이는 늘 넉넉했고 카렐라는 해어진 바지 엉덩이를 파고드는 찬바람 같은 건 알지도 못했다. 그럼에도 업무 때문에 부를 만방에 과시해대는 호사스러운 응접실이라든가 사랑방이라든가 서재 같은 곳을 드나들게 될 때면 카렐라는 마음이 편치 않았다. 자신이 가난하다는 기분이 들었던 것이다. 그는 가난하지 않았고, 가난해 본 적도 없었고, 설령 무일푼이었다고 한들 가난하지는 않았을 테지만 지금 더글러스 킹의 거실에 앉아 이런 저택을 유지할 수 있는 사내를 마주 대하고 있노라니 자신이 돈 한 푼 없이 궁핍하다는 기분에 위축되는 느낌이었다.

게다가 화룡점정으로, 이건 진짜배기 유괴 사건 같았다. 설령 카렐라가 지난여름 아내 테디가 낳은 쌍둥이의 아버지가 아니었다 하더라도, 아버지로서의 첫 기쁨을 만끽하는 중이 아니었다 하더라도, 유괴가 끔찍하게 두려운 일이라는 사실에는 변함이 없었고 그는 거기에 끼고 싶지 않았다.

불행히도, 그에겐 선택권이 없었다.

마이어 마이어가 방을 등진 채 하브 강에 면한 창문 밖을 내다보는 동안, 그는 킹의 응접실에 앉아 불편하고 위축된 마음으로 질문을 던졌다.

"말씀하신 바를 정리해 보자면, 유괴당한 아이는 선생님의 아들이 아니란 말씀이시죠?"

"그래요."

"그런데 몸값을 내라는 요구는 선생님께 왔다는 말씀이시고요?"

"네."

"그렇다면 요구 사항을 말할 때 유괴범은 자기가 선생님의 아들을 데리고 있다고 생각했겠군요."

"그런 것 같더군요."

"다시 연락이 오진 않았습니까?"

"안 왔습니다."

"그럼 그자는 아직도 선생님의 아들을 데리고 있다고 믿을 수도 있겠군요?"

"놈이 뭘 믿는지는 나도 모릅니다." 킹은 성난 목소리로 대꾸했다. "이런 질문이 꼭 필요한 겁니까? 난 애 아버지도 아니고……."

"압니다. 하지만 유괴범과 통화하신 건 선생님이니까요."

"그건 그렇죠."

"그자는 오십만 달러를 요구했다고 하셨습니다. 맞습니까, 킹 선생님?"

"네, 네, 그래요, 맞습니다, 카레타 씨."

"카렐라입니다."

"미안하군요. 카렐라 씨."

"남자였습니까? 전화를 건 사람 말입니다."

"남자였죠."

"그자가 말을 할 때 '네 아들은 내가 데리고 있다'고 했습니까, 아니면 '우리가 데리고 있다'고 했습니까? 혹시 기억하십니까?"

"기억나지 않습니다. 그리고 그게 뭐가 그렇게 중요한 건지도 모르겠군요. 누군가가 레이놀즈의 아이를 데려갔는데 이딴 식으로 말뜻이나 따지고 있을……."

"바로 그겁니다, 킹 선생님." 카렐라가 말을 가로챘다. "누군가가 아이를 데려갔고, 저희는 그 누군가가 누군지 알아내려는 겁니다. 아이를 무사히 찾아오려면 그자가 누구인지를 알아내야만 합니다. 저희에겐 그게 정말 중요합니다. 아이를 무사히 찾아오는 것 말입니다. 선생님께도 마찬가지로 중요한 문제이리라 생각합니다만."

"물론입니다." 킹이 딱 잘라 말했다. "도대체 왜 FBI에는 연락하지 않는 겁니까? 이런 일은 당신들이 다룰 만한 사건이 아니잖습니까! 애가 유괴되면……."

"FBI가 사건을 담당하려면 이레가 걸립니다. 물론 바로 통보는 했습니다만 그 전까지는 나설 수 없지요. 그때까지는 저희가 최선을 다해……."

"왜 더 빨리는 못 온다는 겁니까? 유괴는 연방범죄인 줄 알았는데요. 동네 경찰들이 아니라……."

"이레가 지나면 자동으로 범인이 주 경계를 넘었을 것으로 간주하기 때문에 연방범죄가 되는 겁니다. 그 전까지는 범죄가 발생한 주에서 관할하죠. 그리고 우리 주, 우리 도시에서는 해당 분서에서 범죄를 담당합니다. 유괴, 폭행, 살인 등등을 모두 포함해서요."

"그럼, 그 말인즉, 한 소년의 목숨이 위험에 처해 있는 이런 유괴 사건을 그…… 그…… 울워스 백화점에서 오십 센트짜리 물건 하나 훔친 것과 마찬가지로 다룬단 말입니까?"

"꼭 그렇지는 않습니다. 이미 형사실에 연락을 취했습니다. 번스 반장님께서 직접 오고 계십니다. 좀 더 정황이 파악되는 대로……."

"방해해서 미안한데, 스티브." 마이어가 말했다. "텔레타이프를 보내려면 아이 아버지에게서 아이의 인상착의를 받아야겠는데."

"그래." 카렐라가 말했다. "레이놀즈 씨는 어디 계십니까, 킹 선생님?"

"자기 집에 있습니다. 차고 위요. 많이 상심했더군요."

"내가 할까, 마이어?"

"아냐, 아냐, 괜찮아." 마이어가 킹을 향해 의미심장한 눈길을 던졌다. "여기만으로도 손이 꽉 찬 모양인데. 차고는 어디 있습니까, 킹 선생님?"

"집 옆에요. 찾기 어렵지 않으실 겁니다."

"그쪽에 가 있을 테니 필요하면 불러, 스티브."

"그래." 카렐라가 대답했다. 마이어가 집을 나서자 그는 다시 킹에게 주의를 돌렸다. "그자의 목소리에 뭐 특별한 점은 없었습니까? 혀 짧은 소리를 한다든지 억양이 특이했다든지 사투리를 썼다든지……."

"카레타 씨, 미안하지만 이런 게임은 이제 그만하고 싶군요. 솔직히 대체 왜 이런……."

"카렐라입니다. 무슨 게임을 말씀하시는 겁니까?"

"이런 말도 안 되는 도둑 잡기 놀이 말입니다. 그놈이 혀짤배기소리를 냈던 아름답고 교양 있는 영어를 구사했든 머저리처럼 지껄였든 대체 뭐가 달라진다는 겁니까? 그게 제프 레이놀즈를 그 애 아버지에게 되찾아 주는 거랑 무슨 상관입니까?"

카렐라는 수첩에서 눈을 들지 않았다. 그는 자신이 쓰고 있던 페이지를 노려보면서 지금 자리에서 일어나 더글러스 킹 선생의 주둥아리를 한 방 먹이는 건 경찰 신분에 적절치 못한 행동이라고 거듭 자신을 타일렀다. 그는 부드럽고 침착하게 말했다. "선생님은 무슨 일을 하십니까?"

"신발 공장을 운영하죠. 이것도 이 사건과 관련 있는 질문이라는 겁니까?"

"그렇습니다. 무척 관련 있는 질문이죠. 저는 신발에 대해서는 하나도 모릅니다. 발에 못이 박이기 싫으면 신고 다녀야 한다는 것만 빼곤 말이죠. 그러니 선생님 공장으로 찾아가서 직원들에게 구두창은 어떻게 박아라, 굽은 어떻게 붙여라, 뭘 썰 때는 어떻게 썰어라 지시하고 다닐 생각은 추호도 없습니다."

"무슨 소린지는 알겠습니다." 킹이 딱딱하게 대꾸했다.

"아직 다 들으신 게 아닙니다. 방금 들으신 부분은 경고였고⋯⋯."

"경고라고!"

"⋯⋯경관에게 저항하거나 수사를 방해하는 행위로 간주될 수 있는 행동은 집어치우시라는 경고였죠. 이제 그 부분은 알아들으셨으니까 다음으로 넘어갈 텐데요, 모쪼록 양쪽 다 새겨들으시길 바랍니다. 전 제 일을 하러 온 거고 선생님께서 도와주시든 말든 일을 할 생각이니까요. 저는 선생님께서 신발 공장 운영하는 법을 잘 아시는 분일 거라고 추측하고 있습니다. 그렇지 않으면 이렇게 스모크 라이즈에 운전기사까지 두고 사시다가 그 아들이 선생님 아들로 오인되어 유괴당하는 일도 없었을 테니 말이죠. 자, 그건 됐고. 하지만 선생님께는 제가 좋은 경찰인지 나쁜 경찰인지, 아니면 무관심한 경찰인지 추측하실 근거가 전혀 없습니다. 무엇보다도 제가 멍청한 경찰일 거라고 추측하실 근거는 더더욱 없죠."

"난 한 번도……."

"그래도 혹시 선생님 마음속에 남아 있을지 모를 의혹을 걷어내기 위해 드리는 말씀입니다만 뻔뻔하게 단언컨대 저는 좋은 경찰, 그것도 우라지게 좋은 경찰입니다. 저는 제가 해야 할 일을 잘 알고 있고, 잘합니다. 제가 어떤 질문을 드리든 그건 「드래그넷」1950년대 인기리에 방영된 경찰 수사 드라마의 오디션 심사나 하려고 드리는 질문이 아닙니다. 다 이유와 목적이 있어서 드리는 질문이니까 수사가 어떻게 진행되어야 하는가에 관한 의견일랑 생략하시고 그냥 대답만 해 주시면 참으로 큰 도움이 되겠습니다. 자, 그럼 합의 본 겁니까?"

"그렇다고 합시다, 카레타 씨."

"제 이름은 카렐라입니다." 카렐라는 별다른 내색 없이 말했다. "전화를 건 사람에게 특별한 억양은 없었습니까?"

레이놀즈는 침대 가장자리에 앉아 부끄러워하는 기색 없이 머리를 거듭 내저으며 울고 있었다. 그를 바라보던 마이어는 아랫입술을 깨물었다. 어깨에 팔을 둘러 주며 모든 게 잘될 거라고 위로해 주고 싶었다. 그가 그렇게 할 수 없었던 이유는 유괴란 언제나 예측할 수 없기 마련이며 유괴범이 이 집에서 채 10킬로미터도 벗어나기 전에 아이를 살해했을 수도 있음을 알기 때문이었다. 게다가 특히 이번 유괴에는 실수라는 위험 요소까지 더해진 참이다. 아이를 잘못 데려왔다는 사실을 깨달으면 놈들은 어떻게 반응할까? 그래서 마이어는 레이놀즈를 안심시켜 주지 못한 채 그저 기계적인 질문을 던지면서 슬픔으로 갈가리 찢긴 이 사내에게 자신의 말이 어처구니없게 들리지 않기만을 바랄 뿐이었다.

"아이의 성명이 어떻게 됩니까, 레이놀즈 씨?"

"제프리요. 제프리."

"G-e-o-f인가요, 아니면 J-e-f-f……?"

"네? 아, J-e-f-f-r-y 입니다. 제프리요."

"가운데 이름은 없고요?"

"없어요. 없습니다."

"아이가 몇 살인가요?"

"여덟 살입니다."

"생일은요?"

"구월 구일입니다."

"그럼 막 여덟 살이 됐군요?"

"네. 막 여덟 살 됐습니다."

"키는 얼마인가요?"

"전……." 레이놀즈는 주저했다. "모르겠습니다. 한번도…… 모르겠습니다. 누가 그렇게 애들 키를 잰답니까? 이런 일이 생길 거라고 상상이나……."

"대강이라도 말씀해 주십시오. 일 미터? 일 미터 이십?"

"모릅니다. 몰라요."

"그 나이 대 애들은 평균적으로 백이십에서 백사십 센티미터 정도 됩니다. 아이의 키도 평균은 되겠죠, 레이놀즈 씨?"

"네. 아니면 약간 더 크거나요. 잘생긴 녀석입니다. 그 나이치곤 커요."

"몸무게는 얼마나 됩니까?"

"모릅니다."

마이어는 한숨을 내쉬었다. "체격은 어떻습니까? 통통한가요? 보통? 말랐습니까?"

"날씬합니다. 너무 통통하지도 않고 너무 마르지도 않고요. 그 냥…… 또래 애들 체격입니다."

"얼굴빛은 어떤가요? 혈색이 좋습니까, 노르스름합니까, 창백합니까?"

"모르겠습니다."

"그럼, 머리는 검은가요?"

"아뇨, 아닙니다. 금발입니다. 피부는 아주 하얗고요. 그걸 물으신 거죠?"

"네, 고맙습니다. 하얗다." 마이어는 메모를 해나갔다. "머리카락, 금발." 그리고 다시 물었다. "아이 눈동자는 무슨 색인가요, 레이놀즈 씨?"

"찾아 주실 거죠?" 레이놀즈가 갑자기 물었다.

마이어는 쓰던 것을 멈췄다. "노력하겠습니다. 있는 힘을 다하겠습니다, 레이놀즈 씨."

아이의 인상착의가 전화로 87분서에 전달되었고, 다시 본서로 전

송된 다음, 14개 주로 텔레타이프 메시지가 발송되었다. 그 내용은 다음과 같았다.

유괴 피해자 제프리 레이놀즈 나이 여덟 키 약 백삼십오 센티미터 몸무게 약 삼십 킬로그램 XXXXXXXX 머리카락 금발 눈 파란색 오른쪽 엉덩이에 딸기색 모반 XXXXXXXX 어린 시절 골절상 왼팔에 흉터 XXXXX 부친 성명 찰스 레이놀즈 XXXX 모친 사망 XXXXXX 보통 제프라고 부름 XXXXXX 밝은 빨간색 스웨터 파란색 덩거리거친 무명천 바지 하얀색 양말 스니커즈 착용 XXXXX 모자 없음 XXXXX 장갑 없음 XXXXX 장신구 없음 XXXXX 장난감 소총 소지 가능성 XXXXX 남자 동행 가능성 XXXXX 최근 목격 장소 아이솔라 시 스모크 라이즈 인근 표준 시각 십칠 시 삼십 분 XXXXX 도로 봉쇄 협조 관련 추가 지시 대기 바람 XXXXXX 기타 모든 정보 아이솔라 본서 수사본부 연락 XXXXXXXXXX

각급 분서, 주 경찰 지휘 본부, 지역 1인 기마경찰이 주둔하는 아담한 오두막, 그 밖에 주변 14개 주에서 텔레타이프 기계를 사용하고 있는 모든 사법기관의 텔레타이프 기계가 메시지를 뱉어 냈다. 메시지가 인쇄된 긴 하얀 종이테이프는 외국 신문을 보는 듯한 단조로움으로 가득했다. 그 바로 다음에 이어지는 메시지는 다음과 같았다.

절도 신고 XXX 1949년형 포드 세단 XXXXX 팔 기통 XXXX 회색 XXXXX 식별 번호 59 8L02303 번호판 RN 6120 XXXXXX 금일 아침 여덟 시 피터 슈웨드와 랜싱 교차로 슈퍼마켓 주차 XXXX 연락처 리버헤드 분서 하나-영-둘 XXXXX

회색 포드가 바퀴 자국이 난 차도로 올라오더니 한때 샌즈 스핏에서 감자를 키우던 어느 농장주의 소유였던 도로를 따라 요동치며 달렸다. 도로와 토지와 농장은 오래전 어느 사내에게 팔렸다. 도시 근교의 이 외진 곳에까지 개발 붐이 밀려들 거라는 꿈에 부풀어 벌인 부동산 투기였다. 그러나 개발 붐은 한때 감자 농장이었던 곳 근처로는 오지도 않았다. 투기꾼은 꿈이 실현되기도 전에 죽어 버렸고 이제 작물 한 포기 없이 황폐해져 자연의 침식에 천천히 먹혀 들어가고 있는 농장과 인근 부지는 부동산업자의 손을 거쳐 투기꾼의 딸에게 넘어갔는데, 그 딸로 말할 것 같으면 도시에 살면서 뱃사람이라면 나이를 가리지 않고 잠자리로 끌어들이는 마흔일곱 살의 추레한 주정뱅이였다. 업자로서는 10월 중순부터 한 달 동안 낡은 농가를 세 내주기로 한 것만도 대성공이었다. 이 가을철에 그만한 봉을 잡기란 쉽지 않았다. 여름철에야 유망한 세입자들을 상대로 농장이 해안 근처에 있다는 소리도 해 볼 수 있었고—그렇기는커녕 샌즈 스핏 한가운데에 있어서 반도의 양 해안 중 어느 쪽과도 가깝지 않았다— 도시 사람 한둘을 꼬드겨 한동안 그 낡아빠진 집에서 지내 보도록 할 수도 있었다. 그러나 노동절이 지나는 순간 업자의 희망은 사라졌다. 투기꾼의 주정뱅이 딸은 위스키와 뱃사람을 사기 위해 다른 방법을 찾아야 할 판이었다. 샌즈 스핏에 여름이 다시 돌아오기 전까지는 다 꺼져 가는 농가에서 수익을 거둘 길이 전무했다. 그런 골칫덩어리를 10월 중순에 세주게 되었으니 업자의 기쁨은 이루 말할 수 없었다. 당연히 그는 임대에 앞서 마련된 세심한 계획에 관해서는 조금도 알아차리지 못했다. 때 아닌 횡재에 흠 잡을 필요 있으랴. 돈도 즉석에서 현금으로 받았다. 아무것도 묻지 않았고 아무런 대답도 기대하지 않았다. 게다가 세입자들은 젊고 선량한 커플처럼 보이지 않던가. 아무것도 없는 곳에서 궁둥이가 얼어 터지고 싶다 한들 그건 그 사람들이 알아서 할 일이었다. 업자야 늙은 땅주인들이 그렇듯 십일조만 받아 내면 그만이었다. 아무렴. 그만이고말고.

포드의 전조등이 깜깜한 도로를 살피고 회색 농가를 훑은 다음 차가 커브를 도는 동안 따라 돌았다. 그리고 차가 멈췄다. 시동이 꺼지고 불이 꺼졌다. 운전석 문이 열리고 이십 대 후반의 젊은 남자가 어둠 속에서 나타나 현관문으로 달려갔다. 그는 조용히 문을 세 번 두드린 다음 기다렸다.

"에디?" 여자의 목소리가 물었다.

"나야, 캐시. 문 열어."

문이 활짝 열렸다. 빛이 얼어붙은 땅 위로 쏟아졌다. 여자는 마당을 내다보았다.

"사이는?"

"차 안에. 곧 올 거야. 키스 안 해 줄 거야?"

"오, 에디, 에디." 여자는 그의 품에 안겼다. 아무리 많아 봐야 스물넷은 넘지 않아 보였지만 스물넷의 '아가씨'라고 부를 만한 모습은 아니었다. 얼굴은 우아하고 사랑스러웠으나 그 아름다움은 오래되어 광택이 사라져 버린 딱딱한 베니어판 같았다. 캐시 폴섬은 스물넷의 '여자'였으며, 아마도, 아마도 한때는 열두 살 먹은 '여자'였을 것이다. 그녀는 검정 스트레이트 스커트와 파란 스웨터를 입었고 소매는 팔꿈치까지 걷어 올리고 있었다. 염색한 것이 분명한 머리카락은 뿌리를 비롯하여 군데군데 검은색이 드러나 있었지만 어째서인지 캐시의 머리 위에서는 그저 손질을 해 주지 않은 정도로만 보일 뿐, 싼 티는 나지 않았다. 그녀는 그날 오후 그가 농가를 떠난 이후 줄곧 커져 왔던 절박함을 담아 남편을 꼭 껴안았다. 팔로 허리를 감싸고 오래 키스한 다음 물러나서 그의 얼굴을 바라보며 그녀 자신조차 민망해할 만큼 상냥한 미소를 지어 보였고, 다시 그 민망함을 감추기 위해 황급히 그의 뺨을 매만지며 또다시 이름을 불렀다. "에디, 에디." 그러고는 황급히 물었다. "괜찮은 거야? 다 잘 됐어?"

"다 잘 됐어. 여긴 어때? 무슨 문제없고?"

"없었어. 가시방석에 앉은 기분이었어. 줄곧 생각했어. '이번이 마지막이에요. 하느님, 제발 잘못되는 일이 없게 해 주세요.'라고."

"전부 다 계획했던 대로 잘 됐어." 에디는 머뭇거렸다. "담배 있어, 자기?"

"가방 안에 있어. 저기 의자 위."

에디는 다급히 의자로 다가가 캐시의 핸드백을 뒤졌다. 그가 담뱃불을 붙이는 동안 그녀는 검은 슬랙스에 스포츠 재킷을 걸치고 안에는 목을 풀어헤친 흰 셔츠 위에 밤색 스웨터를 입은 키 크고 잘생긴 사내를 지켜보았다.

"라디오를 듣고 있었어. 어떤 언급이 있을지도 모른다고 생각했거든. 은행 같은 데에서 말이야." 캐시는 다시금 질문을 던졌다. "정말 잘 된 거지, 그렇지? 아무 일 없는 거지?"

"없다니까." 에디가 담배 연기를 길게 내뿜었다. "다만, 캐시, 저기…… 그러니까…… 엄밀히 말하자면……."

캐시는 한시라도 에디에게서 입술을 떼어 놓을 수 없다는 듯 잽싸게 또 한 번 키스하고는 속삭였다. "당신이 돌아왔잖아. 그거면 된 거야."

"여기다, 꼬마야." 그렇게 말하는 목소리는 강압적이었고, 이어서 목소리의 주인이 두 손으로 직접 밀치기까지 했다. 제프 레이놀즈가 비틀거리며 방 안으로 들어서자 뒤에 있던 사내는 킬킬거리며 문을 쾅 닫고 말했다. "아, 집에 돌아왔구나! 마음에 드냐, 꼬마? 변변찮은 집이지만 냄새 하나는 확실하지?" 그는 다시 킬킬거렸다. 외모에 어울리는 웃음소리였다. 마흔두 살에, 어두운색 정장을 말쑥하게 차려입었으나 면도가 절실히 필요해 보였다. 사내에게는 회사 연례 소풍에 가서도 즐거운 시간을 보내는 사람의 기운이랄까, 그런 남다른 기운이 있었다.

"내 총은 어디 있어요?" 제프의 목소리에 돌아선 캐시는 어안이 벙벙해져 아이를 바라보았다. 아이는 눈만 조금 휘둥그레지고 낯선 주변 환경에 살짝 당황해할 뿐, 그 외에는 태연한 모습이 전혀 겁먹지 않은 기색이었다.

"애가 총 달라잖아." 사이가 미소 지었다. "약속한 총 어딨어?"

캐시는 계속해서 제프를 바라보았다. "누구…… 대체 누구를……?" 그녀가 입을 열자 사이의 미소가 낄낄거리는 웃음으로 변하더니 이내 한바탕 폭소로 이어졌다.

"아, 저거 봐, 에디. 저 놀란 얼굴 좀 보라고. 나 웃겨 죽겠다!"

"내가 설명할게요, 사이." 에디가 말했다.

"총 어디 있어요? 얼른요, 나 돌아가야 돼요." 제프가 캐시 쪽을 보았다. "내 총 거기 있어요?"

"무, 무슨 총 말이니?" 그녀는 얼결에 그렇게 대답한 다음 소리쳤다. "얘는 누구야? 어디서……?"

"누구냐고?" 사이 바너드가 씩 웃었다. "질문하는 거 하고는. 예의는 어디 갔어, 이쁜이? 손님이 집에 오시자마자 사적인 질문을 해대다니."

캐시는 부리나케 남편 쪽으로 몸을 틀었다. "에디, 이 아이는……?"

"내가 소개하지." 사이가 허리를 깊이 숙여 절을 해 보였다. "얘야, 이쪽은 캐시 폴섬. 결혼 전 이름은 캐시 닐, 사우스 사이드의 자랑이지. 참 아름답지 않니? 마음껏 눈 호강을 해 두려무나. 캐시,

이쪽은……." 그는 말을 멈추고 팔을 쭉 뻗었다. "황야의 킹King of the
Wild Frontier 1955년 월트 디즈니사가 3부작으로 제작한 TV 아동 영화!" 자기가 생각해도 너
무나 우습다는 듯, 또다시 주체할 수 없이 웃음보가 터져 나왔다.

"대체 무슨 소릴 하는 거야, 에디? 이 아이는 어디서 데려왔어?
여기서 뭘 하고 있는 거지? 왜……?"

"처음부터 총은 갖고 있지도 않았던 거죠?" 제프가 따졌다.

"우리한테 총이 없다고?" 사이가 되받아쳤다. "요 녀석아, 우리
한테 있는 무기면 이차 남북전쟁도 일으킬 수 있어요. 리 장군에게
총이 이 정도로 많았더라면 지금쯤 우린 네 애비한테 남부 연합 지
폐로 달라고 했을걸." 이번에는 캐시의 이해력을 시험해 보기라도
하겠다는 듯 도전적인 웃음이었다. 시험은 필요하지 않았다. 캐시
는 지폐에 대한 언급을 놓치지 않았다. 그 의미는 즉각 충격으로 다
가왔다. 그녀는 남편 쪽으로 몸을 돌렸다. "에디, 당신……."

"가자, 꼬맹아. 총 가지러 가자고." 사이는 농장의 커다란 응접실
겸 부엌에서 침실까지 이어지는 문 쪽으로 제프를 몰고 갔다. "총이
랑 트로피 전시실은 이쪽이야. 어때, 있을 건 다 있지?"

캐시는 문이 닫히길 기다렸다가 에디에게 말했다. "자, 이제 설
명해 봐."

"보는 대로야." 에디의 목소리는 낮았다. 눈을 마주치려 들지도
않았다.

"정신이 나간 거야? 정신이 완전히 나간 거냐고?"

"제발 좀 진정해. 잠시만 마음을 가라앉혀 봐."

캐시는 이성의 끈을 놓지 않기 위해 부들부들 떨면서 뻣뻣하게 걸음을 옮겨 핸드백을 열고 담배 한 개비를 흔들어 뽑다가 손가락 사이로 떨어뜨리고는 다시 한 개비를 들어 불을 붙였다. "좋아. 말해 봐."

"납치한 거야." 에디가 간단히 말했다.

"왜?"

"왜냐니? 오십만 달러가 걸려 있다고."

"지금 그걸……."

"그것 말고 다른 이유가 더 필요해? 나 원 참, 이건……."

"은행이라고 했잖아. 그것도 끔찍하지만 적어도……."

"거짓말이었어. 애초에 은행은 생각도 안 했어. 말만 했던 거지. 은행 근처엔 가지도 않았어."

"그래, 그건 알겠네. 이게 얼마나 심각한 일인지 몰라서 그래? 유괴는 연방범죄라고! 전기의자에 앉을 수도 있어!"

"그건 재판까지 가기 전에 애가 돌아오지 않을 경우의 얘기고."

"당신은 이미 법정에 들어간 거나 마찬가지고 난 얘기를 듣는 것조차 처음이야! 언제부터 계획한 일이야?"

"그러니까…… 한 육 개월 됐나."

"뭐라고?"

"자, 진정해. 흥분할 거 없어."

"쟨 누구야?"

"바비 킹."

"바비 킹이 누군데?"

"쟤 아비가 그레인저 제화의 거물이야. 당신도 그 회사 알잖아. 비싼 여성용 구두 만드는 곳."

"그래, 어떤 회사인지 알아." 그녀는 잠시 침묵했다가 가냘픈 목소리로 말했다. "왜 이런 걸 계획하고 있다고 말하지 않은 거야?"

"그야, 당신은 찬성하지 않을 것 같았으니까. 내 생각엔……."

"찬성하지 않고말고!" 언성이 높아졌다. "저 애를 데리고 당장 여기서 나가! 데려왔던 곳으로 돌려보내라고!"

"어떻게 그래? 좀 이성적으로 생각해 보라고."

"당신이 돌려보내지 않으면 내가 하겠어."

"그래, 잘도 그러겠군."

"지금쯤 애 부모는 돌아 버렸을 거라고. 어떻게 이런 짓을……."

"아, 그 입 좀 닥쳐 볼래?" 에디가 거칠게 내뱉었다. "돈을 받을 때까지 쟨 여기 있을 거야. 결정 난 거니까 그냥 입 다물어."

캐시는 재떨이 쪽으로 걸어가 꽁초를 눌러 껐다. 그러고는 창문가로 자리를 옮겨 앞마당을 바라보았다.

에디는 그녀를 바라보다가 부드럽게 말을 꺼냈다. "캐시?"

"입 닥치라며."

"자기야, 오십만 달러가 걸린 일이야." 이제는 호소 조였다. "그냥 좀……."

"그 돈 필요 없어."

"반은 우리 거고 반은 사이 거야."

"낄 생각 없다니까! 손도 대지 않을 거라고!"

"그거면 멕시코로 갈 수 있어."

"당신도 멕시코도 지옥에나 가!"

"대체 왜 이러는지 모르겠네." 에디는 고개를 절레절레 흔들었다. "멕시코에 가고 싶다고 했잖아."

"그리고 당신은 이번이 마지막이라고 했지." 캐시는 창문에서 홱 돌아서며 소리쳤다. "마지막이라고. 그렇게 말했어. 은행이라고. 그냥 은행일 뿐이라고. 적당히 먹고살 정도만……."

"알았어!" 에디는 그러면 됐다는 투였다. "알았어, 이번이 마지막이야. 이제 됐어? 오십만 달러라고! 아카풀코로 가는 급행열차야!"

"유괴를 해서 말이지! 왜 더 추잡하고 썩어빠진 일은 생각나질 않……."

"유괴가 뭐 어때서? 우리가 애를 다치게 했어? 애한테 손이라도 댔나? 멀쩡하잖아?"

아이에게 생각이 미친 캐시가 침실문 쪽으로 몸을 돌렸다. "사이는 안에서 애를 데리고 뭘 하는 거지?" 그러고는 즉시 문을 향해 걸음을 옮겼다.

에디가 그녀의 팔을 붙잡았다. "괜찮아. 사이가 애한테 진짜 총을 준다고 약속했어. 그렇게 해서 데려온 거야. 여보, 상황을 좀 이해하려고 해 봐, 알겠어?"

"아무것도 이해하고 싶지 않아. 도대체 당신은 지켜야 할 선이라는 것도 몰라? 대체 애초에 이런 미친 생각은 어떻게 하게 된 거야? 대체 어디서 이런 생각이……?"

"그냥 떠올랐어. 그것뿐이야. 우리끼리 계획을 짰고."

"누가 계획을 짰는데? 당신?" 캐시는 잠깐 사이를 띄운 다음 덧붙였다. "아니면 사이?"

"둘이 같이 짰다니까." 에디는 잠시 그녀의 얼굴을 살폈다. "생각해 봐, 목 내놓고 강도질하는 것보다는 낫잖아, 안 그래? 이게 더 안전하지 않느냐고? 애를 빌렸다가 오십만 달러만 받으면 돌려주는 거야. 이편이 더 안전하잖아?"

"빌려? 누가 그래? 사이야?"

"아니라니까. 그만 좀 해. 둘이 같이 계획한 거라고 말했잖아."

"그렇게 말했다 이거지?"

"그래, 그래."

"거짓말하지 마. 사이 아이디어였잖아. 맞지?"

"아니……."

"맞지?"

"뭐, 그래." 에디는 그렇게 시인하고 재빨리 덧붙였다. "하지만 좋은 아이디어잖아, 캐시. 안 그래? 이번 건만 끝나면 정말로 손 털 수 있어. 진심이야, 자기. 잘 들어, 자기야. 난 진심이야. 이번이 마지막이야. 어쩌면…… 어쩌면 멕시코에 가서 진짜 성공할 수 있을지도 몰라. 정말 멋지겠지? 이 에디 폴섬이 말야, 응? 내가. 성공한다고. 응?"

"에디, 에디. 당신이 지금 무슨 짓을 한 건지 아직도 모르겠어?"

"여보, 내 말 믿어. 다 잘 될 거야. 약속할게, 캐시. 내가 언제 당신 실망시킨 적 있어? 나만 따라와, 여보. 알았지? 제발, 응?"

대답은 없었다.

"여보?"

여전히 대답은 없었다.

"여보, 제발 좀……."

"빵!" 제프가 소리치며 샷건을 들고 방으로 뛰어들었고, 사이가 그 뒤에서 빙그레 웃고 있었다. "와, 이 총 끝내준다!"

"애가 총을 좋아하네." 사이가 웃음을 터뜨렸다. "잘 갖고 놀아라. 익숙해져야지."

"사이, 저거 장전한 거예요?" 캐시가 깜짝 놀라 물었다.

"내가 애한테 장전한 총을 줬겠어?" 사이가 노파 흉내를 내며 혀를 찼다.

"당연히 장전돼 있죠." 제프가 총을 겨누고 외쳤다. "빵! 눈 사이에 정통이다!"

"자, 꼬마야, 작작해라. 좀 쉬엄쉬엄 놀아." 사이는 살짝 얼굴을 찌푸렸다. "에디, 우리 괴물 좀 틀어 볼까?"

에디는 부디 이해해 달라는 듯한 눈길로 힘없이 캐시를 바라보았다. 그러나 그녀는 이해해 주지 않았고, 그는 그 사실을 얼굴에서 읽어 내고는 낙담한 채 대답했다. "알았어요, 사이." 그런 다음 거실 저편에 있는 벽으로 걸어가 벽에 붙여 세워 둔 커다란 전신 장비를 덮고 있는 방수포를 벗겨 냈다.

"꼬마야." 사이가 제프에게 말했다. "이분은 프랑켄슈타인 박사 시란다. 이제 괴물을 살려 내실 테니까 잘 봐 둬라."

사실 그 장비는 괴물을 닮지는 않았다. 그래도 과학자의 연구실에 어울릴 법한 다이얼과 스위치, 눈금과 손잡이가 달려 있으니만큼 사이의 비유도 나름대로 그럴 듯했다. 에디가 기기로 다가가 스위치를 올렸다.

"어서 애한테 자랑 좀 해 보라고. 경찰 회선이 어느 주파수로 들어오는지 말해 줘."

에디는 수신기를 맞추는 데에 몰두하며 대답했다. "삼십칠 점 일사 메가사이클."

"역시 우리 박사님 머리는 대단해. 캐시, 남편 하나는 기차게 잘 낚았어."

"왜 내 남편을 끌어들인 거죠?" 캐시가 엄하게 따졌다. "왜 가만히 내버려 두질 못하고?"

"끌어들여? 누가, 내가? 이 친구가 자진해서 온 거야, 이 아가씨야." 수신기에서 귀청을 찢을 듯 높은 소리가 나왔다. "자, 됐다, 꼬마야. 괴물이 말하기 시작했어요."

"우와, 진짜 멋있다. 이거 어디서 났어요?"

"내가 만들었어." 에디가 대답했다.

"진짜로요? 끝장 힘들었겠다."

"뭐 그리……." 에디는 너무 뽐내는 것처럼 들리지 않으려고 애써 기쁨을 억눌렀다. "그렇게 힘들진 않았어."

"천재에게 힘든 일이 있으려고. 안 그래, 캐시?" 사이가 말했다. "에디, 자넨 전자공학의 마법사야. 그러니까 요 아가씨가 자넬 사랑하는 거잖아. 이것도 다 감화원에서 배운 건가?"

"집어치워요." 캐시가 쏘아붙였다.

"왜 또 그래? 남편 칭찬하는 중이잖아. 꼬마야, 에디는 언젠가 진짜 학교에 가서 남들처럼 학생이 될 거야. 그리고 라디오에 관해 속속들이 배울 거란다. 그렇잖아, 에디. 애한테 얘기 좀 해 줘."

에디가 부끄러운 듯 대답했다. "그래, 맞아."

"토머스 앨버 프랑켄슈타인. 이 친구가 바로 그분이란다, 얘야. 이런 물건을 만들어서 여자들이 다 너한테 홀딱 반하게 하는 법 알고 싶지 않아?"

"알고 싶어요!"

"좋았어, 그럼 이렇게 해. 열다섯 살이 되면 식료품점을 털어."

"사이, 무슨 소리를 하는 거예요?" 캐시가 끼어들었다.

"내가 뭘?" 사이가 순진무구하게 되물었다. "꼬마야, 총도 필요 없어. 그냥 에디가 그랬던 것처럼 주머니에 손만 넣고 가면 돼. 그러다 잡히면 소년원에 가고, 그 다음엔 아동법원에 가고, 그 다음엔 감화원에 들어가게 돼. 내 말이 맞지, 에디?"

에디는 더욱 어쩔 줄 몰라하며 열심히 다이얼을 돌려댔다. "그래, 맞아요. 그렇죠."

사이는 결론에 이르렀다. "감화원에 가면 라디오 만드는 방법을 배울 수 있어. 내 말이 맞지, 에디?"

"고치는 법만요."

"하나도 안 재밌어요, 사이." 캐시가 말했다.

"누가 재밌자고 한 소린가? 애한테 직업을 소개해 주는 거잖아. 자네가 감화원에서 배워 온 다른 것들도 다 가르쳐 줄까, 에디? 다른 직업 말이야?"

"아, 씨부리고 싶으면 다 씨부리든가요."

"어허, 애 앞에서 말을 곱게 써야지." 사이는 씩 웃으며 제프의 머리카락을 헝클었다. "꼬마야, 아저씨는 섬유공장에서 일하는 법밖에 못 배웠단다. 너 섬유공장에서 일해 본 적 있냐? 하지 마라. 그거 하면 재채기 나와. 섬유가 네 폐 속으로 기어들어 간다. 심지어 똥구멍으로도 들어가." 사이가 웃음을 터뜨렸다. "어떻게 돼 가, 박사?"

"잡고 있어요." 그러더니 갑자기 라디오에서 알아들을 수 있는 말이 쏟아져 나왔다.

"……십삼 번 상황. 모리슨 가와 북 구십팔 번가 교차로에서 사고 발생. 삼백삼 번 차량, 십삼 번 상황. 모리슨 가와 북 구십팔 번가 교차로에서 사고 발생."

"여기는 삼백삼. 알았다."

"코앞에서 애가 납치당했는데 교통 체증이나 걱정하고 있으니원." 사이가 말했다.

"이제 저 좀 데려다 주실래요?" 제프가 물었다.

"난 바빠, 꼬마야."

제프는 캐시 쪽을 돌아보았다. "아줌마는요?" 아이는 그녀를 솔직하고 천진한 눈길로 살펴보더니 이내 평가를 내렸다. "하긴, 여잔데 뭐. 여자가 뭘 할 수 있겠어."

사이 바너드가 폭소를 터뜨렸다. "알고 나면 아마 깜짝 놀랄 거다, 꼬마야."

"이백칠 번 차량, 이백칠 번 차량." 경찰 통신원의 안내는 계속 이어졌다. "십삼 번 상황. 리버 고속도로 인근 스모크 라이즈 로에 있는 스모크 라이즈의 더글러스 킹 사유지에서 이백사 번 차량과 합류 후 보조 바람. 십삼 번 상황이다. 스모크 라이즈……."

"우와, 들었어요?" 제프는 자신의 발견에 흥분했다. "더글러스 킹이래요!"

"……리버 고속도로 인근 스모크 라이즈 로에 있는 스모크 라이즈다."

"여기는 이백칠. 알았다."

"법의 긴 팔이 뻗쳐 오기 시작하는구먼." 사이가 말했다. "내가 뭐랬어? 그런 자식들은 경찰에게 전화하지 말라고 하면 그것부터 한다니까." 그가 슬프다는 듯 고개를 내저었다. "하여간 믿을 놈 하나 없는 세상이야."

"정말 이러고도 무사할 것 같아요, 사이?" 캐시가 물었다.

"무사하고말고. 이게 다 프랑켄슈타인 박사님의 아이디어 덕분이야. 나야 뭐 쓸모없는 취미밖에 더 있나. 스윙 음악뿐이지. 스윙 음악 같은 게 이런 일에 도움이 되겠어? 해리 제임스_{1930~40년대에 스윙 밴드}를 이끌며 명성을 떨친 미국의 트럼펫 연주자가 나팔을 분다고 이런 상황을 뚫고 나갈 수 있겠냐고? 어림없는 소리. 하지만 에디의 취미는 말이야, 꿈이지, 꿈. 이 라디오 말이야." 사이는 주먹을 말아 쥐고 그 위에 입을 맞췄다. "모두들 사랑해요. 라디오도 사랑하고. 에디도 사랑하고." 잠시 사이를 두었다. "심지어 캐시 자기도 사랑해. 캐시에게 알기 쉽게 설명해 주라고, 박사 양반."

"듣고 싶어하지 않을 거예요."

"그래?" 사이는 놀랐다는 듯한 표정이었다. "왜 그래, 이쁜이. 마음이 얼어붙기라도 한 거야? 장담컨대 이 기계는 역사에 길이 남을 거라니까. 그리고 이게 다 에디가 라디오를 잘 아는 덕분이야. 지금은 이렇게 저 괴물로 짭새들 얘길 듣고만 있지. 하지만 나중엔……캬, 이 계획은 생각만 해도 소름이 돋아."

"사이, 캐시는 관심 없다니까요."

"난 당신이 하는 일이라면 뭐든 관심 있어." 캐시가 나지막이 말했다.

"관심 있다마다. 마누란데. 좋아, 우리는 이리 오는 길에 킹에게 전화를 했어. 오십만 달러를 내놓으라고, 내일 아침까지 마련……."

제프는 눈을 깜빡였다. "킹 아저씨한테 전화했다고……?"

"조용히 해, 꼬마야. 내일 아침까지 돈을 준비하면 그때 가서 언제 어디에다 두면 되는지 알려 주겠다고 했지. 자, 그 다음이 끝내주는 부분이야. 자기, 듣고 있지?"

"듣고 있어요."

"좋아. 내일 아침, 우리는 다시 킹에게 전화를 할 거야. 녀석에게⋯⋯,"

"지금 그러니까⋯⋯," 제프가 입을 열자 사이가 소리쳤다. "닥치라고 했으면 좀 알아들어!" 그는 제프를 사납게 노려보았다.

제프는 놀이라도 하는 듯 손을 엉덩이에 얹고는 우쭐거리며 사이에게 다가가 한껏 터프가이 목소리를 내며 말했다. "네놈이 뭐라도 되는 줄 아나, 맥?"

"작작해, 꼬마. 그러다 다친다."

제프는 아랑곳하지 않았다. "한번 해보겠다 이거요, 형씨?"

"집어치우라고 했다!" 사이는 소년을 냅다 밀쳐냈다. 제프는 움찔하며 그를 바라보다가 울상을 지었다. 방은 침묵에 잠겼다. 잠시 후 그 침묵을 뚫고 라디오가 다시 살아났다.

"모든 차량에게 알린다. 모든 차량에게 알린다. 스모크 라이즈 유괴에 관한 사항은 다음과 같다."

"어이, 들어 봐요." 에디가 말했다.

"밝은 빨간색 스웨터, 파란색 덩거리 바지, 하얀색 양말, 스니커즈를 신은 여덟 살 난 금발머리 소년을 찾고 있다. 모자와 장갑은 착용하지 않았으며 장난감 소총을 가지고 다닐 수도 있다."

"너 유명해졌구나, 꼬맹아." 사이가 히죽거렸다.

"아이의 이름은 제프리 레이놀즈로, 보통 제프라고 부르며⋯⋯."

"뭐?" 에디가 말했다.

"내 이름을 말했어요." 제프가 놀라 말했다.

"닥쳐!" 사이가 쏘아붙였다.

"……킹 사유지에서 운전기사로 일하는 찰스 레이놀즈의 아들이다. 무언가 착오가 있었던 것 같은데 아직은 확실하지 않다. 몸값으로 오십만 달러를 요구한 걸 보면 어쩌면 유괴범들은 아직 누구를 유괴한 건지 모르고 있을 가능성이 높다. 모르겠다. 아무튼 내용은 여기까지다."

"이게 무슨 소리죠, 사이?" 공포가 하얀 페인트처럼 에디의 얼굴을 뒤덮었다. 사이를 쳐다보는 두 눈이 답을 원하고 있었다. 온몸으로 답을 원하고 있었다.

"저 사람이 내 이름을 말했어요." 제프는 깜짝 놀란 기색이었다.

"거짓말하는 거야." 사이는 재빨리 부정했다. "우릴 속여 넘길 생각인 게지."

"경찰 라디오로요? 놈들은 우리가 듣고 있는 줄도 모른다고요!"

"그래, 놈들이 아는 거라곤 우릴 잡고 싶다는 것뿐이지. 그러니까 싸구려 속임수를 쓰고 있는 거야. 보나마나 킹도 한몫했겠지! 그 사기꾼 같은 자식이!"

"어쩌다가 다른 애를 잡아 온 거죠?" 에디는 울부짖었다.

"다른 애가 아니야!"

"하지만 다른 애라면요?" 캐시는 침착했다. "전부 다 헛수고였다는 뜻이죠. 아무 소득도 없이 문제만 생겼어요."

에디는 아내를 보다가 다시 사이를 바라보았다. "당신…… 경찰이 하는 얘기를 믿을 거야? 캐시, 경찰을 믿어선 안 돼!"

"그럼 누굴 믿을 수 있는데? 사이?"

"못 믿을 거 있나? 난 이 꼬맹이가 바비 킹이라고 말하겠어. 이제 어쩔 건데?"

"내가요?" 제프는 혼란스러워했다. "난 바비 아닌데요."

"한 마디만 더 했다간……,"

"말하게 돼요." 캐시가 말했다. "애야, 이름이 뭐니?"

"제프요."

"거짓말이야!" 사이가 소리쳤다.

"아니에요!" 제프가 맞받아치며 사이를 노려보았다. "나, 아저씨 마음에 안 들어요. 알아요? 나 집에 갈래."

제프는 문 쪽으로 걸어갔다. 사이가 팔을 잡아채어 왈칵 잡아당기자 발이 땅에서 떨어질 듯했다. 소년에게 바짝 달라붙어 선 그의 얼굴에서는 이제 익살을 찾아볼 수 없었고 두 눈에서도 웃음기가 사라졌다. 그는 무미건조한 목소리로 물었다. "네 이름이 뭐지? 진짜 이름 말이야."

6

킹 사유지로 들어가는 진입로 양쪽에 선 두 돌기둥에는 유리와 연철로 만든 장식용 등이 각각 하나씩 걸려 있었다. 기둥은 사유지를 지나쳐 뻗어 가며 스모크 라이즈와 바깥 세계의 소통 창구 노릇을 해 주는 스모크 라이즈 사유도로에서 1미터가량 물러난 자리에 서 있었다. 두 기둥과 자갈이 깔린 길 사이로는 잔디가 좁다랗게 단을 이루었다. 잔디가 길을 따라 난 모습이 흡사 10월에 뜯어 먹혀 탁해진 초록빛이 회색 리본을 감싸고 있는 듯했다.

도로는 대체로 황량했다. 특히 기승을 부려대며 다가올 한겨울의 전령 노릇을 하는 10월의 이런 밤에는 더욱 그랬다. 하브 강에서 불어오는 차가운 바람은 미친개와 영국인과 경찰을 제외한 모든 이를 실내로 몰아넣었다. 세 무리가 밖에 남은 까닭은 아마도 조금씩 다르리라. 미친개는 변덕스러운 광증 때문에, 영국인은 '냉혈'하기로 이름난 국민성 때문에 밖에 남았지만 경찰은 억지로 나와 있었다. 그날 밤 그 도로에 나온 경찰 중, 좋은 책이나 좋은 여자나 좋은 브랜디와 함께 집 안에 남는 편을 선호하지 않을 이는 아무도 없었다. 설령 함께하는 것이 나쁜 책이나 나쁜 브랜디나, 까놓고 비애국적으로 말해서, 나쁜 여자였다 하더라도, 그날 밤 밖에 나온 경찰 중 그 편을 선호하지 않을 이는 아무도 없었다.

그날 밤 그 도로에는 좋든 나쁘든 여자는 한 명도 없었다.

그곳에는 남자들뿐이었고, 자기 일에 열중한 남자들이란 날씨가 좋을 때조차 서로에게 따분한 동료가 될 수 있는 법이다.

"내 평생 시월이 이렇게 추운 건 처음이야." 앤디 파커 형사가 말했다. "이 도시에서 평생을 살았지만 이렇게 추운 적은 없었는데. 정말 오늘 밤에는 불알도 떨어지겠어. 몽땅 얼어 죽을 밤이로군."

코튼 호스 형사가 고개를 끄덕였다. 손목 부분에 털이 달린 가죽 장갑을 끼고 있었건만 손전등을 든 손가락은 뼛속까지 얼어붙을 것 같았다. 그는 진입로 기둥에서 도로를 건너가면 나오는 잔디밭 위에다 둥그런 빛을 비춰 주는 중이었다. 발치에 있는 피터 크로니그라는 이름의 감식반원과는 그리 멀지 않은 과거에 살짝 얼굴을 붉힌 전력이 있었다. 호스는 크로니그가 잔디밭을 네 발로 기어 다니며 수색을 벌이는 동안 손전등을 비춰 주는 자신의 신세가 마음에 안 드는지 어떤지 확신할 수 없었다. 전에 만났을 때는 자신이 꼴사납게 크로니그의 꼬리를 붙잡고 늘어졌음을 아는 터라, 이렇게 서로 가까이 있다는 사실이 못내 민망할 따름이었다. 물론 크로니그와 처음 마주쳤던 것은 호스가 87분서에서 근무를 시작한 지 아직 얼마 되지 않았을 때였다. 동네에 새로 이사 온 아이라면 다들 그렇듯, 다른 아이들에게 자신을 증명하고 싶어 안달을 내던 참이었다. 감식반에 간 호스는 자신이 첫눈에 분서 최고의 경찰이라고 생각한 스티브 카렐라가 보는 앞에서 크로니그를 닦달해댔다. 나중에 카렐라는 더없이 상냥한 태도로 그를 꾸짖어 주었고, 호스는 귀한 교훈을 얻었다. 감식반을 적으로 만들지 말 것. 그는 교훈을 잘 익혔다. 다시 한 번 크로니그와 일하게 된 지금에 와서는 더없이 각별한 교훈이었다.

"좀 더 왼쪽으로." 크로니그가 말했다.

호스는 불빛을 옮겼다.

"영하 십육 도밖에 안 된대." 앤디 파커가 투덜거렸다. "그게 말이 된다고 생각해? 영하 이십 도는 되는 것 같지 않아? 그런데 십육 도밖에 안 된대. 라디오에서 그러더라고. 더럽게 춥네. 안 추워, 호스?"

"추워."

"말이 별로 없는 편인가 봐?"

"말해." 딱히 앤디 파커에게 자신의 주장을 증명하고 싶은 기분은 아니었다. 잘 아는 사이도 아니었고 함께 고생길에 나선 것도 이번이 처음이었지만, 형사실에서 지켜본 바에 따르면 파커는 거리를 두는 편이 상책인 사람이었다. 그러나 크로니그에게 저질렀던 것과 같은 실수를 다시 저지르고 싶지 않았다. 친구가 될 수도 있는 사람을 적으로 돌리고 싶지 않았다. "그냥 입이 얼어붙어서 그래." 이걸로 파커를 달랠 수 있기를 바라며 그가 덧붙였다.

파커는 고개를 끄덕였다. 그는 덩치 큰 사내로, 맨발로 서도 187센티미터에 달하는 호스만큼이나 키가 컸다. 그러나 눈이 파랗고 머리카락이 빨간(왼쪽 관자놀이에 흰 머리가 난 부분만 빼고) 호스와는 달리 머리카락이 검고 갈색 눈에 거뭇거뭇한 수염까지 나서 어둡다는 인상을 주었다. 그리고 솔직히 말해서 두 사람은 그 외모만큼이나 닮은 구석이랄 게 없었다. 호스는 아직도 적응하는 중인 경찰이었다. 파커는 모든 것을 두루 아는 경찰이었다.

"어이, 크로니그. 대체 뭘 찾고 있는 거야? 보물이라도 묻혔나? 네 발로 땅바닥을 기어 다니는 것 말고는 할 일이 없어?"

"시끄러워, 파커." 크로니그가 받아쳤다. "기어 다니는 건 나잖아. 하는 일이라곤 날씨 타령뿐인 주제에."

"뭐야, 그럼 자넨 안 춥나? 에스키모 혈통이라도 돼?" 파커는 잠시 입을 다물었다가 덧붙였다. "에스키모는 자기 아내를 빌려 준대. 그거 알아?"

"알아." 크로니그가 대꾸했다. "이쪽을 살펴보지, 호스. 가자고."

도로 몇 미터 위쪽으로 자리를 옮기는 동안, 손전등 불빛은 자갈길을 따라 잔디가 난 길가를 노닐었다.

"자네가 알든 말든 진짜야." 파커가 계속 말을 걸었다. "에스키모가 다른 에스키모를 방문하면 그날 밤에 아내를 빌려 준다더군. 감기 걸리지 말라고 말이지." 앤디 파커는 머리를 내저었다. "그래 놓고 우리더러 문명인이라니. 크로니그, 오늘 밤 자네 아내 좀 빌려줄 테야?"

"자네한텐 커피 살 동전 하나 안 빌려 줘." 피터 크로니그가 되받았다. "이쪽이야, 호스. 뭔가 있을 것 같은데." 그는 갑자기 몸을 수그렸다.

"언제 동전 빌려 달랬나, 아내 빌려 달랬지." 파커는 어둠 속에서 히죽거렸다. "자네도 이 친구 아내를 봐야 해, 호스. 영화배우 같다니까. 내 말 맞지, 크로니그?"

"저리 꺼져." 크로니그가 대답했다. "아무것도 없군, 호스. 좀 더 가 보지."

"뭘 찾는데?" 호스는 가능한 한 상냥하게 물었다.

잠시 그를 바라보는 크로니그의 입에서는 입김이 피어올랐다. "발자국, 타이어 자국, 옷의 흔적, 성냥, 단서를 줄 수 있는 거라면 어떤 빌어먹을 것이든."

"그렇군." 공손한 대답이었다. "괜히 끼어들 생각은 없어. 그쪽 일이야 알아서 잘 할 테고, 내가 이러쿵저러쿵 제안을 내놓을 자격은 없으니까."

"그래?" 크로니그가 수상쩍다는 듯 쳐다보았다. "지난번에 만났을 때는 제안할 것도 많고 해답도 많았던 것 같은데. 탄도학이라면 꿰고 있지 않았던가? 애니 분 사건 때였지?"

"맞아."

"그런데 지금은 수줍어지셨다? 팔십칠 분서의 수줍은 한 떨기 꽃이라 이거지."

"자네와 언쟁하고 싶은 마음은 없네. 그때는 내가 머저리처럼 굴었어."

"그래?" 크로니그는 놀란 기색이었다. 그는 계속해서 호스를 바라보더니 입을 열었다. "제안하고 싶은 게 뭐야? 나라고 신은 아니니까."

"나도 그래. 하지만 유괴범이 차를 댔든 서 있었든 뭘 했든 간에 이렇게 잘 보이는 곳에서 그랬을까? 내 말은 그러니까, 여긴 도로 한가운데잖아?"

"아마 안 그랬겠지. 그럼 어디에 주차했을 것 같은가?"

"위쪽으로 가면 차를 돌릴 수 있는 곳이 한 군데 있네. 기둥에서 오백 미터 정도 떨어진 곳이야. 그냥 흙이 깔린 짧은 토막길 같은 거지만. 덤불에 가려 거의 안 보이더군. 가능성이 있을지도 몰라."

"그럼 가서 보자고."

"영화배우 같다니까." 파커가 끼어들었다. "이 친구 아내 말이야. 유방이 여기까지 나왔어. 극장에서 말고는 이 친구 아내 것만 한 유방은 본 적이 없어. 진짜 죽인다니까."

"닥쳐, 파커."

"자네 아내 칭찬하는 거잖아. 그런 유방은 아무나 달고 있는 게 아니야. 거기 묻히면 정신이 혼미해질걸. 코도 파묻을 수 있고, 입도 파묻을 수 있고, 원한다면 아예 대가리를 통째로⋯⋯."

"닥치라고, 파커! 내 아내의 특징에 대해 자네랑 토론하고 싶은 기분이 아니라고 했네."

"뭐야, 자네 예민한 타입이었어?"

"그래, 예민한 타입이야."

"그런데도 다들 에스키모를 원시적이라고 한다니까." 파커가 투덜거렸다. "나 원."

사내들은 무거운 발걸음으로 자갈길을 조용히 걸어갔다. 밤은 수정 조각처럼 날카롭고 선명하고 바삭거렸다. 무거운 짐을 진 채 발굽을 내딛는 짐말처럼 차를 돌리는 곳을 향해 걸어가는 세 사람 뒤로 수분을 머금은 입김이 따라왔다.

"여긴가?"

"맞아. 올 때 봤어."

"차를 돌릴 수 있을 만큼 그리 넓진 않군. 애초에 차를 돌리는 데가 맞다면 말이지만." 크로니그는 고개를 내저었다. "차를 돌리는 데는 아닐 거야. 최소한 처음부터 그런 용도로 만들진 않았거나. 쓰다 보니 그렇게 됐겠지. 저기 봐. 관목이 부러진 거 보이지?"

"그래. 하지만 여기에 차 한 대쯤 세워 뒀을 수는 있지 않을까?"

"그래, 그랬을 순 있겠지. 불을 좀 비춰 볼까."

호스는 손전등을 켰다. 불빛이 바닥을 뒤덮었다.

"진흙이 얼어붙었군." 파커가 역겹다는 듯 말했다. "전쟁 당시 이탈리아 같아. 십오 년이 지났는데 아직도 난 얼어붙은 진흙에 궁둥이를 처박고 있는 신세라니."

"무슨 자국이라도 있어?"

"내가 싫어하는 게 바로 진흙 속에서 행군하는 거였어. 하루 종일 진흙 속을 걷다가 밤새 내내 그 안에서 자고 다음 날 일어나서 또 걸어야 한다고. 추위는 또 어떻고? 브라우닝의 총신을 만지면 손이 달라붙었어. 그 정도로 추웠지."

"해군에 입대하지 그랬나." 크로니그가 냉담히 대꾸해 주었다. "여기 뭘 찾은 것 같네, 호스."

"뭔데?"

"타이어가 미끄러진 자국이야. 누군가 여기서 꽁지가 빠져라 차를 돌렸군."

"그렇군." 코튼 호스는 크로니그 옆에 무릎을 꿇었다. "상태는 괜찮나?"

"위에 얇게 얼음이 깔려 있어." 크로니그는 자기만의 세계에 빠진 양 반사적으로 고개를 끄덕였다. "자, 이걸 갖고 뭘 할 수 있는지 알아볼까?"

그가 검은 가방을 열자 호스는 손전등을 비춰 안이 잘 보이도록 해 주었다.

"셸락, 스프레이, 탤컴파우더, 석고, 물, 고무덮개, 숟가락, 주걱. 준비는 다 됐군. 내가 알고 싶은 건 단 하나뿐이지."

"그게 뭐지?"

"얼음 위에 셸락을 뿌려야 하나, 아니면 타이어 흔적이 손상될 각오를 하고 얼음을 제거해야 하나?"

"좋은 질문이군."

"죽어도 하면 안 되는 건 하나 있지." 파커가 말했다. "얼음이 녹기를 기다리는 거야. 여긴 계속 겨울일 테니까."

"하여간 낙천적인 소리만 해대는군. 가서 산책이라도 하시지?"

"안 그래도 그러려고 했어. 이 집에 가서 요리사에게 커피나 얻어 마시련다. 그 여자 젖통이 자네 아내 것만 하더라고."

전화 회사에서 온 남자는 목재에 구멍을 하나 더 뚫은 다음 드릴을 레이놀즈에게 건네고는 구멍에서 톱밥을 불어 냈다. 그는 바닥에 쪼그려 앉아 쥐를 기다리는 고양이처럼 구멍을 살펴보더니 다시 일어섰다.

"됐습니다. 이제 선을 연결하죠." 그는 한창 통화 중인 카렐라 곁을 지나치며 방을 가로질러 갔다.

"걱정하실 건 아무것도 없습니다." 전화 회사 직원이 레이놀즈에게 말했다. "생각해 보세요. 놈들이 선생 아이를 잘못 데려갔다는 걸 깨달으면 바로 놓아줄 겁니다. 그렇지 않겠어요?"

"지금쯤이면 소식이 있어야 하는 것 아닌가요."

"거, 불안해하지 마세요. 불안해하기 시작하면 반쯤 지고 들어가는 겁니다. 그렇지 않겠어요?"

카렐라는 전화에 대고 말했다. "도대체 거긴 왜 그렇게 통화 중이야? 차량반에 연결해 주기는 할 건가?" 그는 잠시 상대의 말을 듣다가 다시 소리쳤다. "그럼 제발 냉큼 움직여 주겠나? 여기 애가 유괴됐단 말이야!"

"캐시디 씨는 아이가 있으십니까?" 레이놀즈는 전화 회사 직원에게 물었다.

"넷 있습니다. 아들 딸 둘씩이오. 멋진 가족 아닙니까?"

"아주 멋지군요."

"한 명 더 낳으면 매끈하게 마무리할 수 있지 않겠나 생각 중입니다. 그렇지 않겠어요? 다섯이란 둥글둥글 좋은 숫자야. 제가 아내에게 그렇게 말했죠." 그는 잠시 사이를 두었다. "아내는 넷도 충분히 꽉 찬 숫자라고 합니다마는." 그는 전선 타래를 집어 들고 응접실 바닥을 가로지르며 선을 풀어 놓기 시작했다. "요즘 여자들은 그게 문제예요. 한 가지 알려 드릴까요?"

"뭘요?"

"중국에서는요, 여자들이 논에서 애를 낳는답니다. 그렇지 않겠어요? 쟁기를 내려놓고 알아서 애를 낳은 다음 다시 바로 발을 딛고 일어서서 쟁기질이 됐든 뭐가 됐든 하던 일을 한다, 이 말입니다. 그렇지 않겠어요?"

"글쎄, 전 잘 모르겠군요. 사망률은 얼마나 된답니까?"

"이런, 사망률이 얼마나 되는지는 모르겠네요." 캐시디는 잠시 골똘히 생각하다가 말했다. "하지만 얼마 안 죽는다는 건 확실히 압니다." 그러고는 다시 덧붙였다. "그렇지 않겠어요?"

"그 사람들이 아이를 놓아줬다면 누군가 이미 발견했어야 하지 않을까요?"

"선생님, 제가 걱정 마시라고 말씀드렸잖아요. 그렇죠? 그러니 걱정은 그만하세요. 애는 괜찮다니까요. 아시겠어요? 나 원 참, 잘 못 데려간 애잖습니까. 놈들이 뭘 어쩌겠어요—죽여요?"

"연결될 때도 됐지." 카렐라가 전화기에 대고 말했다. "거기 대체 뭐가 어떻게 된 거야? 피노클카드놀이의 일종 판이라도 벌이셨나?" 그는 잠시 상대의 말을 듣더니 다시 말했다. "팔십칠 분서 스티브 카렐라 네. 그 유괴 사건 때문에 스모크 라이즈에 와 있어. 우리 생각엔— 무슨 유괴냐니, 무슨 소리야? 거기 대체 경찰서야 보건위생과야? 이 도시 라디오마다 그 소린데."

"그 사람들이 거리에다 풀어 준 거라면 그 앤 어디로 가야할지도 모를 겁니다. 길을 잘 찾는 애가 아니라서요." 레이놀즈가 말했다.

"선생님, 애들은 다 길을 잘 찾아요. 그렇지 않겠어요?"

"아무튼." 카렐라는 통화를 이어나갔다. "절도 차량을 확인해 보는 게 좋겠다 싶어서. 혹시 유괴에 사용된 차가……," 말이 뚝 끊겼다. "뭐요? 이봐, 당신 이름이 뭐야? ……좋아, 플레니어 형사, 난 납치에 관한 농담은 이미 들을 만큼 들었고 지금 이런 상황에선 별로 웃기지도 않다고 생각하네. 자네는 소나무 관에서 사람 하나가 시체로 발견돼도 관이 어쩌고 하는 농담이나 할 건가? 지금 여기 여덟 살짜리 애가 사라졌고, 절도 차량을 검토하고 싶으니까 당장 목록이나 갖다…… 뭐? ……아니, 그냥 지난 일주일에서 열흘 정도만. 고맙네, 플래니어 형사…… 뭐? 시끄러워. 주소는 그냥 스모크 라이즈 더글러스 킹으로 하면 돼. 스모크 라이즈 로 근처. 이만 끊겠네, 플래니어 형사." 그는 전화를 끊고 캐시디를 돌아보았다. "잘 난 척하기는. 내가 피노클 판을 깼다는군요."

"뭔가 새로운 소식이라도 있습니까, 카렐라 형사님?" 레이놀즈가 물었다.

"그냥 차량반이랑 얘기했을 뿐입니다."

"오."

"이분은 걱정이 태산이시네요." 캐시디가 말했다. "아무 걱정할 것 없다고 계속 말씀드려도 그러세요. 사실 이렇게 전화를 한 대 더 설치하는 것도 시간 낭비예요. 애는 눈 깜짝할 사이에 돌아올 겁니다. 그렇지 않겠어요?"

"그렇게 생각하십니까?" 레이놀즈는 카렐라에게 물었다.

"글쎄요……." 현관벨이 울렸다. 카렐라는 전화 탁자 곁에서 일어나 문을 열어 주러 갔다. 파커가 팔을 옆구리에 부딪쳐대며 방으로 들어왔다.

"후우우! 북극이 따로 없군!"

"밖이 추운가?"

"후우우!" 앤디 파커는 거듭 아우성쳤다. "여기는 좀 어때? 쾌적하고 따뜻하신가, 스티비? 자네도 미친 과학자랑 같이 밖에 있어 보라고."

"크로니그는 뭐하고 있나?"

"타이어 자국 본을 뜨려고 하더군. 그런 다음엔 아마 지문을 찾는답시고 망할 진입로 전체를 훑어대겠지. 감식반 녀석들 진짜 더럽게 성가시네. 망할 미친 과학자 놈들. 어차피 애는 이미 죽었을 텐데." 카렐라가 그의 갈비뼈를 날카롭게 찔렀다. "왜 그래?" 파커가 물었다.

카렐라는 서둘러 레이놀즈의 눈치를 살폈다. 파커의 말을 듣지 못한 기색이었다. "반장님은 아직 안 오시고?"

"응, 못 봤어. 집에서 마누라와 뒹굴고 계시겠지." 그는 캐시디가 색색의 전선을 끌며 방을 가로지르는 모습을 뜯어보았다. "저놈은 뭐하는 거야?"

"전화 회사 본사로 연결되는 중계선을 설치한다는군."

"저건 또 뭐고?" 파커가 전화 근처에 설치된 장비를 가리켰다.

"잘 알면서 그래. 도청 장치잖아."

"다 쓸데없는 짓이야. 도청이니 중계선이니 다 쓸데없다고! 내 평생 소란도 이런 소란이 없군. 형사부장이 와 있다고 해도 놀라지 않겠어."

"아마 반장님께서 연락하실걸."

"그러시겠지. 그런데 대체 뭣 때문에? 감식반은 밖에서 네 발로 기어 다니면서 타이어 자국을 킁킁거리고 있고, 경찰이란 경찰은 몽땅 시 내외에 있는 하숙집이랑 호텔이랑 모텔이랑 여인숙을 돌고 있지. 공항 두 곳에도 형사를 배치했고 기차역이며 버스터미널이며 전차 정류장까지 죄다 감시 중이야. 그런데 대체 뭣 때문이냐고? 그 싸구려 도둑놈들에겐 두 가지 선택밖에 없어."

"그런가, 앤디?"

"그렇고말고. 애를 풀어 주든가 아니면 화풀이로 죽이든가야."

"유괴범은 죄다 잡아다가 말뚝에 묶어 태워 죽여야 합니다." 캐시디가 말했다. "기껏 피땀 흘려 좋은 가족을 꾸려 놨더니 웬 놈이 들어와서 애를 데려가다뇨. 법이 있어야 한다니까요."

"설마…… 설마 그 사람들이…… 제프를 해치진 않겠죠, 카렐라 형사님?" 레이놀즈가 물었다. "그 사람들이 원하는 아이가 아니라는 걸 언제쯤 알아차릴까요?"

"요즘 세상엔 아무도 안심할 수 없어요, 아무도. 이게 다 경찰이란 놈들이……." 캐시디는 문득 경찰이 있다는 사실을 깨달은 듯 말을 멈추고는 무심코 목청을 가다듬었다. "전화나 테스트해 봐야겠군요." 그는 새로 설치한 전화의 수화기를 들고 초조한 손길로 후크 스위치를 눌러댔다. "여보세요? 여보세요?"

"부엌에 가서 커피나 한잔 마셔야겠어." 파커가 말했다. "마실 텐가, 스티비?"

"아냐, 됐어."

"도청에다 중계선이라니." 파커는 역겹다는 듯 내뱉고는 방을 나갔다.

"여보세요." 캐시디가 전화에 대고 말했다. "캐시디야…… 뭐? ……그 깡총이 캐시디^{소설가 클라렌스 E. 멀포드가 창조한 카우보이 캐릭터} 농담 좀 집어치워. 스모크 라이즈 회선 테스트 중이야." 그는 귀를 기울였다. "그래…… 좋아. 알았어. 그럼 다 됐네. 또 할 일은 없고?" 상대방이 뭐라고 하자 그는 수첩에 주소를 갈겨 적었다. "알았어. 끊을

게." 그는 전화를 끊었다. "자, 됐습니다."

"다 된 겁니까?"

"전화만 들면 바로 저희 본사로 연결됩니다. 전화를 추적하실 거죠?"

"추적할 전화가 다시 걸려 온다면요."

"제가 한 가지 가르쳐 드릴게요, 경관님. 하지만 이 이야기는 퍼뜨리시면 안 됩니다. 다이얼식 전화기를 쓰면요, 전화 추적은 어림도 없답니다. 그거 아세요?"

"압니다."

"아, 아시는구나. 자, 그럼 놈이 교환원의 손을 빌리길 기도하셔야겠네요. 어, 이거 무슨 저질스러운 농담 같군요, 그렇죠?" 캐시디는 자기 말에 혼자 낄낄거리더니 주머니에서 서류를 꺼내고는 손목시계를 보았다. "그 세 사람은 저녁을 밤새도록 먹으려는 걸까요? 누가 설치 확인서에 서명을 해 줘야 하는데."

"식사는 곧 끝날 겁니다."

"이렇게 서명을 좋아하는 회사가 또 없어요. 화장실에라도 가고 싶으면 그것도 서명을 받아야 할걸요. 그렇지 않겠어요?" 캐시디는 머리를 절레절레 내저었다. "두고 보십쇼. 조만간 전화 회사가 미합중국에 전쟁을 선포할 테니까."

"무슨 소식 없습니까, 카렐라 형사님?" 킹이 오른손에 커피잔을 들고 식당으로 통하는 아치를 지나 응접실로 들어섰다. 다이앤과 캐머런이 그의 뒤에 바싹 붙어 따라왔다.

"아직 없습니다, 킹 선생님."

"킹 선생님, 혹시 여기에 서명……," 캐시디가 입을 열었다.

"왜 이렇게 오래 걸립니까? 제대로 찾고 있기는 한 겁니까? 아이의 인상착의는 다 전달 됐어요?"

"네, 다 전달받았습니다."

"여기 서명 좀……."

"애가 거리에서 돌아다니고 있을지 모른다는 것도 아는 겁니까? 유괴범들이 집 앞까지 바래다 줄 리가……,"

"네, 그것도 알고 있습니다."

"이 양식에 서명 좀 부탁……,"

"그럼 왜 아직 아무도 애를 발견하지 못한 겁니까? 본서에 제보 전화를 받을 사람은 있는 거겠죠? 어떤 시민이 보고 연락을 취할지도……,"

"다 처리해 뒀습니다."

"킹 선생님, 이 설치 확인서에 서명 좀 해 주시겠습니까?"

킹은 응접실에서 막 화성인을 발견하기라도 한 표정으로 캐시디를 돌아보았다. "무슨 설치 말입니까?"

"중계선이오. 사무실까지 연결되는."

"무슨 중계선 말입니까?"

"설치하기 전에 말씀드렸습니다만." 카렐라가 말했다.

"아. 아, 그래요. 그거."

"우선 몇 가지 여쭤 봐야겠습니다, 선생님." 캐시디가 말했다.

"뭐요?"

"댁에 전화가 이것뿐입니까? 그러니까, 제가 중계선을 깔기 전에 말입니다."

"아니오. 번호가 두 개 있어요. 저거랑 위층에 있는 내 개인 회선이랑."

"그 번호도 알 수 있을까요?"

"스모크 라이즈 8-7214와 7215."

"그 둘이란 말씀이시죠?"

"차에도 전화가 있습니다. 그 번호도 알아야 합니까?"

"아뇨, 집 전화만 알면 됩니다. 카폰은 별개니까요. 이미 설치한 회선 기록이 있어야 뒤얽힐 염려가…… 뭐, 별 상관없는 얘기군요. 이 서류에 서명해 주시겠습니까?" 캐시디는 서류를 킹에게 건넸다.

"내가 보기엔 이거 다 시간낭비 같은데요." 킹이 서명하며 말했다. "일단 놈들이 아이를 풀어 주기만 하면……."

"만반의 준비를 하자는 겁니다." 카렐라가 말했다.

"우리 아들 침실 밖에 경찰이 있는 것도 그런 이유에서입니까?"

"그렇습니다. 유괴범이 다음에 또 무슨 짓을 할지 모르니까요."

"내가 보기엔 별 선택의 여지가 없을 것 같은데." 킹은 서명한 서류를 캐시디에게 돌려주었다.

"고맙습니다." 캐시디가 말했다. "걱정하지 마세요, 레이놀즈 씨. 아드님은 몇 시간 내로 돌아올 겁니다. 그럼 안녕히 계십쇼." 그는 손을 흔들어 보이며 현관문을 열고는 추위 속으로 발을 내딛은 다음 재빨리 등 뒤로 문을 닫았다.

"레이놀즈, 자네도 뭘 좀 먹어 두게. 인지가 부엌에 자네 몫을 준비해 뒀어."

"별로 배고프지 않습니다, 킹 선생님."

"나 참, 자네도 뭘 먹어야 할 것 아닌가! 어서 가 봐. 제프리는 눈 깜짝할 사이에 돌아올 테니까."

"알겠습니다, 선생님. 고맙습니다." 레이놀즈는 방 밖으로 걸음을 옮겼다.

"파커 형사를 보내 주시겠습니까, 레이놀즈 씨?" 카렐라가 말했다. "부엌에 있을 겁니다."

"그러죠."

다이앤 킹은 그가 나가길 기다렸다 말했다. "카렐라 씨, 유괴범들도 지금쯤 소식을 들었겠지요?"

"그랬을 겁니다, 부인. 모든 라디오와 텔레비전 방송국에 소식이 나갔고 석간신문도 다들 호외를 내보냈으니까요."

"그럼 결국 시간만 버린 걸로 끝나는 거겠죠?"

"글쎄요……."

"아닌가요?"

"유괴범의 행동을 미리 추측하는 건 좋아하지 않아서요. 살인자의 행동을 미리 추측하는 거나 마찬가지죠."

"하지만…… 그 사람들이 아이를 해칠 거라고 생각하시는 건 아니시죠?"

"해칠 리가 있나!" 킹이 끼어들었다. "그놈들 입장에서 보면 이건 그냥 실패한 거래 같은 거야."

"해칠지도 모릅니다, 킹 부인." 카렐라는 나직이 대답했다. "퍽치기들이 자기가 잡은 사람에게 돈이 없다는 사실을 깨달았을 때 그 사람을 두들겨 패는 것과 마찬가지죠."

"하지만 그건 무의미한 짓 아닙니까. 내가 보기에는 분명 소식을 들으면 그 즉시 아이를 풀어 줄 겁니다."

"물론 그럴 가능성도 있지요."

"하지만 다른 가능성도 있다는 말씀이신가요? 일단 아이를 해칠지도 모른다는 거죠? 풀어 주기 전에요?"

"그럴 가능성도 있다는 얘깁니다."

"멍청한 가능성이지. 이 자들이 그렇게 멍청하리라고는 생각할 수 없는데."

"유괴범이 반드시 똑똑할 필요는 없습니다. 무자비한 걸로 충분하죠."

"우린 그것까진 생각 안 해 봤잖습니까, 더그. 아이를 풀어 주기 전에 해칠 수도 있다는 건요." 캐머런이 끼어들었다. "분명 가능성은 있겠군요."

"그렇습니다." 카렐라가 말했다. "그리고 세 번째 가능성도 있습니다."

"내 이름은 제프리 레이놀즈예요." 아이가 말했다.

사이가 아이의 스웨터 앞자락을 움켜쥐었다. "거짓말이야."

"거짓말 아니에요. 내 이름은 제프 레이놀즈예요. 스웨터 좀 놔요. 내 거 아니란 말이에요. 돌려줘야 하는……."

"요 꼬맹이 새끼가 거짓말하고 있어!" 사이가 거칠게 밀치는 바람에 제프는 방바닥에 널브러졌다.

"사이!" 캐시는 비명을 지르며 아이를 향해 다가섰다.

"애한테서 떨어져." 사이가 둘 사이를 가로막았다.

"나…… 나 거짓말하는 거 아니에요." 제프가 말했다. "내가 뭐하러 거짓말을 해요?" 이제야 조금씩 겁이 나기 시작했다. 사이에게 다시 떠밀리고 싶지는 않았지만 어떻게 해야 좋을지 알 수 없어 그저 쳐다보기만 했다. 진실을 말하는 건 좋은 선택 같지 않았다. 그렇지만 어떤 거짓말을 듣고 싶어하는지도 알 수 없었다.

"아빠 이름이 뭐지?" 사이가 물었다.

"차, 찰스요."

"엄마 이름은?"

"엄마는 죽었어요."

"어디 살지?"

"킹 아저씨네 집에요."

"킹 아저씨라고 부르지 마!" 사이가 소리쳤다. "네 애비잖아."

"우리 아빠요? 아니에요. 아저씨는 바비네 아빠예요."

사이는 다시 스웨터 앞자락을 움켜쥐었다. "이 개놈의 새끼, 날 갖고 장난칠 생각 마라."

"하지만 진짜로……,"

"입 닥쳐! 네가 바비 킹인 거 다 알아. 네놈 자식이 아무리…… 이
게 뭐지?"

"뭐가요?" 제프 레이놀즈는 이제 완전히 겁에 질려 있었다. "뭐
요? 뭐가요?"

"스웨터 안에 말이야. 여기 이거. 그 스웨터 벗어 봐." 사이는 제
프의 머리 위로 스웨터를 거칠게 벗겨 낸 다음 돌려 보았다. 얼굴
위로 천천히 미소가 퍼져나갔다. "그러니까 넌 제프 뭐시기다, 이
말이지?"

"네."

"그러시겠지. 그런데 네 스웨터 이름표는 로버트 킹이라는데! 이
쪼그만 놈이……."

"그거 바비 스웨터예요! 킹 아줌마가 빌려 줬단 말이에요."

"바른대로 말해!"

"바른대로 말하고 있어요."

"네 아빠는 뭘 하는 사람이지?"

"운전기사예요."

"숲에서는 뭘 하고 있었는데?"

"바비랑 놀고 있었어요."

"그리고 네 이름은 제프라고?"

"네, 네."

"왜 진즉 이런 얘길 안 한 거지? 왜 경찰 얘기를 듣기 전까지는

가만히 있었어?"

"몰랐어요. 난 그냥…… 총을 준다고 그랬잖아요."

사이가 고개를 끄덕였다. 손을 엉덩이에 올리고 선 모습이 아담하고 말쑥했다. 그는 면도가 절실해 보이는 얼굴로 제프를 조용히 바라보며 고개를 끄덕이고 또 끄덕였다. 그러다가 느닷없이 손을 거칠게 내뻗어 손바닥으로 제프의 뺨을 후려갈겼다.

"다 거짓말이야!"

"에디, 좀 말려!" 캐시가 소리 질렀다.

사이는 소년에게 다가섰다. "내가 코흘리개 녀석에게 속아 넘어갈 성싶으냐!"

제프는 허둥지둥 캐시의 품에 안겨 들어왔고, 마침내 공포와 좌절의 눈물이 흘러나왔다. "난 제프 레이놀즈예요." 아이는 흐느꼈다. "나는…… 나는……."

"입 닥쳐! 한 마디만 더 뺑긋했다간 아무도 아니게 될 줄 알아!"

"놔둬요, 사이." 에디가 만류했다. "애가 겁먹었잖아요."

"겁을 먹었든 말든 나랑 무슨 상관이야? 너도 이 녀석이 우리를 골탕 먹이려고……."

"그만두라고요." 사이는 에디를 노려보았지만 제프에게 다가가는 것은 그만두었다. "스웨터 이리 줘 봐요, 사이." 사이는 에디에게 스웨터를 건넸다. 에디는 이름표를 살펴보았다. "정말 로버트 킹이라고 돼 있어, 캐시."

"애가 빌린 옷이라고 했잖아. 그 말이 그렇게 믿기 어려워?"

"그래." 사이 바너드가 말했다. "오십만이 걸려 있으면 더럽게 믿기 어렵지."

"아이를 돌려보내자." 캐시는 달래는 투였다.

"거, 잠깐. 듣자하니 못하는 소리가 없네. 우리가 무슨……,"

"잘못 데려온 거잖아, 에디." 이제는 하소연하다시피 했다. "목숨걸 이유가 없잖아? 뭘 얻는다고?"

"이거 봐, 우린 한 배를 탔어. 그렇지, 에디 군? 오십 대 오십 맞지? 그러니까 마음을 가라앉히라고. 애를 놔줄 수는 없어." 사이는 말을 끊고는 먼저 캐시를 바라본 다음 그녀의 남편을 보았다. "이녀석은 우리가 누군지 알잖아. 이 아이 말을 듣고 형사들이 바로 몰려들걸!"

"누가 놔주겠다고 했습니까?"

"아무도 안 그랬지." 사이가 냉큼 대답했다. "하지만 생각조차 하지 말자는 말이야. 이건 근사한 계획이야. 아가씨 하나가 히스테리부린다고 망치진 말자고."

"난 상황을 파악하려고 했을 뿐이에요."

"그래, 그건 괜찮아. 하지만 제대로 파악하라고! 우리 계획엔 두 사람이 필요하니까."

"압니다, 알아요."

"좋았어. 그리고 우린 이 꼬맹이에게 오십만 달러를 투자했어. 기억해 두라고!"

"당신이 들인 건 약간의 시간뿐이잖아요." 캐시가 되받았다. "애

부모는 애를 어떻게 키웠겠어요? 그 사람들이 들인 건······."

"시간 얘기 잘했어, 이쁜이. 유괴로 걸리면 얼마나 살아야 하는지 알기나 해? 전기의자에나 안 앉으면 다행이지. 무슨 금전등록기턴 거랑 똑같은 줄 알아!"

"그래, 캐시. 그 말이 맞아. 애는 잡고 있어야 해. 적어도······."

"그러지 않아도 돼! 지금 당장 놔줘도 된다고!"

"그러시겠지. 그런 다음엔 곧장 감옥행이고!" 사이가 에디를 돌아보고는 유혹하듯 말했다. "여기서 자네 몫은 이십오만 달러야, 에디. 그게 얼마나 큰돈인지 알고 있나?"

"누가 필요하대요?" 캐시가 소리쳤다. "필요 없어요!"

"아무렴, 필요 없으시겠지. 록펠러 아가씨 나셨네. 스웨터 팔꿈치도 찢어진 주제에. 잘도 필요 없겠군!"

"필요 없어요!"

"난 필요해." 에디가 달래듯 말했다. "그 돈이면 세상을 다 가진 거나 마찬가지야. 왜 내가 가지면 안 되지?" 목소리가 높아졌다. "나라고 남은 평생을 싸구려 건달로 살란 법 있나? 그만한 돈을 손에 넣는 게 뭐가 어때서? 난 갖고 싶어! 그 돈을 갖고 싶다고."

"그럼 더 말할 거 없어." 사이가 재빨리 말했다.

"니미럴, 내가 이 꼬마처럼 스모크 라이즈 같은 동네에서 태어난 줄 알아? 나한텐 뭐가 있었지, 캐시? 사우스 십구 번가와 데이비드가. 숫자 맞히기 도박에 빠진 할아범이랑 주정뱅이 할멈!"

"그걸 이 아이 탓으로 돌릴 수는······."

"누구를 탓하는 게 아니야. 난 아무것도 가진 게 없었고 여전히 아무것도 가진 게 없다는 얘기지. 거지 같은 싸구려 강도짓을 그렇게 하고도 말이야. 난 아무것도 얻을 수 없는 건가? 영영? 대체 기회란 건 언제 오는 건데?"

"이게 당신 기회야, 에디. 아이를 풀어 줘. 그러면 우린……,"

"그러면 뭐? 멕시코로 가자고? 뭘 믿고? 희망? 사랑? 거기 가면 뭘 할 건데? 내가 여기서 하는 거랑 똑같은 거?"

"이십오만 달러야. 그거면 자네한테 필요한 라디오 장비는 다 살 수 있고 교육도 다 받을 수 있어. 아예 라디오 방송국을 하나 차릴 수도 있다고!"

"아뇨, 그냥…… 그냥 해변에 집 하나면 돼요. 아마―저랑 캐시랑― 거기서…… 자리 잡고 살 수 있는…… 왜, 있잖아요…… 바다가 보이는. 어쩌면 보트도 한 척, 모르겠어요." 에디는 캐시를 보았고, 캐시는 자신을 돌아보는 에디의 눈에서 전에는 한번도 보지 못했던 것을 보았다. 곧 눈물이 쏟아질 것만 같은 표정을. "하지만 내 것이어야 해, 캐시. 내 것. 내가 가질 수 있는 곳."

"그리고 캐딜락도 한 대 뽑아." 사이가 거들었다. "날개가 상어 지느러미처럼 하늘로 불쑥 튀어나온 걸로! 그리고 멋진 옷이랑 신부에게 줄 밍크도. 어때? 황금색 밍크로! 그리고 기다란 진주 목걸이도!"

"이번 일만……."

"뭐든지, 에디! 원하는 건 뭐든지야! 세상을 갖고 놀 수 있어! 이십오만 달러면!"

"끝까지 가야 해, 캐시. 해야만 한다고!"

"이제야 말이 좀 통하네."

"하지만…… 다른 애잖아!" 캐시가 지적했다.

"아니, 아니야." 에디가 대답했다. "얘는…… 잘못 데려온 게 아니야."

"에디, 당신도 알고 있잖아. 대체 왜……."

"그러거나 말거나." 사이가 조용히 말했다. "무슨 상관이야?"

방이 순간 조용해졌다.

"뭐요?" 에디가 말했다.

"다른 애든 말든 상관없다고."

"무슨 얘긴지 모르겠는데요."

"간단해. 우리는 킹의 자식을 노렸어, 그렇지? 좋아. 노력은 했다고. 어쩌면 실수했는지도 모르지. 그게 무슨 상관이야? 우린 오십만을 원해. 한낱 운전기사가 그만한 돈을 갖고 있을까?"

"아뇨, 물론 없겠……,"

"좋았어, 그럼 돈은 누구에게 있지?" 사이는 대답을 기다렸다가 자신이 직접 말했다. "킹, 바로 그놈이야. 좋아. 킹에게 다시 전화한다. 애가 그놈 자식이든 그놈 운전기사 자식이든 아니면 망할 정원사 자식이든 상관 안 한다고 하는 거야. 돈을 내놓으라고!"

"킹에게 요구한다고요?"

"그럼 누구한테 그래? 운전기사한테?"

에디가 고개를 내저었다. "안 낼 걸요, 사이."

"내고말고."

"아뇨." 에디는 계속 고개를 내저었다. "안 낼 겁니다. 캐시 말이 맞을지도 몰라요. 어쩌면 그냥……."

"왜냐하면 놈이 돈을 내지 않으면 여기 이 꼬마가 지랄맞게 큰 곤경에 처할 거거든." 사이는 말을 멈추고 제프를 향해 씩 웃어 보였다. "킹 선생도 설마 자기 손에 피를 묻히고 싶진 않겠지."

7

켄터키 더비를 앞두고 내기가 벌어진 불법 경마 도박장처럼 전화 벨이 요란하게 울려대는 가운데, 피터 번스 경위는 87분서 형사실을 나섰다. 복도를 따라 홀 끝까지 간 다음 계단을 내려가면 소집실이었다. 높은 책상 뒤에 앉은 데이브 머치슨 경사에게 고개를 끄덕여 보이고는 차량과 운전수가 대기 중인 거리로 나갔다. 밖은 무지하게 추웠다. 번스는 머플러로 목을 감싸고 페도라를 더욱 단단히 눌러썼다. 마치 그렇게 하면 그로버 공원을 가로질러 분서 건물의 그을음투성이 벽을 후려치는 차가운 돌풍을 누그러뜨릴 수 있기라도 하다는 듯.

차에서 나온 순찰 경관이 인도로 달려와 번스를 위해 문을 열어 주었다. 번스는 고개를 끄덕여 보이며 좌석으로 미끄러져 들어간 다음 손을 코트 주머니에 파묻었다. 그는 강철처럼 단단하고 어떠한 압박에서도 가공할 열기를 내뿜는 휴대용 다리미 같은 사내였고 자신이 지휘하는 분서 안에서 일어나는 무수한 상황에 융통성 있게 대처할 줄 아는 사내였다.

"어디로 모실까요?" 순찰 경관이 운전석에 자리를 잡으며 물었다.

"스모크 라이즈로. 유괴 사건이야."

유괴 사건. 말만 들어도 가슴이 아려왔다. 번스에게는 장성한 아들이 하나 있었고, 그는 아이를 키운다는 것의 고통과 긴장을 알았으며, 그래서 형법 중 '단, 배심원은 사형이 언도될 사람에게 유죄 판결을 내릴 경우 사형 대신 죄수에게 징역을 권고할 수 있다.'고 명시한 부분에 찬성할 수 없었다. 더 나아가 1250항의 표현, '더불어 본 항에서 전술한 조의 내용이 사형과 관련되어 있을지라도 만일 유괴된 자가 재판 개회 전에 풀려나거나 살아 돌아올 경우 사형을 적용하지 않거나 선고하지 않으며……'에도 찬성할 수 없었다.

빌어먹을, 사형이 있든가 없든가 둘 중 하나만 하라고. 유괴범은 범죄자 중에서도 최악에 속하는 부류로, 마약 밀매상보다 더 저질이었다. 세상의 모든 마약 판매상을 경멸할 만한 특별한 이유가 있는 번스조차 그렇게 생각했다. 남의 아이를 훔치는 범죄를 막을 억제책이라는 게 존재한다면, 그건 바로 사형이다. 유괴는 그 성격상 대체로 고의적 범죄이기 마련이다. 실제 납치에는 세심한 계획이 필요한 법이고, 부모에게 요구 조건을 내걸면서 불확실성이라는 고

문을 천천히 가하는 과정에는 세심한 심리적 조작이 개입된다. 번스로서는 차라리 모든 살인범이 감옥살이만 하고 마는 꼴을 보는 편이 더 나았다. 많은 2급 살인은 사전 계획의 철저하고 꼼꼼한 정도를 경계로 1급 살인과 나뉘지만 유괴라는 더러운 범죄는 처음부터 끝까지 철저하고 꼼꼼한 계획이 서 있지 않은 경우가 극히 드물었다.

"이쪽으로 계속 갈까요?" 순찰 경관이 물었다.

"저 앞에 저건 뭔가?"

"불빛 같습니다."

"저쪽에 세워 보게."

"네, 경위님."

순찰 경관은 천천히 차를 세웠다. 차에서 내린 번스는 바닥에 쪼그리고 앉아 있는 호스와 크로니그를 향해 걸어갔다.

"코튼. 크로니그. 좀 어떤가?"

"좋습니다." 호스가 대답했다.

"석고본을 뜨고 있습니다." 피터 크로니그가 말했다. "잘 나올 것 같군요."

"좋아. 그 자식들에게선 다시 연락 없었고?"

"제가 아는 바로는 없었어요, 피트." 호스가 말했다. "밖에 나와 있은 지 꽤 됐지만요."

"나머지는 다 어딨나?"

"카렐라와 파커는 집에 있습니다. 마이어는 잠깐 저녁 먹으러 갔을 거고요."

"알았네. 형사부장님께 전화했으니까 나오실지도 모르네."

"안 나오실 수도 있다는 겁니까?" 크로니그는 놀랐다는 투였다.

"어제 터진 그 소득세 사건 때문에 그 양반도 난리야. 그 깡패 새끼들 감방에 처넣는 날만 학수고대했거든."

"그래도 유괴 쪽이……."

"원래 범죄란 게 문제가 뭐냐면, 다른 범죄를 존중할 줄 모른다는 거야. 우선순위란 게 없거든. 어쨌든 혹시 부장님이 오시거든 나는……." 번스는 말을 멈추었다.

사람의 형체가 도로를 따라 다가오고 있었다. 어둠 속이라 하늘을 배경으로 큼직한 실루엣만 보였다. 피터 번스의 손이 코트 자락 속으로 미끄러져 들어갔다. 87분서 형사 대다수는—왼손잡이이거나 고집이 센 소수를 제외하고는— 겨울에는 홀스터를 허리띠 왼쪽에 찼다. 이렇게 하면 코트 단추를 푸느라 시간이 걸릴 염려가 없다. 총을 오른손의 반대편에서 뽑으면 오른손 바로 아래에서 뽑을 때보다 느리기는 하지만, 어차피 서부극에서처럼 찰나의 차이가 생사를 가르는 그런 상황은 거의 벌어지지 않는다. 반면 총을 꺼내려고 코트 단추를 푸는 데에 시간을 쏟다가는 죽을 수도 있는 법이다. 번스의 손이 38구경의 개머리를 단단히 붙드는 동안 형체는 점점 다가왔다.

"반장님입니까?" 어둠 속에서 목소리가 물었다.

앤디 파커의 목소리를 알아들은 번스의 손이 느슨해졌다. "그래,

뭔가?"

"아무것도 아닙니다. 카렐라가 반장님이 오셨는지 봐 달라고 해서요. 형사실은 어때요? 야단법석일 것 같은데."

"난리도 아니지." 번스의 눈길이 다시 크로니그 쪽으로 쏠리는가 싶더니 땅을 훑어보다가 토막길 가장자리에 있는 큰 바위 두 개에 머물렀다. 그는 바위 쪽으로 다가가 무릎을 꿇었다. "여기 잠깐 불 좀 비춰 주겠나, 코튼?"

"뭡니까, 반장님?"

"내가 잘못 본 게 아니라면……."

불빛이 날아와 바위를 밝혔다.

거실에서 전화벨이 울렸다.

"내가 받지." 킹이 전화 쪽으로 향했다.

"잠깐만요!" 카렐라가 소리쳤다. 그는 도청장치에 연결된 헤드폰을 집어 든 다음 캐머런 쪽을 돌아보았다. "캐머런 씨, 중계선을 맡아 주세요. 유괴범이 전화한 거면 바로 추적해 달라고 말씀해 주십시오. 됐습니다, 킹 선생님. 받으십시오."

킹이 전화를 들었다. "여보세요?"

"킹?"

카렐라는 캐머런에게 고개를 끄덕였다. 캐머런은 즉각 중계선 쪽 전화기의 수화기를 집어 들었다.

"내가 킹입니다."

캐머런이 전화에 대고 말했다. "여보세요? 지금 놈이 전화했습니다. 시작해 주세요."

"좋아, 킹, 잘 들어. 이 애가 누구 애인지는 상관없다, 알았나? 라디오는 들었지만 상관없다고. 아이는 아직 무사히 살아 있고 우리도 아직 돈을 원한다. 내일 아침까지 준비하지 않으면 아이는 해가 지는 모습을 보지 못할 거다."

"돈을……?" 킹이 입을 열자 날카로운 찰칵 소리가 들렸다.

카렐라는 헤드폰을 벗었다. "소용없습니다. 끊었습니다. 망할, 이럴까 봐 걱정했는데." 그는 전화로 다가가 다이얼을 돌리기 시작했다.

"어떻게 됐습니까?" 캐머런이 전화를 끊고 물었다.

다이앤은 어리둥절한 얼굴로 남편을 보았다. "제프는…… 제프는 무사하대?"

"그래, 그래. 무사하대."

"여보세요, 데이브." 카렐라가 말했다. "스티브예요. 빨리 반장님 좀 바꿔 줘요."

"무사한 거 확실해?" 다이앤은 킹을 유심히 바라보았다.

"그래. 빌어먹을, 무사해!"

"레이놀즈에게 전해 주고 올게." 다이앤은 부엌으로 향했다.

"다이앤!"

"응?"

"놈들이…… 나더러 몸값을 내라는군. 데려간 게 제프라는 건 알지만 그래도 나더러 돈을 내래. 나더러……."

"뭐든 시키는 대로 해야지. 제프가 무사하다니 정말 다행이야."
다이앤은 그렇게 말하고 방을 나섰다. 킹은 이맛살을 찌푸린 채 눈
으로 그녀의 뒤를 좇았다.

"뭐?" 카렐라가 전화에 대고 말했다. "나가신 지 얼마나 됐는데
요? 그렇군요. 그럼 슬슬 오실 때가 됐는데. 밖에 한번 나가 봐야겠
군. 그쪽은 어때요? 살인이라고? 그래요. 고마워요, 데이브." 그는
전화를 끊었다. "잠깐 나가서 경위님을 찾아보겠습니다. 전화가 오
면 받지 마세요." 카렐라는 홀 벽장에서 코트를 꺼냈다. "마이어 형
사가 곧 올 겁니다. 그 친구가 시키는 대로 하세요."

"이 새로운 요구 조건 말입니다만." 킹이 말했다. "내 생각
엔……,"

"경위님과 먼저 얘기를 해 봐야겠습니다." 카렐라는 그렇게 말하
고 부리나케 집 밖으로 나갔다.

"놈은 우리가 전화를 추적하리라는 걸 알고 있었던 겁니다." 캐
머런이 말했다. "그러니 그렇게 빨리 끊었던 거겠죠."

"그래." 찌푸리고 있던 킹의 얼굴은 이제 살짝 멍한 표정으로 바
뀌어 있었다. "그렇지."

"그 말인즉 우리는 프로를 상대하고 있는 겁니다. 하지만 왜 프로
가 이런 식으로 나오는 걸까요? 당신에게 돈을 내라니?"

"난…… 난 모르겠네."

"빌어먹을, 그 돈을 내주면…… 보스턴 건은 물 건너가는 거 아닙

니까?"

"그래. 그래, 그렇게 되겠지."

초인종이 울렸다. 킹이 문으로 다가갔으나 그 전에 문이 열렸다.

"안녕하십니까, 킹 선생님." 마이어가 말했다. "와, 밖이 정말 춥습니다." 그는 모자와 코트를 벗어 벽장에 걸었다.

"카렐라 형사는 경위를 찾으러 밖에 나갔습니다. 그가 말하길……,"

"압니다. 오는 길에 만났어요. 시끌벅적하던데 무슨 일이 있었습니까?"

"유괴범들이 방금 다시 연락을 해왔습니다."

"그래요?"

"나더러 몸값을 내라더군요."

"무슨 말씀이세요? 다른 아이를 데려갔다는 건 알고 있던가요?"

"네."

"그런데도……?"

"네."

"그런 수법은 또 난생 처음이네." 마이어는 고개를 가로저었다. "참신하기 짝이 없군요. 어떤 협잡꾼이든 밖에 나가서 아무 애나 잡아다 놓고 자기 머릿속에 떠오르는 가장 돈 많은 사람에게 몸값을 요구하면 된다 이거 아닙니까." 그는 다시 고개를 가로저었다. "제대로 돌았군요. 하지만 유괴범이 제정신이어야 한다는 법은 없으니까요." 그는 또 다시 고개를 가로저었다. "머슈거_{미쳤다는 뜻의 이디시어.}

완전히 머슈거."

"아이를 되찾을 수 있는 가능성이 얼마나 됩니까?"

"뭐라 말씀드리기 어렵습니다, 킹 선생님. 아시겠지만 유괴라는 게 날마다 일어나는 일은 아니라서요. 그러니까 제 말은, 정확한 통계를 내기가 좀 어렵다는 겁니다. 서 전체가 미친 듯이 덤벼들고 있다는 건 분명히 말씀드릴 수 있습니다. 샌즈 스핏 경찰이나 인근 주의 경찰도 이십사 시간 수사 중입니다."

"FBI는요?" 캐머런이 물었다.

"그쪽은 일주일이 지나기 전에는 안 옵니다. 카렐라가 선생님께 설명해 드린 걸로 알고 있습니다만."

"들었습니다."

"물론 대기하라고는 했습니다."

"아이가 무사할 가능성은 높다고 보십니까?"

"모르겠습니다. 다들 아시겠지만 이미 죽었을 수도 있지요."

"그럴 것 같지는 않은데요." 캐머런이 재빨리 말했다. "아이가 이미 죽었겠구나 싶다면 우리 쪽에서 몸값을 낼 리가 없잖습니까."

"캐머런 씨, 놈들은 아이를 잡은 다음 오 분만에 죽였을 수도 있습니다. 전에도 그런 일이 있었죠. 한번 생각해 보세요. 범죄자 입장에서 보자면 가장 안전한 인질은 죽은 인질입니다. 몸값을 전한 다음 구덩이 같은 곳에서 아이를 발견하게 될 수도 있습니다."

"선생이 생각하기에는 몸값을 지불하는 것이 아이에게 도움이 되기는 할 것 같습니까?" 킹이 느릿하게 물었다.

"살아 있다면 물론 도움은 될 겁니다. 죽었다면, 아무것도 도움이 되지 못할 테고요. 물론 몸값에 사용한 지폐가 최종적으로는 유괴범을 잡는 데에 도움이 될 수도 있습니다만."

"그렇군요."

다이앤이 부엌에서 돌아왔다. "더그……." 입을 여는 순간 초인종이 울렸다. "내가 나갈게." 그녀는 발걸음을 돌렸다.

캐머런이 다급하게 말했다. "더그, 아이는 아직 살아있습니다. 그리고 당신 돈이면 아이를 살려 둘 수 있어요, 그걸 명심해요!"

다이앤이 문을 닫고 응접실로 들어왔다. "전보 왔어, 더그. 우리한테 보낸 거야."

"다른 사람이 만지기 전에 제가 먼저 살펴보겠습니다." 마이어는 손 위에 손수건을 펼치고 전보를 올렸다. "편지 개봉용 칼 갖고 계십니까?"

"저기 책상 위에요."

마이어는 책상으로 다가갔다. 손수건으로 전보를 붙잡고 봉투를 절개한 다음 손수건을 빼내 다시 손에 감고 인형을 부리는 사람처럼 세심한 손놀림으로 봉투 속에서 쪽지를 꺼냈다. 계속해서 손수건을 이용해 쪽지를 열고 읽은 다음 다시 손수건을 주머니에 넣었다. "됐습니다, 킹 선생님. 보셔도 됩니다."

그는 쪽지를 킹에게 건네주었다. 다이앤이 다가와 함께 전보를 읽었다.

불운에 대해 깊은 위로를 표합니다. 유괴범들이 아이를 즉시 돌려주겠다고 하면 저희도 현금 $1000를 보태겠습니다. 캄스 포인트 할시 가 27-145로 전보 바랍니다.

시어도어 섀퍼 부부

"뭡니까, 더그?" 캐머런이 묻자 킹은 전보를 건네주었다.

"시어도어 섀퍼 부부라. 모르는 사람들인데." 킹은 잠시 생각에 빠졌다가 다시 입을 열었다. "그런데 왜 이걸 우리에게 보냈지? 우리 애가 유괴당한 게 아닌데."

"아마 아직도 많은 사람들이 바비가 유괴된 줄로 알고 있을 겁니다." 캐머런은 전보를 책상 위에 내려놓았다.

"나한테 줘요. 레이놀즈가 보고 싶어할 것 같군요. 그는…… 그 사람들이 제프를 풀어 줄 거라고 생각했는데, 이제는…… 그 사람 일종의 쇼크 상태인지 부엌 탁자에 그냥 멍하니 앉아 있어요. 전보를 보여 줘야겠어요. 정말 다정하고 인정 넘치는 제안이군요."

킹은 전보를 집어 아내에게 건넸다.

"그리고 답신도 보내야겠어요. 관심에 감사를 표한다고." 다이앤은 전보를 들고 방을 나서려다 말고 킹을 마주보았다. "더그, 은행에 연락은 했어?"

"아니, 아직."

"슬슬 해야지……?"

"엄마?"

다이앤은 계단 쪽으로 몸으로 돌렸다. 파자마와 가운을 입은 바비 킹이 층계참에 서 있었다.

"무슨 일이니, 얘야?"

"왜 내 방 밖에 경찰이 있어요?"

"별일 없는지 보시려고 그러는 거야."

"제프가 그렇게 돼서요?"

"그래, 바비."

"아빠, 제프 찾아올 거예요?"

"뭐? 미안하구나. 아빠가 못 들었……,"

"나랑 가장 친한 친구잖아요. 찾아와 줄 거죠?"

"아빠가 전부 알아서 하실 거야. 자, 엄마랑 같이 침대로 가자."

"난 아빠가 재워 주면 좋겠는데."

"더그? 그럴래?"

"물론이지." 킹은 정신이 팔린 채 계단으로 걸어가 아들의 손을 잡았다. "가자, 바비."

"불쌍한 바비." 두 사람이 시야에서 사라지자 다이앤이 말했다. "저 아이 아직도 무슨 일이 일어났는지 확실히 깨닫지 못하고 있어요. 그냥 친구가 사라졌다는 것만 알고 있고, 그것 때문에 일종의 책임감을 느끼나 봐요. 저처럼요."

"죄책감 가질 필요 없습니다, 다이앤." 캐머런이 말했다. "일단 더그가 몸값만 지불하면……."

"네, 알아요. 하지만 죄책감이 드는걸요. 그 사람들과 함께 있는 아이가 내 자식인 것만 같은 기분이에요." 그녀는 화제를 돌렸다. "레이놀즈에게 이 전보를 보여 줘야겠어요." 그러고는 다시 덧붙였다. "마이어 형사님, 혹시 같이 가셔서 그 사람에게 일이 어떻게 진척되고 있는지 조금만이라도 얘기해 주실 수는 없을까요. 이 모든 일 때문에 사람이 산산이 부서져 버릴 것만 같은 모습이라서요."

"기꺼이 그러겠습니다." 다이앤과 함께 방을 나서며 마이어 마이어는 어깨 너머로 말했다. "전화벨이 울리거든 절 부르세요. 받지는 마시고."

"알겠습니다."

응접실에 홀로 남은 캐머런은 담뱃불을 붙인 뒤 잽싸게 계단 쪽으로 걸어가 위층을 살펴보았다. 그러고는 어깨 너머로 부엌 쪽을 힐끔거리며 서둘러 방을 가로질러 곧장 전화기로 향했다. 검지로 재빨리 다이얼을 돌리는 동안 두 눈은 집의 위층 날개 부분으로 이어지는 계단에 붙박여 있었다. 손으로는 초조하게 전화 탁자를 두드렸다.

"여보세요?" 마침내 전화가 연결됐다. "벤자민 씨 부탁합니다. 급한 일입니다." 귀를 기울이다가 다시 입을 열었다. "피트 캐머런입니다. 그래요, 기다리죠. 하지만 서둘러 줘요." 그는 계단 쪽을 힐끔거렸다. 탁자 두드리기를 멈추고 손에 든 담배를 입으로 가져갔다. 한 모금 빨고는 길게 연기를 뿜어내며 다시 부엌 쪽을 본 다음 전화를 끊으려 할 때쯤, 목소리가 흘러나왔다.

"여보세요?"

"조지?"

"조지 벤자민입니다."

"피트 캐머런입니다. 간단히 말하겠습니다. 더그 자리 아직 유효
합니까?"

"내가 제안하지 않았나? 원한다면 서류로도 남겨 주지."

"그래 주십시오. 아까 말씀드렸던 보스턴 건 말입니다만—주식거
래였습니다. 더그가 의결권주 십구 퍼센트를 사들이려고 하고 있습
니다."

"뭐라고!"

"그리고 이미 이십팔 퍼센트를 소유하고 있고요. 그 사람을 과소
평가했어요, 조지."

"이십팔이라고……." 긴 침묵이 흘렀다. "그럼 선거에서 놈을 어
떻게 이기지? 대체 어떻게 해야 하느냐 말이야?"

"불가능하죠. 노인네에게 더그가 뒤에서 몰래 거래를 트고 있다
고 일러바치지 않는 이상은요. 일단 노인네를 한편으로 만드십쇼.
그 방법뿐입니다."

"그래 봐야 무슨 소용이야? 주식거래가 끝나면 더그가 사십칠 퍼
센트를 쥐고 앉는 건데! 노인네 주식까지 더한다고 해도 우리는 놈
을 이길 수 없어. 망할, 놈이 우리를 몰아내고 말 텐데."

"만약 거래가 성사된다면 그렇겠죠. 라디오 들으셨습니까?"

"그 말도 안 되는 유괴 이야기? 그게 이거랑 무슨 상관……,"

"많은 상관이 있습니다."

"더그 아들놈도 아니잖아!"

"아니죠. 하지만 놈들은 어쨌거나 몸값을 내놓으라고 했어요. 몸값을 지불하면 보스턴 건은 무산됩니다."

"넬까?"

"당연하죠. 그동안 저는 더그랑 보스턴에서 거래하는 게 누구인지 알아내겠습니다. 한 방 먹일 수 있을지도 모르니까요."

"자넨 참 괜찮은 친구야, 피트." 벤자민은 탄복했다는 듯 말했다.

"저도 압니다. 제 충고를 따르세요, 조지. 노인네에게 가서 손을 잡아요. 더그의 거래가 실패한 다음에라도 그를 몰아내고 싶다면 지금 있는 것보다는 좀 더 큰 무기가 필요합니다."

"그러지. 그리고 이 일은 잊지 않겠네."

"저도 그것만 믿겠습니다. 이제 끊어야겠습니다, 조지."

"알겠네."

딸깍하는 소리가 들렸다. 캐머런은 미소 지으며 수화기를 제자리에 돌려놓고는 새 담배에 불을 붙였다. 초인종이 울렸을 때까지도 미소는 가시지 않았다. 그는 계단 위를 올려다보고는 어깨를 으쓱한 다음 나가서 문을 열었다. 검은 오버코트와 더비 모자를 쓴 작은 사내가 서 있었다. 팔에는 검은 우산이 걸려 있었다. 흡사 면도날 잭[19세기 런던에서 활동한 정체불명의 연쇄 살인마] 사건을 수사 중인 스코틀랜드 야드 형사를 연상케 하는, 비밀스러운 분위기가 감도는 사내였다. 나이가 족히 예순은 되어 보였고, 어쩌면 그 이상인지도 몰랐다.

"누구시죠?"

"킹 선생?"

"아뇨, 저는 킹 선생님의 보좌관입니다."

"킹 선생을 만나고 싶소이다. 일 때문에."

"무슨 일이시죠?"

"사적인 일이오. 스코어가 왔다고 전해 주시게. 에이드리언 스코어."

"잠시만 기다려 주십시오, 스코어 씨. 나오실 수 있는지 보겠습니다. 일단 앉으시겠습니까?"

"고맙소이다." 스코어는 응접실로 들어갔다. 안타를 하나도 내주지 않은 투수를 상대하는 소심한 타자처럼, 양손으로 우산을 꼭 쥔 채였다. 그는 의자가 야생동물 때문에 더럽혀지기라도 했다는 듯 꼼꼼히 살피더니 점잔을 빼며 의자의 가장자리에 앉았다. 캐머런은 계단으로 다가가 외쳤다. "더그!"

"무슨 일인가?"

"스코어 씨라는 분이 오셨습니다. 일 때문에 오셨다는데요."

"스코어라는 사람은 모르네."

"사적인 일이라고 전하게." 스코어가 어깨 너머로 말했다.

"사적인 일이시라는데요, 더그."

"알았네, 지금 내려가지."

"편히 계십시오, 스코어 씨." 캐머런은 그렇게 말하며 응접실로 들어섰다.

"고맙소이다. 그러리다. 집이 멋지구려."

"고맙습니다."

"고맙소이다." 스코어가 거듭 말했다.

킹이 계단을 내려왔다. "무슨 일인가, 피트?" 캐머런은 어깨를 으쓱해 보이고는 속삭였다. "사적인 일이랍니다. 전 커피를 내오겠습니다." 그는 부엌으로 발걸음을 옮겼다.

"전화는 아직 다시 안 왔지?"

"네. 바비는 잡니까?"

"그래."

"전 부엌에 있겠습니다." 피트 캐머런은 그렇게 말하고 응접실을 나섰다.

"스코어 씨?"

"킹 선생이시오?"

"그렇습니다." 킹이 손을 내밀었다.

스코어는 일어나 짧게 악수한 다음 정중히 고개를 숙여 보였다. "에이드리언 스코어라는 사람이오. 언제나 스코어를 아는 사람이라고나 할까."

"앉으시죠, 스코어 씨." 스코어가 앉았다. "그래, 무슨 일로 오신 겁니까?"

"사업 때문이외다, 킹 선생."

"사업상 방문하시기에는 다소 늦은 시간 같습니다만?"

"사업에 늦은 시간이란 없는 법 아니겠소이까?"

"사업 나름이겠지요. 어떤 사업 때문에 찾아오신 겁니까?"

"유괴요, 킹 선생."

방에는 죽은 듯한 정적이 흘렀다.

"유…… 유괴라니요?"

"킹 선생, 아드님을 찾고 싶으시오?"

"우리 아들은 유괴당하지 않았습니다."

"아하, 킹 선생." 스코어가 우산을 까딱였다. "서로 솔직해집시다, 에? 우리 둘 다 사업가잖소. 그렇지 않아요? 좋소, 그럼. 신문에야 원하는 대로 말씀하셔도 괜찮지만 지금은 에이드리언 스코어를 상대하고 계시는 거요. 솔직해지시라고, 아셨소? 내가 질문을 드렸는데."

"전 대답을 했습니다."

"마음에 들어요, 킹 선생. 사업을 빡빡하게 하시는군. 대체 이 에이드리언 스코어란 작자는 누굴까, 분명 궁금하실 게요. 한밤중에 우리 집에 찾아와서 아들놈을 찾고 싶으냐고 묻는 이 작자는 대체 누굴까? 물론 선생에게는 물을 권리가 있지요. 권리가 있다마다. 좋은 전술이구려." 그는 고개를 끄덕이며 우산을 다리 사이에 끼우고는 말을 이었다. "그럼 내 에이드리언 스코어가 누구인지 알려 드리지. 에이드리언 스코어는 바로 선생 아들을 찾아 줄 사람이오."

"레이놀즈의 아이가 어디 있는지 아십니까?"

스코어는 킬킬거리며 손가락으로 코 옆을 긁적였다. "좋소이다, 선생. 고객과 다투지 마라, 그게 이 스코어의 신조니까. 그편이 좋다면야 운전기사 아들놈이라고 하십시다. 내 이런 말을 해도 괜찮을는지 모르겠지만 확실히 아주 영리한 속임수외다. 어차피 우리 둘 다 진실은 알고 있으니까. 아니 그렇소? 아무튼, 아이를 찾고 싶으시오?"

"뭐 아시는 게 있습니까?"

"아아, 킹 선생, 내가 질문을 했잖소. 아이를 되찾고 싶으시오?"

"당연한 거 아닙니까!"

"자, 자, 흥분하지 말아요, 킹 선생. 목소리 높이지 말고. 아이를 찾고 싶다면야 이 에이드리언 스코어가 제격이외다." 그는 잠시 뜸을 들였다. "아이를 누가 유괴했는지 내 압니다, 킹 선생."

다시 정적.

"누굽니까?"

"그게 중요한 질문이지, 안 그렇소? 누구냐? 자, 스코어는 답을 알고 있고, 스코어는 아이도 되찾아 올 수 있소이다. 어떻게 생각하시오, 선생? 탈 없이 무사히 돌아온다 이 말씀이오. 그러면 어떻겠소이까?"

"좋겠지요. 누가⋯⋯?"

"내 도움이 필요하다면 부탁을 해요, 킹 선생. 부탁만 하면 이 스코어는 바로 들어 줍니다. 스코어가 아이를 되찾아 드리는 데에 그 재능을 쓰겠다 이거요⋯⋯."

"그래서, 누가⋯⋯?"

"⋯⋯받으나 마나 한 가격으로 말이지."

"그런 거군요."

"그래요, 킹 선생. 내시리라 생각했지."

"얼맙니까?"

"어린 아이의 무사 안전을 어찌 냉혹하게 돈으로 계산하리까, 킹 선생?"

"아이의 아버지는 운전기사입니다. 오십만 달러는 턱없이 큰……,"

"킹 선생, 이거 왜 이러시오." 더는 거짓말을 참지 못하겠다는 투였다. "그만하십시다." 그는 우산 손잡이를 두 손으로 붙든 채 몸을 앞으로 기울였다. 속삭임에 가깝게 낮아진 목소리에 열의가 어렸다. "유괴범들과 접촉할 준비는 다 끝났소이다. 정체를 이미 알고 있으니까 말이지. 내가 아이가 무사히 살아 있는지 확인하면서 연락망 노릇도 하고 몸값 지불 교섭도 하고 계약 조항이 철저히 지켜지는지도 지켜보고……,"

"빌어먹을, 얼마냐고?"

"오만 달러요, 킹 선생."

"거기다 그 터무니없는 몸값까지?"

"혹시 내가…… 아니오, 그건 너무 위험하겠군."

"뭐요?" 킹이 사납게 물었다.

"혹시 지금 당장 오만 달러를 내줄 수 있다면 아이를 바로 데려다 드릴 수 있소. 오늘 밤에. 추가 비용 없이."

"어떻게 그런다는 거요?"

"우리 둘 다 사업가 아니오, 킹 선생." 스코어는 미소 지으며 말했다. "메이시 백화점이 김벨 백화점에 귀띔해 주는 것 봤소?"

"애는 누가 데리고 있는데?"

"거, 사업이라니까 그러시네, 킹 선생. 이 스코어하고는 현찰 박치기를 해 주셔야지."

"당신이 아이를 데려올 수 있다는 걸 어떻게 믿소?"

"그거야 내 말을 믿는 수밖에 없지 않겠소이까, 킹 선생."

"스코어 선생, 나는 사업을 할 때는 누구의 말도 믿지 않소."

"정말이지 훌륭한 습관이시오. 그러나 훌륭한 사업가라면 궁지에 몰렸을 때를 아는 법이외다, 킹 선생. 그리고 나는 딱 봐도 믿을 만한 사람 아니오. 내 입장이 얼마나 위험한지는 잘 아실 터인데. 아니 그렇소, 선생?"

마이어 마이어가 스코어의 뒤쪽에서 들어와 식당과 응접실을 연결하는 아치 곁에 멈춰서는 바람에 더글러스 킹의 주의가 잠시 흐트러졌다. 스코어는 킹의 얼굴 표정이 변하는 것을 보지 못한 기색이었다. 마이어의 존재를 깨닫지 못한 채로, 그는 명랑하게 독백을 이어 나갔다.

"내 입장이 위험하다는 걸 충분히 이해하시리라 믿소이다. 이해하시고말고. 내가 아이를 빼돌리려 한다는 사실을 그 무자비한 놈들이 알아차리기라도 하는 날엔 내 목숨이 바로 위험에 처할 게 아니오. 이놈들은 피도 눈물도 없는 범죄자들이오, 선생. 사소한 일에 눈 하나 깜짝 않는 살인마들이라……,"

"누구 말인가, 스코어?" 마이어가 아치 밑에서 물었다.

"어?" 스코어는 앉은 채로 부리나케 몸을 돌려 아치 쪽을 바라보았다.

"누구 이야기를 하는 거냐니까?"

스코어는 조심스럽게 마이어를 뜯어보았다. "선생과 나는 초면인 것 같소만."

"대문에 배치한 우리 애들은 어떻게 뚫고 들어온 거지?"

"아무래도 킹 선생께서 내게 이 신사분을 소개받는 영광을 베풀어 주셔야겠소이다. 사람을 착각하신 모양……,"

"내 소개는 내가 하지. 이미 만난 사이이긴 하지만. 팔십칠 분서 이급 형사 마이어 마이어. 감이 잡히나?"

"만나서 정말 반갑소이다."

"아직도 거머리 행세를 하고 다니는군."

"에?"

"이 자는 업계 최고의 사기꾼 중 하나고, 특히 사람의 슬픔을 건드리는 데에 전문가입니다. 누군가의 아이가 사라진 지 한 시간만 되면 에이드리언 스코어가 아이를 되찾을 방법이 있다며 나타나죠. 물론 받으나 마나 한 가격으로 말입니다."

"어처구니없는 소리요, 킹 선생. 사업가 둘이서 얘기도 못한단……,"

"여기서 썩 꺼져, 이 썩어빠진 기생충아! 꺼지지 않으면 유괴 공범으로 체포한다."

"공범……?"

"그래, 공범!" 마이어가 소리쳤다. "의도적으로 유괴에 관한 거짓 정보를 제공한 사람이니까!"

"거짓…… 거짓…… 정보라고?" 스코어가 우는 소리를 했다.

"꺼져, 스코어! 경고했어!"

"정말이지, 킹 선생. 난 선생 댁에 손님으로 온 거요. 명망 있는 사업가……,"

"나가!" 마이어가 소리쳤다.

스코어는 재빨리 일어나 킹에게 작고 하얀 직사각형을 건넸다. "내 명함이오, 선생." 그는 문 쪽으로 물러서며 말했다. "언제든 연락하시구려. 언제든 말이오. 스코어를 잊지 마시오. 에이드리언 스코어요." 그는 현관문을 연 뒤 마이어를 한 번 쏘아본 다음 소리쳤다. "애는 내가 데려올 수 있소!" 그러고는 나가며 문을 쾅 닫았다.

"기생충 같은 자식!"

"우리 둘 다 사업가라고 하더군요. 사기꾼에 불과했다니!"

"그중에서도 악질이죠. 놈에게 사람의 감정은 아무것도 아닙니다. 하지만 조금만 더 기다려 보십시오. 스코어는 시작에 불과합니다. 곧 온갖 놈들이 몸값을 요구해 올 겁니다. 봉을 찾아 헤매는 온갖 더러운 사기꾼들이 수법을 결정하는 대로 유행에 편승하려 들 테니까요. 숲이 유괴범으로 득시글댈 겁니다. 사기꾼들 틈에서 진짜 유괴범을 가려낼 수 없을 만큼 말입니다."

"이제 진짜 유괴범을 어떻게 구분하죠?"

"모르죠. 알 거라고 가정하는 수밖에 없습니다." 마이어는 말을 맺고 머리를 가로젓다가 덧붙였다. "한 가지는 확실합니다."

"그게 뭡니까?"

"내가 지금 형사실로 돌아가 전화를 받는 건 죽기보다 싫다는 거."

"팔십칠 분서 윌리스 형사입니다."

"알루_{여보세요}, 유괴 났죠?"

"누구십니까?"

"당신 누구?" 여자가 말했다.

"윌리스 형사입니다. 무엇을 도와 드릴까요?"

"내 이름 아브루치 부인. 나 작은 애 봤어."

"유괴된 아이 말씀입니까?"

"네, 네. 남자 둘이랑 식당 있었어. 두 사람 수염 많아. 무슨 말알아요? 금발 작은 애, 아니에요?"

"네, 맞습니다." 윌리스는 잠시 말을 끊었다. "언제 보신 거죠?"

"당신, 언제 같아요?"

"전 모르겠군요. 부인께서 말씀해 주시죠."

"오늘 아침."

"아, 아이는 오늘 저녁에 실종됐습니다."

"그렇군요." 아브루치 부인은 당황한 기색 없이 말을 이었다. "부스 앉아 있었어. 두 남자, 아이 같이 왔어요. 그래서 바로 이게 유괴당한 작은 애라 생각했어요. 그래서 뭘 하나 보니까……,"

"네, 아브루치 부인, 정말 고맙습니다." 윌리스는 전화를 끊었다.
"맙소사." 그는 아서 브라운에게 하소연했다. "내 평생 이런 꼴은 처음이야. "프레데릭 7-8024로 전화만 하면 누구든지 금화라도 주는 줄 아나 봐."

"다들 도움이 되고 싶은 게지. 문제는……," 책상 위의 전화가 울리자 브라운이 재빨리 받았다. "팔십칠 분서 브라운 형사입니다."

"경위님 부탁합니다. 브라운 형사님."

"안 계시는데요. 누구시죠?"

"어디 계십니까?"

"전화하신 분은 누구시죠?"

"클리프 새비지. 기자입니다. 경위님이랑 잘 아는 사이인데."

"그래도 안 계십니다, 새비지 씨. 뭐 도와 드릴 일이라도?"

"이 유괴 말인데."

"그런데요?"

"유괴범들이 킹에게 몸값을 요구했다는 게 사실입니까? 아이를 잘못 데려갔다는 걸 알면서도?"

"그쪽 일이 어떻게 돌아가는지는 아는 바가 없습니다, 새비지 씨. 미안하군요."

"그럼 알아볼 방법은 없습니까?"

"나중에 전화해요."

"경위님은 어디 계십니까? 킹의 집에?"

"나라면 그쪽으로는 연락하지 않을 거요, 새비지 씨. 혹시 유괴범들이 접촉해 올 수도 있으니 회선을 비워 두고 있을……,"

"대중에게는 알 권리가 있다고요!"

"이봐요, 나랑 한바탕하고 싶은 거요?"

"아니, 난……."

"그럼 하지 마쇼. 난 지금 트럭 한 대가 고속도로 위에 온통 압정을 쏟아 부은 날 밤에 자동차 클럽 전화교환대에서 일하고 있는 기분이거든. 이 빌어먹을 전화 때문에 귀가 찌그러지게 생겼다고. 새비지 씨, 당신도 도움이 안 되기는 마찬가지고."

"킹의 집 전화번호 압니까?"

"아니."

"내가 찾을 수도 있습니다."

"골칫거리도 찾고 싶으시다면야. 내가 당신이라면 전화는 멀리하겠소. 당신이라면 수사를 방해할 거리도 찾아낼지 모르잖아."

"고맙소, 브라운. 이 신세는 언젠가 갚아 주지."

"그날만 기다리리다." 브라운은 전화를 끊었다. "개새끼. 이 자식, 리어든하고 포스터가 살해됐을 때 엮였던 놈 아냐? 부쉬랑? 스티브의 아내도 이놈 때문에 큰일 날 뻔하지 않았던가?"

"날 뻔한 정도가 아니었지." 윌리스가 말했다. "그 자식, 형사실에 발이라도 들였다간 반장님이 정수기에 처박아 익사시킬걸. 미스콜로는 어딨지? 커피가 필요한데. 미스콜로? 어이, 미스콜로!"

"응?" 서무과에서 목소리가 터져 나왔다.

"커피 좀 부탁해."

"대체 여기가 어디라고 생각하는 거야? 하워드 존슨 체인점?" 미스콜로가 외쳤다.

"거기보단 여기 커피가 더 낫지." 윌리스가 아부를 떨었다.

"그래, 그래." 대답은 시원찮았지만 미스콜로가 서류함을 열고 커피통을 꺼내는 소리가 들렸다.

윌리스 책상 위의 전화가 울렸다.

"아, 좀." 윌리스가 전화를 향해 말했다. "제발 그만 좀 하자고."

전화는 계속 울려댔다.

"그만, 그만, 그만 좀 울려라."

전화 소리가 방 안 가득 쩡쩡거렸다.

"알았다, 알았어. 알았다고." 그는 수화기를 집어 들었다. "팔십 칠 분서 윌리스입니다. 네? 아이를 보셨다고요? ……네, 금발이고요…… 네, 여덟 살쯤 됐고요 ……네, 빨간 스웨터를 입었고요…… 네, 선생님. 네, 맞는 것 같긴 하군요…… 네, 선생님, 어디서 보셨다고요? ……어디시라고요? ……극장에서요? 어느 극장이죠? ……그렇군요. 애가 객석에 앉아 있었다는 말씀이시죠? ……아니에요? 어, 그럼……." 순간 윌리스의 얼굴 위로 경악의 표정이 스치고 지나갔다. "영화에 나왔다고요? 그러니까 영화에서 연기를 하고 있었다는 말씀이시군요. 스크린 위에서요? 이거 보세요, 지금 보셨다는 아이가…… 영화에서요? 아 진짜 그만 좀 합시다. 머리 아파 죽겠는데." 그는 전화를 왈칵 끊어 버렸다. "영화배우 얘기를 하려고 전화했다는군. 놀랍도록 빼닮았다나. 나 원 세상에……."

전화가 다시 울렸다.

"녹음을 해 둬야겠어. 팔십칠 분서 윌리스 형사입니다, 아이를 보셨다고요? 어디에서요? 언제요? 고맙습니다, 이렇게 말이야. 내 목소리는 오페라를 위해 아껴 둬야지." 그는 수화기를 집어 들었다. "팔십칠 분서 윌리스…… 네, 부인. 형사반입니다. ……네, 부인. 저희가 제프 레이놀즈 유괴 사건을 다루고 있습니다. ……네, 부인, 저희가……."

브라운 책상 위의 전화기가 울렸다.

"팔십칠 분서 브라운 형사입니다……."

"팔십칠 분서 디 마에오……."

"팔십칠 분서 윌리스 형사……."

"팔십칠 분서 에르난데스……."

"팔십칠 분서 머치슨 경사……."

"팔십칠 분서 프릭 서장……."

"본서 비닉 경위……."

"방화반 홉킨스 형사……."

"아이를 보셨다고요, 선생님?"

"아이가 세 남자와 함께 있었다고요, 부인?"

"아이를 보셨……."

"언제 보셨지요, 선생님?"

"어느 거리였습니까, 선생님?"

"어디였죠, 선생님?"

"어디였습니까, 부인?"

어디?

어디?

어디에?

번스 경위는 두 손에 입김을 불어 가며 더글러스 킹의 응접실로 들어섰다.

"안녕, 스티브. 잘 돼 가나?"

"그런대로요. 킹 선생님, 번스 경위님이십니다."

"처음 뵙겠습니다." 번스는 킹의 손을 잡았다.

"좀 어떤 것 같으십니까, 경위님?" 킹이 물었다.

"그냥 그렇습니다. 차량반 목록은 아직인가, 스티브?"

"네."

"망할. 놈들이 킹 선생께 돈을 요구했다고 들었습니다. 골치 아프게 됐군요." 번스가 한숨을 내쉬었다. "그래도 바깥에서 쓸 만한 걸 건진 것 같습니다."

"뭐 좀 나왔어요, 피트?"

"타이어 자국 석고본이 잘 나왔고, 또…….”

"그게 도움이 되기는 합니까?" 킹이 물었다.

"보통은 그렇습니다. 타이어 자국은 추적이 꽤 쉬운 편이죠. 본서에 최신 타이어 자국 일람이 있으니까 석고본만 잘 나오면 반은 이긴 거나 다름없습니다. 경험상 자동차는 통상 네 바퀴 모두 같은 타이어를 씁니다. 특히 새 차는 더 그렇고요. 그리고 실없는 소리로 들리실지 모르겠습니다만, 타이어 하나가 닳으면 차 주인은 보통 같은 타이어로 교체하지요. 그래서 대개 타이어 자국으로 차종을 판별할 수 있습니다. 게다가 이번 사건에서는 조사해 볼 만한 요소가 하나 더 있고요."

"그게 뭡니까?"

"타이어 자국을 발견한 곳 근처에 바위 두 개가 있더군요. 차를 운전한 자는 몹시 서둘렀던 모양입니다. 바위 하나를 살짝 치고 갔어요. 바위에서 썩 괜찮은 페인트 조각을 긁어냈습니다. 크로니그가 이미 감식반으로 가져갔습니다. 운이 따른다면 차의 연식과 제조 회사를 모두 알아낼 수 있을 겁니다. 운만 조금 따른다면요. 도난 차량 목록을 얼른 받아 보고 싶은 이유가 그겁니다."

"그렇군요."

"레이놀즈 씨가 근처에 계시진 않겠지요? 그분은 저희 작업과 거리를 두셨으면 좋겠습니다. 유괴 사건에서 가장 괴로운 부분이 바로 아이의 부모는 언제나 경찰이 최선을 다하지 않는다고 느낀다는 거지요."

"부엌에 계십니다, 피트." 카렐라가 말했다. "모셔 올까요?"

"아니, 잠시 후에 내가 찾아뵙지."

초인종이 울렸다. 카렐라가 나가서 문을 열었다. 제복을 입은 경관 하나가 서 있었다. "카렐라 형사님을 찾습니다."

"날세."

"조금 전 차량반에 전화하셨습니까?"

"그래."

"이걸 전해 드리라고 하더군요." 그는 마닐라 봉투 하나를 내밀었다. "도난 차량 목록입니다."

"고맙네."

"아이에 관한 새로운 소식은 없나요?"

"아직까지는 없네."

"그렇군요." 순찰 경관은 머리를 가로저었다. "자, 그럼 드렸습니다."

"고마워."

"별말씀을요."

카렐라는 돌아서며 문을 닫았다.

"이리 주게, 스티브." 번스는 마닐라 봉투를 열어 타이프로 친 종이를 살펴보았다. "그리 나쁘진 않군. 다해서 몇 십 대밖에 안 돼. 감식반 녀석들이 이 목록과 들어맞는 걸 찾아내 주길 바라자고."

"그 다음은 어떻게 되는 겁니까, 경위님?" 킹이 물었다.

"네?"

"놈들이 사용한 자동차가 도난 차량이라는 걸 알게 된 다음에는요? 그게 아이를 찾는 데에 무슨 도움이 됩니까?"

"그러면 저희가 찾아 볼 것들이 생기겠죠. 도시 전체를 차량 검문소로 둘러쳤습니다. 바늘을 찾더라도 그 모양과 크기와 색깔을 알면 도움이 되지 않겠습니까?"

"놈들이 도난 차량을 사용할 정도로 영리하다면, 쓴 다음에는 바로 버릴 정도로도 영리할 텐데요."

"더 쓸 일이 있지 않다면 그랬겠죠."

"그 경우에는 새로 색을 칠하지 않겠습니까."

"시간이 있었다면 그랬겠죠. 차를 손수 칠하는 건 제법 남의 이목을 끄는 작업입니다. 유괴범들이 가장 바라지 않는 게 바로 남의 이목을 끄는 것일 테고요."

"그렇군요."

"이게 시원찮게 들린다는 건 저도 압니다, 킹 선생님. 하지만 현재로서는 할 수 있는 일이 그렇게 많은 것도 아닐 뿐더러, 작은 조각 하나하나가 다 중요합니다. 일단 돈을 전달한 다음에는 몸값에 사용된 지폐도 추적해야겠죠. 아이를 찾은 다음에는 아마 아이가 유괴범에 대해서 무언가를 말해 줄 수도 있을 테고요. 그전에 놈들을 찾아내지 못했을 때의 얘기입니다만."

"아이가 이미 죽지 않았을 때의 얘기거나요." 더글러스 킹이 무심히 말했다.

"네. 죽지 않았다면요. 죽었다면 계속해 봐야 소용이 없을 테니까요. 그렇지요?"

"전혀 없겠죠."

"몸값에 관해 말씀드리고 싶습니다. 돈에 표시를 할 수는 없고, 아마 일련번호를 전부 기록해 둘 시간 여유도 없을 겁니다. 놈들이 일련번호가 연속되면 안 된다고 당부했지요?"

"네, 하지만……."

"일련번호 기록이 더 어려워지도록 그런 겁니다. 그래도 일부는 기록할 수 있을 겁니다. 일부만 목록을 만들어 둬도 쓸모는 있습니다. 놈들도 언젠가는 그 돈을 사용할 테니까요." 피터 번스는 잠시 입을 다물었다가 다시 질문을 던졌다. "아직 은행에 전화하지 않으셨지요?"

"아직 안 했습니다."

"좋습니다. 괜찮으시다면 전화하실 때 제가 은행 쪽과 얘기하고 싶습니다. 어떻게 하는 편이 가장 도움이 될지 말해 두겠습니다. FBI가 이 사건을 맡게 되면 그쪽에서도……."

"유감이지만 도움이 되어 드리지 못할 것 같군요, 번스 경위님."

번스는 당황스러운 눈길로 킹을 바라보았다. "무슨 말씀이신지 모르겠습니다만. 제가 은행과 통화하길 바라지 않는다는 말씀이십니까?"

"아니오, 경위님, 그런 게 아닙니다. 저도 은행과 통화하지 않을 겁니다."

"무슨……?"

"몸값을 지불하지 않겠습니다, 경위님."

"몸값을……." 정적이 흘렀다. 번스는 카렐라를 바라보았다. "아, 물론…… 물론 그건 전적으로 선생님 마음입니다. 남이 강요할 수 있는 문제는 아니니까요."

"무슨 말씀을 하시는 겁니까, 킹 선생?" 카렐라가 얼굴을 찌푸렸다. "당신…… 당신은 몸값을 내야 합니다! 애가……,"

"그만둬, 스티브." 번스가 말했다.

"당연히 그래야 할 거 아닙니까! 그러지 않으면 아이는……."

"뭐가 당연하단 말입니까!" 킹이 단호히 말했다. "이것만은 확실히 해 둡시다. 당신들에게도, 연락해 올 유괴범들에게도 분명히 말해 두겠습니다. 또 듣고 싶은 사람이 있다면 누구에게든 말해 주겠습니다. 난 몸값을 내지 않을 겁니다." 그는 숨을 고르고 다시 말했다. "몸값은 내지 않겠습니다."

8

샌즈 스핏 농가의 응접실을 밝히는 빛이라고는 펼쳐 놓은 침대소
파 근처에 서서 목재 마룻바닥에 둥그런 빛을 던지고 있는 스탠드
램프뿐이었다. 제프 레이놀즈는 침대 한가운데에서 잠들어 있었다.
잠꼬대를 하며 몸을 돌리자 담요가 어깨 아래로 흘러내렸다. 캐시
폴섬은 침대로 다가가 담요를 다시 덮어 주었다. 에디 폴섬은 담뱃
불을 붙이고 성냥을 흔들어 껐다.

"애는 자?"

"응."

욕실에서는 사이 바너드가 폐가 터져라 노래를 불러대고 있었다.
셔츠와 타이와 홀스터는 응접실 의자 등받이에 걸쳐 두었다. 벽 앞
에 서 있는 복잡한 장비 가운데 경찰 라디오에 해당하는 부분이 단

조로운 목소리로 푸념하듯 호출을 늘어놓았다.

"……캠브리아와 뉴브리지 교차로로 이동하라. 교차로 전체를 통제할
것. 삼백십일 호 차를 추가로 보내겠다. 알았나, 삼백칠 호?"

"알았다."

"삼백십일 호 차, 삼백십일 호 차, 캠브리아와 뉴브리지 교차로로 이동하
여 삼백칠 호를 도와 검문소를 설치하라."

"여기는 삼백십일. 알았다. 차량 정보는 아직 없나?"

"없다, 삼백십일 호."

"알았다."

"사이!" 에디가 외쳤다. "어이, 사이. 이거 들려요?"

사이는 얼굴 절반이 거품으로 뒤덮인 채 욕실 밖으로 나왔다. 속
옷 바람이었다. 팔과 어깨가 짙고 뻑뻑한 털로 뒤덮여 있었다. "무
슨 일인데?"

"차량 검문소가 버섯처럼 솟아나는데요. 차를 어떻게 움직여야
하죠?"

"뭘 그런 걸 갖고 긴장하고 그래? 검문소를 세우려면 세우라지.
누가 신경이나 쓴대?"

"생각을 좀 해 봐요, 사이. 길에 나온 차를 죄다 세우고 있다고
요. 내일 아침에 차를 써야 하잖아요. 어떻게……?"

"몇 번을 말해야 알아들어? 내가 운전한다고 했지, 그렇지? 혼자
서 말이야, 그렇지? 아무도 신경 안 쓰는 고물 포드를 타고 말이지.
그래 뭐, 놈들이 날 세운다 쳐. 난 그냥 일하러 가는 중이잖아. 운

전면허도 있으니까 보여 달라고 하면 보여 주면 그만이고. 그러면? 내가 훔친 차를 운전한다는 걸 놈들이 알까? 그걸 어떻게 알아? 번호판 바꿨잖아, 안 그래? 그러니까 걸릴 구석이 하나도 없어. 왜 그 까짓 검문소 갖고 호들갑을 떨고 난리야?"

"돈을 받은 다음에는요? 여길 어떻게 뜨죠? 계속 감시하고 있을 텐데요."

"그래도 여전히 걱정할 건 하나도 없어. 애를 데리고 다닐 게 아니니까. 사내놈 하나랑 그놈 마누라랑 처남일 뿐이다 이거야. 걱정할 거 하나도 없어. 그러니까 면도 좀 하게 내버려 둬, 알았지? 원, 꼴이 노숙자가 따로 없네." 그는 욕실로 들어갔다. 캐시는 욕실문이 닫히기를 기다렸다.

"에디…… 저 사람이 돈을 받고 나면 아이는 어떻게 되는 거지?"

"여기다 두고 갈 거야. 더글러스 킹에게 전화해서 어디에 있는지 알려줄 거고."

캐시는 고개를 끄덕였다. "그거 꽤…… 상당히 위험하겠지?"

"아닐걸."

"에디, 여기서 나가자. 너무 늦기 전에 여기서 나가자고!"

"나 원. 여보, 제발 그만 좀 할래?"

"이백삼십사 호 차, 이백삼십사 호 차, 아직도 터널 입구에 있나?"

"여기는 이백삼십사 호. 맞아요, 미남 아저씨."

"적당히 해 둬."

"저것 좀 들어 봐."

"사이가 걱정할 거 없다고 말하잖아. 이번 일은 사이를 믿어 줘야해, 캐시. 사이는 자기가 무슨 일을 하는지 잘 알고 있단 말이야." 에디는 재떨이 쪽으로 걸어가 담배를 눌러 껐다. "사이는 나랑 알고 지낸 이래로 한번도 잘못된 정보를 준 적이 없어. 괜찮은 사람이야, 캐시."

"아무렴, 괜찮고말고." 비꼬는 투였다.

"정말 그렇다니까. 덕분에 나도 많이 배웠어."

"그래, 많이도 배운 것 같네."

"빌어먹을, 정말이라고!" 에디는 잠시 숨을 골랐다. "굳이 나 같은 사람이랑 엮일 필요도 없었다고. 사이는 거물이거든."

"거물 좋아하네! 그냥 건달에 불과해!"

"어이, 그런 말 하지 마. 운이 좀 안 따랐을 뿐이야. 사람은 괜찮다고. 이거 봐, 이런 일을 계획한다는 게 쉬웠을 것 같아? 저 불쌍한 사람이 속으로 얼마나 많은 생각을 하고 있는지나 아냐고?"

"저 사람이 생각하고 있는 건 하나뿐이야, 에디."

"그래? 뭔데?"

"저 아이를 죽이고 싶다는 거."

"아, 제발 좀 그만할래? 애를 죽이고 싶어한다니! 사이는 사업가처럼 냉정한 사람이야. 살인죄로 얽히고 싶어 안달이 난 게 아니라고. 원하는 거라곤 자기 몫 챙기는 것밖에 없는 사람이라니까."

"당신은?"

"내가 뭐?"

"당신은 뭘 원하는데?"

"마찬가지지. 이십오만 달러."

"그걸 위해서 어디까지 갈 셈인데?"

"대체 무슨 뚱딴지같은 소리야?" 에디는 화장대로 가서 담뱃갑을 집어 들고 속을 뒤졌지만 비었다는 걸 알자 구겨 버렸다.

"에디, 당신은 그 돈을 얼마만큼 원하는데?"

"아주 간절히. 담배 있어?"

캐시는 핸드백을 열어 안을 살펴보았다. "아니, 없어." 그녀는 핸드백을 휙 닫았다. "에디, 어렸을 때 우리가 즐겨 하던 놀이가 있었지. '만약에?'라는 놀이 말이야. 그때 곧잘 그런 얘기를 했어. '만약에 누군가 백만 달러를 준다면 대신 넌 뭘 할래? 발가락 자를래? 눈 하나 빼 줄래? 십자가에 침 뱉을래?' 그런 거 말이야. 대답들이 재미있었지. 애들마다 백만 달러에 대한 대가가 다 달랐어."

"무슨 소리를 하려는 거야? 사이! 어이, 사이!"

"응?"

"담배 있어요?"

사이가 문 사이로 고개를 내밀었다. "뭐?"

"담배 있냐고요?"

"내 재킷에. 나 면도 좀 하자." 그는 다시 욕실 안으로 들어갔다.

에디는 재킷 쪽으로 건너가 주머니를 뒤졌다. "여긴 없어요!" 넌더리가 난다는 듯한 말투였다. "사이, 하나도 없는데요."

"차에 한 보루 있어!" 사이가 소리쳤다. "거, 귀찮아 죽겠네."

"어디에요?"

"글러브박스에. 이봐, 조용히 면도 좀 하자니까?"

에디는 현관문으로 걸음을 옮겼다.

"당신의 대가는 뭐지, 에디?"

"무슨 소린지 모르겠다, 캐시."

"팔 하나는 내줄 수 있어도 눈은 안 되나? 유괴는 같이 했어도 살인까지는 안 가나?"

방 안에 적막이 흘렀다.

"애들 노는 거랑 진짜 인생이 무슨 상관인데?" 에디가 마침내 물었다.

"사이는 저 아이를 죽이려 하고 있어."

"당신은 돌았어."

"그것도 저 사람 계획에 들어 있다고. 아이를 살려 뒀다가 정체가 탄로 나는 위험을 무릅쓸 수는 없을 테니까." 캐시는 재촉했다. "그러니까 난 자기 생각을 알아야겠어."

에디는 한숨을 내쉬었다. "내 생각이라니? 그냥 날 가만히 내버려 두면 안 되겠어?"

"안 돼. 난 알아야겠어."

"알았어. 좋아. 당신은 어린 시절에 아이들과 함께 놀이를 했지. 그리고…… 그리고 나도 어린애였어. 알겠어? 좋아, 그리고 그렇게 어렸을 때, 내겐 아무것도 없었어. 알겠어, 캐시? 아무것도. 아무것도 없었다고. 난…… 난…… 당신이 멕시코랬잖아…… 멕시코에 가고 싶잖아. 그래, 나도 거기 가고 싶어. 정말 거기 가고 싶고…… 그리고 난 돈이 많았으면 좋겠고, 웨이터가 내게 정중히 대해 주면 좋겠고…… 그리고 난 무언가를 갖고 싶어. 늘 아무것도 없는 게 아니라. 항상 그랬단 말이야. 난…… 난 더는 먼지 같은 놈으로만 남고 싶지 않아, 알겠어?"

"그래. 하지만……."

"그러니까 여보, 내 생각을 묻지 마. 계속 같은 말 하지 마. 난 내가 뭘 하고 있는지, 왜 그걸 하고 있는지 이제 와서 궁금해하고 싶지 않아. 이 방법뿐이야. 날 믿어." 머뭇거리다 다시 흘러나온 목소리에는 피로가 역력히 묻어났다. "내가 아는 방법은 이것뿐이야."

"그렇지 않아." 캐시는 단호했다. "에디, 지금 떠나면 돼. 사이는 다른 방에 있어. 서두르기만 하면…… 에디, 여기서 나가서 아이를 다른 곳에 두고 가면 우린 자유야. 경찰이 신경이나 쓰겠어? 돈이 오기 전에 아이가 무사히 돌아온다면 우리를 애써 찾으려 하겠냐고? 우린 멕시코로 갈 수 있어. 둘이 함께 말이야. 늘 도망 다닐 필요도 없고."

"난…… 난 모르겠어. 담배가 필요해."

"에디, 말해."

"캐시, 날 내버려 둬!" 에디는 그렇게 소리치고 입을 다물었다. "나갔다 올게."

"어딜 가는데?"

"차에 담배 가지러 갔다가…… 그리고 산책할 거야."

"같이 가."

"동행은 필요 없어. 날 내버려 둬!" 에디가 문을 열었다.

"당신은 아직 당신 생각을 말해 주지 않았어. 난 알아야겠……."

문이 쾅 닫히며 말을 가로막았다. 방 한가운데에 우두커니 선 캐시의 귀에 집 밖의 자갈길을 내딛으며 멀어져 가는 발소리가 들려왔다. 문을 잠그고 등을 기댄 채 무거운 한숨을 내쉰 순간, 욕실에서 사이의 노랫소리가 다시 터져 나왔다. 그녀는 창문으로 다가가 블라인드 가장자리 너머를 내다본 다음 한동안 골똘히 생각하며 그 자리에 서 있었다. 그리고 몸을 돌려 벽에 기대어 맞은편에 굳게 닫힌 욕실문을 뚫어져라 바라본 뒤 침대 위에 잠들어 있는 아이에게로 시선을 옮겼다. 결단을 내린 순간, 단호한 빛이 얼굴에 감돌면서 순간 몸이 움찔했다. 그녀는 마지막으로 닫힌 욕실문을 본 다음 가볍고도 단호한 발걸음으로 침대소파 쪽으로 다가갔다.

캐시는 제프의 어깨를 잡고 속삭였다. "제프! 일어나, 제프!"

제프는 말이 떨어지기가 무섭게 벌떡 일어났다. "뭐예요? 뭔데요? 왜요?"

"쉬이." 캐시는 주의를 주고 잠시 욕실문을 살폈다. "조용히 시키는 대로 해." 그러고는 덧붙였다. "널 여기서 데리고 나갈 거야."

"집에 데려다 준다고요?" 제프는 뛸 듯이 기뻐하며 물었다.

"쉬잇! 제발 목소리 좀 낮춰." 욕실문을 본 다음 다시 현관문을 보았다. 사이의 노랫소리는 더욱 커져 있었다. 앞마당에서는 아무 소리도 들리지 않았다. "집까지 데려다 줄 수는 없지만 여기서는 나

가게 해 줄게. 적당한 곳에 내려 주면 누군가 널 발견할 거야. 그러면 집에 갈 수 있어. 그러려면 네가 날 도와줘야 하고, 빠르고 조용하게 움직여야 해. 알겠니?"

제프도 이제 속삭였다. "알았어요. 저 사람들…… 저 사람들이 날 죽일까요?"

"나도 몰라. 하지만 그렇게 내버려 둘 수야 없지."

"에디가 아줌마 남편이에요?"

"그래."

"별로 멋있진 않던데."

"그 사람은 내……,"

"그래도 날 해칠 것 같지는 않았어요." 제프는 서둘러 덧붙였다.

욕실의 노랫소리가 갑자기 끊겼다. 캐시는 닫힌 문을 힐끔거렸다. 물이 흐르는 소리가 조용한 방 안으로 스며들었다.

"아줌마는 예뻐요."

"고맙구나. 네 코트는 어딨니?"

"난 코트 없어요. 바비의 스웨터밖에 없어요."

"필요할 거야. 밖은 무척 춥거든. 어디 있니?"

"저기 의자 위에요."

캐시는 신속하지만 조용한 걸음걸이로 의자를 향해 다가갔다. 스웨터를 집어 아이에게 입혔다.

"큰길까지 곧장 가는 거야. 큰길에 도착한 다음에는 뛰기 시작할 거고. 알았니?"

"나 잘 달려요."

"좋아. 그럼. 따라 와." 그녀는 재빨리 코트를 걸치고 아이의 손을 잡았다. 둘은 발꿈치를 들고 현관으로 걸어갔다. 캐시는 금고털이처럼 세심한 손놀림으로 잠금장치를 돌렸다. 회전판에서 딸각 소리가 나자 잠시 주춤했다. 그러다가 다시 천천히, 주의를 기울여 문을 빠끔히 열었다. 방이 조용한 탓에 삐걱거리는 소리가 총소리처럼 들렸다. 그녀는 마당을 내다본 다음 다시 제프에게 손을 내밀었다. "가자."

"잠깐만요!" 제프 레이놀즈는 갑자기 물러나더니 방 안으로 후다닥 돌아갔다.

"왜······?"

"내 총!" 제프는 부리나케 총알이 들어 있지 않은 샷건을 놓아둔 탁자 쪽으로 갔다. "그 사람이 나한테 준 거 맞죠?"

"그래······ 서둘러." 캐시는 초조하게 속삭였다.

제프는 총신을 손에 쥐고는 탁자 위의 샷건을 휘두르듯 낚아채어 올리며 앞문을 향해 뛰려고 했다. 총신을 잡아당기는 순간, 개머리판이 재떨이를 쳤다. 재떨이는 개머리판에 걸려 기울어진 채로 쏜살같이 미끄러져 탁자 모서리를 훌쩍 넘어가더니 마룻바닥 위로 묵직하게 떨어졌다. 충돌음이 방 안 가득 울려 퍼졌다. 산산조각 난 유리가 수류탄 파편처럼 사방으로 튀었다. 문가에 있던 캐시는 비명을 지를 뻔했다. 손을 입으로 가져가 관절을 꽉 깨물었다. 제프는 얼어붙었다.

"혹시……?"

"쉿!"

둘은 조용히 기다렸다. 욕실문은 여전히 닫혀 있었다. 캐시는 다시 잽싸게 앞문을 열고 밖을 내다보았다.

"좋아, 가자." 그렇게 말한 순간 욕실문이 열렸다. 캐시는 문이 열리는 것을 보지 못했다. 눈을 마당 쪽으로 향한 채 손만 뒤로 내밀어 제프를 재촉하던 참이라 사이가 방으로 들어와 손을 엉덩이에 얹은 채 욕실 문간에 서서 다 알아봤다는 표정을 짓고 있다는 사실은 알지 못했다.

"어서 서둘러." 손으로 신호를 보내던 캐시는 제프가 오지 않는다는 것을 깨닫고 문에서 몸을 돌리며 말했다. "제프, 어서……." 그제야 사이를 발견하고 순식간에 파랗게 질렸다.

"이것 봐라. 어딜 가려는 거야?"

"아이를 데리고 나갈 거예요."

"아, 그러시게?" 사이 바너드의 두 눈이 방을 훑었다. "에디는 어디 있지?"

"산책하러 갔어요."

사이는 재빨리 현관문으로 다가가 문을 걸어 잠갔다. "그 변변찮은 양아치 녀석이 배신을 때리겠다는 건가?"

"아뇨. 그 사람은 아무것도 몰라요. 차에 담배 가지러 갔어요."

"그래서 지금 튀면 딱 좋겠구나 싶으셨다 이거로군? 나 참, 여자에게 일을 맡기면 이런다니까. 꿍꿍이도 많고 늘 뒤통수칠 준비나

하고 말이지. 코트 벗어!"

캐시는 머뭇거렸다.

"찢어 버리기 전에 어서 벗어!" 사이가 소리쳤다.

캐시는 코트를 벗어 침대 위로 던졌다.

"꼬맹이 것도. 스웨터는 필요 없잖아. 어디 갈 것도 아닌데." 캐시는 제프에게 다가가 스웨터 벗는 것을 도와주었다. "친구끼리 보기 좋네, 그렇지? 둘이 아주 잘 어울리는 한 팀이야." 주머니 속에 들어갔다 나온 사이의 손바닥 위에 접이식 칼이 놓여 있었다. 손잡이의 누름못을 누르자 칼날이 불쑥 튀어나왔다. 그는 침대 곁에 선 캐시와 소년에게 천천히 다가갔다.

"잘 들어, 이 개년아. 이런 짓거리 한 번만 더 했다간 성형 신세를 져야 할 거다. 알아들어? 네 남편이 뭐라고 하든 상관없어. 그리고 이 꼬맹이 새끼 심장도 내가 손수 꺼내 주지! 똑똑히 기억해 둬! 명심하라고!"

"난 당신이 두렵지 않아요, 사이."

"그러셔?" 그는 칼을 치켜들어 칼날을 캐시의 목 가까이 가져갔다. "이쁜이, 지금부터는 나한테 말할 때도 입조심하는 게 좋아. 나에게 진심으로 사근사근하게 구는 게 좋을 거야. 그렇게만 한다면야 나도 방금 벌어진 일은 잊어버릴 수 있어. 이제부터는 정말 사근사근하게 구는 거야."

사이는 캐시의 목에 칼을 들이댄 채 자유로운 손으로 캐시의 다리를 어루만졌다. 캐시는 황급히 뒤로 물러났다. 문고리가 덜컥거리자 그쪽으로 다가갔다.

"어이, 문 열어." 에디가 밖에서 소리쳤다.

사이가 문을 향해 고갯짓했다. 그는 칼날을 접어 넣은 다음 칼을 도로 주머니에 넣었다. 캐시는 문을 열었다. 에디가 들어왔다.

"담배 찾았군." 사이가 웃으며 말했다.

"네." 에디는 꽁초를 깊이 빨아들였다. "밖이 멋진데요. 춥긴 하지만 상쾌해요. 별이 한가득이네."

"그럼 내일은 날이 좋겠군. 날씨까지 우릴 돕고 있어. 그 무엇도 이번 일을 망칠 수는 없단 말씀이야." 사이는 캐시를 보며 다시 한 번 말했다. "그 무엇도."

"애는 왜 깨어 있어요?"

"꼬맹이 새끼가 잠을 못 자겠대. 내일 어떻게 될까 걱정되는 모양이지."

"별일 없이 잘 되겠죠, 사이?"

"잘 안 될 리가 없지." 사이는 다시 캐시를 돌아보았다. "들었지, 캐시? 잘 안 될 리가 없다니까. 잘 먹힐 테고, 아무것도 방해하진 못할 거야. 우린 모두 부자가 될 거야. 난 앞으로 평생 동안 망할 지하철 따위는 타지 않겠어. 그리고 실크 속옷을 입을 거야. 실크 속옷을 입는 사람도 있다는 거 알아? 그게 바로 나야! 나도 그런 사람이 될 거야." 그는 열심히 고개를 끄덕였다. "얘기해 줘, 에디. 우리가 짠 계획을 설명해 줘. 네 마누라는 우리가 장난친다고 생각하는 모양이니까."

"그냥 할 때 잘 하면 되지 설명은 또 뭐하러 해요?"

"그야 이렇게 멋진 계획이니까, 좀 알아주면 좋지 않겠냐 말이야. 자네 대체 왜 그래? 그게 부끄러워? 더럽게 좋은 계획이잖아."

"그건 알지만……."

"우린 아침에 킹에게 전화해서 놈에게 돈을 둘 곳을 지시할 거야. 그리고 우리를 막을 수 있는 경찰은 이 도시에 한 놈도 없어. 아니, 아예 우릴 찾지도 못할걸!" 사이는 잠시 말을 멈추었다. "어떻게 생각해, 캐시?"

"아주 영리하네요." 캐시가 무심하게 말했다.

"그래, 아주 영리하지. 끝내주게 영리해! 킹조차 돈을 어디다 둬야 하는지 알지 못할 테니까 경찰에게 말하고 싶어도 말할 수가 없어. 녀석이 알게 될 거라곤 우리가 기다리고 있을 거라는 것뿐이지. 그게 어디가 될지는 녀석도 몰라." 캐시의 얼굴에 어리둥절한 표정이 떠올랐다. "그래. 그렇고말고. 먹힐 거야. 다 저기 있는 에디의 괴물 덕분이지." 사이는 벽에 붙어 있는 라디오 장비를 가리켰다. "우리가 뭐하러 라디오 가게를 턴다고 그 고생을 했을 것 같아? 에디한테 장난감으로 주자고?"

"경찰 무선을 들을 라디오를 마련하려는 건 줄 알았는데요." 캐시는 이제 더욱 혼란스런 모습이었다.

"이만한 장비를 가지고? 고작 경찰 무선이나 듣자고? 저기 저 양철 깡통 두 개가 뭔지 알아? 발진기야. 그럼 그 뒤에 있는 저 큰 건 뭐게? 송신기지. 내 말 맞지, 에디?"

"네, 맞아요. 캐시, 그러니까 우리가 뭘 하려는 거냐면……."

"우리가 뭘 하려는 거냐면, 킹과 경찰을 오금이 저리도록 놀래 주려는 거야. 일단 킹이 출발하고 나면 그 다음에 뭘 해야 할지 아는 사람은 킹 말고는 아무도 없어. 경찰도, 아무도 몰라. 킹이랑 우리 밖에 모르지. 일단 녀석이 돈을 들고 집을 나서기만 하면……."

"만약 집을 나선다면 말이겠죠." 캐시가 말했다. "만약 몸값을 지불한다면요."

"내가 비밀 하나 가르쳐 주지, 귀염둥이." 사이가 말했다. "집을 나서는 편이 좋을 거야. 몸값을 지불하는 편이 좋을 테고." 주머니에 꽂아 넣었다 뺀 그의 손에는 다시 접이식 칼이 들려 있었다. 누름못을 누르는 데 소리 하나 나지 않았다. 칼날은 슬며시 속삭이듯 튀어나왔다. 사이는 침대 곁에 서서 두 눈 가득 겁에 질린 제프를 바라보았다.

"몸값을 지불하는 편이 좋을 거야." 사이가 나직이 말했다.

9

경찰 감식반을 맡고 있는 사람은 샘 그로스먼 경위였다.

길고 하얀 작업대와 큰 녹색 캐비닛이 들어선 감식반 실험실은 언뜻 보기에는 황량하기 그지없었다. 작업대 위로는 형광등 불빛과 자외선이 쏟아져 내렸고, 캐비닛은 세탁물표와 권총과 탄창과 타이어 자국과 분석 도표와 유리 조각과 잔디와 진흙과 기타 의심스러운 물건과 대조하는 데에 사용할 수 있는 온갖 것으로 가득했다. 의심스러운 물건은 매일 매시간 연구실로 쏟아져 들어왔다. 종류는 고속도로 뺑소니 현장에서 발견된 전조등 유리 조각에서부터 지난주 토요일 자 뉴욕 타임스 부동산 지면에 싸인 피 묻은 손에 이르기까지 다양했다. 눈 오는 크리스마스이브에 문 앞에 버려진 고아처럼 연구실 문 앞에 도착해대는 꾸러미를 다룬다는 게 늘 그리 즐거운 일은 아니었다. 가끔은 업무상 엽기적인 작업이 필요하기도 했는데, 그럴 때면 비위가 약한 사람은 즉각 본청의 감식과나 지역 종합병원의 영안실로 전근 신청을 넣었다. 느닷없이 찾아온 죽음을 현장에서 몸소 맞닥뜨리는 것과 과학 공식에 맞게 재단하여 토막 난 팔다리며 흘린 정액이며 머리카락이 달라붙은 둔기며 뼈에 부딪혀 납작해진 총알을 통해 다루는 것은 한참 다른 문제였다. 살인에 딸려 오기 마련인 섬뜩하고 뭐라 말하기 힘든 흔적을 마주하고 있노라면 상상력이 샘솟았다. 날카로운 도끼날에 엉겨 붙은 긴 금빛 머리카락은 영안실 안치대에 누운 여인의 시신보다 더 요란하게 비명을 질러댔다. 감식반원들은 문학이 탄생한 이래로 소설가들의 절기가 된 절제 기법을 숫돌 삼아 매일같이 감정을 무디게 갈아내었다. 샘 그로스먼도 본래 감성이 풍부한 사람이었지만 근무 중에는 냉정하게 굴었고, 감식반을 움직이는 데 있어서는 아프리카 선교단을 방불케 하는 비타협 정책으로 일관했다. 그로스먼은 감식반이 현장에서 일하는 사람들의 업무를 줄여 주는 데에 큰 몫을 한다는 사실을 잘 알았다. 감식반이 범죄자를 법의 심판대 앞에 세울 수도 있는 것이다. 그걸 도울 수만 있다면야 인생을 헛되이 낭비한 셈은 아니라는 게 그로스먼의 생각이었다. 때로는 극도로 어려운 작업을 맡는 경우도 있었다. 그리고 때로는, 크로니그가 가져온 석고본처럼, 유달리 쉬운 작업을 맡는 경우도 있었다. 파일을 살펴보고 일치하는 타이어 자국을 찾아내기까지는 5분도 채 걸리지 않았다. 기록 카드의 설명은 카드의 뒷장에 나와 있는 사진과 똑같았다.

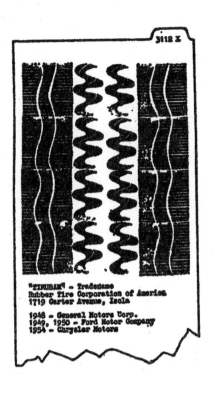

그렇다면 타이어의 이름은 티루밤이고 제조사는 미국의 러버타이어 코퍼레이션이며 지사 위치는 아이솔라 시 카터 가 1719번지다. 제너럴 모터스사에서는 1948년에 이 타이어를 자사 제품에 장착할 표준 타이어로 채택했다. 1949년과 1950년에는 포드사의 모든 라인에서 쓰였고, 1954년에는 크라이슬러사에서 만든 자동차도 이 타이어를 달고 나왔다. 이만하면 선택의 폭이 꽤 넓은 편이었다.

하지만 석고본을 통해 밝혀낸 바에 따르면 타이어의 규격은

670X15였다. 업계 전체가 그전까지 16인치이던 외륜 크기를 바꾸기로 합의한 것이 1949년이었다. 그렇다면 1949년 이전에 제조한 자동차는 자동으로 빠지는 셈이다. 또한 타이어 지름을 보자면 포드와 크라이슬러에서 각각 이 타이어를 사용한 해에 제조한 더 큰 차종도 제외대상이었다. 예를 들어 1949년형 포드 머큐리는 710X15 타이어를 달았고, 1949년형 크라이슬러 링컨의 타이어는 820X15였다. 후보는 두 회사에서 해당 연도에 제작한 가장 작은 차종으로까지 좁혀졌다.

긁어낸 페인트가 남은 의혹을 걷어내 주었다. 그로스먼의 반원들이 샘플에 대한 분광 검사와 현미경 분석과 미량화학검증을 거친 끝에 상대하고 있는 녀석의 특성을 정확히 밝혀내었다. 남은 것이라고는 이 검사 결과를 기존에 종합하고 정리하여 파일 안에 모셔두었던 정보와 대조해 보는 일뿐이었다. 기록 카드의 내용은 다음과 같았다.

1. 이 페인트는 포드 자동차 회사 제품.
2. 제품명은 버치 그레이.
3. 포드사는 1949년 모델에 이 페인트를 사용.
4. 이 페인트는 1950년 명암이 다른 도버 그레이라는 제품으로 대체.

샘 그로스먼은 사실 관계를 검토해 보았다. 사실 관계를 검토하는 그 눈은 차갑고 감정 없는 과학자의 눈이었다. 안경 뒤로 꾸밈없는 푸른 눈을 반짝이며 뉴잉글랜드의 농부처럼 강인하면서도 수수한 얼굴로 숫자를 바라보다가, 가볍게 고개를 끄덕였다. 용의 차량은 1949년형 회색 포드였다. 이제 킹의 자택에 전화해서 사실을 전해 주는 일만 남았다. 샘 그로스먼은 안경을 벗고 눈을 감은 다음 엄지와 검지로 두 눈을 문질렀다. 그런 다음 다시 안경을 쓰고 킹의 집 전화번호를 돌렸다.

응접실에 있던 마이어 마이어가 전화를 받았다. 그가 감식반이 전하는 정보를 받아 적는 동안, 더글러스 킹은 난롯가의 안락의자에 앉은 채 너울거리는 불꽃을 바라보고 있었다. 전화에 귀를 기울이는 눈치는 아니었다. 불이 억센 얼굴 표면을 비추어 관자놀이 위로 난 흰머리가 빨갛게 반짝였다.

"알았어요, 샘. 잘해 주셨습니다. 네? ……뭐, 이쪽은 별거 없지만 이제 찾아볼 게 생겼으니까요…… 네, 바로 전달하겠습니다. 고마워요, 샘." 마이어는 전화를 끊고 킹을 돌아보았다. "놈들이 탄차는 1949년형 회색 포드였답니다. 반장님을 찾아봐야겠군요. 목록을 확인하고 싶어하실 테니까요." 조용히 킹을 응시하다가 말을 이었다. "무슨 생각을 하시는지 궁금하군요, 킹 선생님."

"딱히 쓸모 있는 생각을 하던 건 아닙니다, 마이어 형사."

"흐음. 그럼 전 나가서 반장님을 찾아봐야겠습니다. 전화가 오거든 부르십시오."

"그러죠." 킹이 약속했다. 마이어는 코트를 걸치고 방을 나갔다.

문이 조용히 닫히는데도 킹은 눈길을 주지 않았다. 그는 불꽃에서 눈을 떼지 않았다. 마치 자신의 영혼이 그 안에 있다는 듯. 마치 빨갛고 노랗게 너울거리는 그 불꽃 안에서 자신의 마음을 읽을 수 있다는 듯. 다이앤 킹이 방에 들어왔을 때도 그는 눈을 들지 않았다. 다이앤은 곧장 남편에게 걸어가 불꽃을 바라보는 시선을 가로막고 섰다.

"좋아." 귀에 간신히 걸릴 정도의 목소리였다. "피트에게서 들었어." 잠시 뜸을 들였다. "설마 진심은 아니겠지."

"진심이야, 다이앤."

"그 말 못 믿겠는데."

"안 줄 거야. 이제라도 믿어 보도록 해. 안 준다고."

"줘야 해."

"그래야 할 의무는 없어."

"당신한테 요구한 돈이잖아."

"그래, 도둑놈들이 요구한 거지. 왜 놈들이 규칙을 정하지? 내가 왜 그놈들 규칙을 따라 게임을 해야 하는 건데?"

"규칙? 게임? 이건 애가 달린 문제야."

"애 말고도 훨씬 많은 게 달려 있어."

"달려 있는 건 아이 뿐이야. 당신이 돈을 주지 않으면 그 사람들은 아이를 죽일 거야."

"이미 죽었을지도 모르지."

"그런 가능성은 생각하지도 마."

"왜 안 되지? 난 이번 일에 관한 거라면 뭐가 됐든 생각해 볼 자격이 있어. 내게는 티끌만큼도 의미가 없는 아이를 위해 오십만 달러를 내놓으라는 요구를 들은 상황이잖아. 가능성을 따져 볼 자격이라면 차고도 남지. 아이가 이미 죽었다는 것도 그중 한 가지 가능성이고."

"그 사람들은 애가 아직 살아 있다고 했어. 당신도 알잖아. 그런 걸 핑계로……."

"내가 돈을 내더라도 놈들이 아이를 죽일지 모른다는 가능성도 있지. 경찰에게 물어봐. 물어보라고. 뭐라고들 하는……,"

"하지만 당신이 돈을 내지 않는다면 아이가 죽는다는 건 기정사실이야."

"꼭 그렇지는 않아."

킹은 의자에서 일어났다. 내키지 않는다는 듯 불가를 떠나 방 저편에 있는 바로 걸어갔다. "브랜디 마시겠어?"

"아니, 브랜디는 싫어." 다이앤은 술을 따르는 킹을 바라보았다. 병목을 쥔 손은 굳건했다. 호박색 액체가 브랜디 잔에 쏟아졌다. 병마개를 닫고 안락의자로 돌아와 큰 손 안에 쥔 잔을 가볍게 흔들었다. 그 모습을 계속 바라보던 다이앤이 입을 열었다. "더그, 당신에겐 제프의 목숨을 두고 도박을 할 권리가 없어."

"그래? 나 말고 또 누구에게 있는데? 놈들이 누구에게 돈을 요구했지? 레이놀즈는 아들을 되찾기 위해 뭘 했는데? 평생 그랬듯 주저앉은 채 아무것도 안 했잖아. 내가 왜 그 친구의 아들을 위해 돈을 내야 하는데?"

"더그, 난 지금 비명을 지르고 싶은 기분이야. 비명이 터져 나오려는 걸 애써 참고 있다고."

"그렇게 해서 기분이 나아진다면 어서 지르도록 해. 사실 비명 지를 일은 아무것도 없지만. 난 돈을 내놓으란 소리를 들을 이유가 없는 사람이고, 그래서 안 내는 것뿐이야. 내가 보기엔 이미 끝난 문제야."

"하지만 아직 애잖아! 애라고!"

"애든 말든 상관없어. 내 자식도 아닌데." 킹은 결정타가 될 말을 찾는 듯 뜸을 들이다가 다시 입을 열었다. "난 그 녀석을 좋아하지도 않아. 그건 알아?"

"빌어먹을, 애란 말이야!"

"그래, 애지. 그게 무슨 상관인데? 그렇다고 내가 그 애를 책임져야 하나? 애든 어른이든 땅 속에서 나온 괴물이든 왜 내가 그 애를 책임져야 하지? 도대체 그게 왜 내 책임이냐고?"

"그 사람들은 바비를 데려가려고 했던 거였어. 그러니 제프는 당신 책임……."

"그래, 하지만 놈들은 바비를 데려가지 않았잖아? 놈들은 실수했어. 제프를 데려갔지." 킹은 호흡을 골랐다. "여보, 내가 군에 있을 때 내 옆에 있던 녀석이 죽으면 난 그 친구가 죽었다는 것에 대해 아무런 책임도 느끼지 않았어. 총알에 맞은 게 내가 아니라는 생각에 기쁘기만 했지. 죄책감도, 책임감도 없었어. 그 친구를 죽인 총알이 나온 총을 내가 쏜 게 아니었으니까. 내 손은 깨끗했다고. 그리고 지금도 마찬가지야."

"이건 달라. 당신은 그 차이를 모를 정도로 어리석지 않아."

"어리석지 않고말고. 도대체 내가 어떻게 그 돈을 다 마련해서 놈들에게 줄 수 있겠어? 돈이 있다면야 나도 줬을 거라는 생각은 안 들어?"

"돈은 있잖아! 거짓말하지 마, 더그. 제발, 돈 없다는 소리는 그만둬."

"이번 거래를 성사시키려면 한 푼도 남김없이 긁어모아야 해. 칠십오만 달러라고. 그 삼분의 이를 어떻게 포기하란 말이야? 이해가 안 돼?"

"그래, 완벽히 이해했어. 아이의 목숨 대 사업이란 말이지."

"아니! 아이의 목숨 대 내 목숨이야!" 킹이 소리쳤다.

"더그, 더그, 내 지성을 모독하지 마! 그런다고 당신이 끝장날 리는 없어. '목숨'이라는 표현은 쓰지도……,"

"내 목숨이야, 목숨이라고!" 킹은 거듭 강조했다. "목숨이 아니고 뭐겠어! 평생을 일하며 꿈꿔 온 모든 것이야. 이 사업은 내 일부나 다름없어, 다이앤. 그걸 모르겠어?"

"사업 소리는 집어치워." 다이앤은 딱 잘라 말했다. "당신이 영영 그레인저 제화를 손에 넣지 못해도 난 상관없어! 전혀 상관 않는다고. 그레인저를 손에 넣든, 미국 철강회사를 손에 넣든 그 대가가 한 아이의 죽음이라면……,"

"내 목숨이야, 내 목숨!"

"그리고 아이의 죽음이기도 하지! 당신의 삶 대 아이의 죽음!"

"말장난은 그만둬." 킹의 목소리에 노기가 어렸다. 잔을 커피 탁자 위에 올려놓고는 벌떡 일어나 방을 서성거리기 시작했다. "내 죽음이기도 해. 몸값을 내고 나면 나는 어떻게 될까? 어떻게 될지 말해 주지. 벤자민과 그 빌어먹을 하이에나들이 노인네와 한패가 되어 나를 길거리로 내쫓을 거야. 당신은 내가 로빈슨에게 한 일에 대해서, 그리고 그가 다시 일자리를 얻을 수 있을지에 대해서 걱정했지. 좋아, 그렇다면 놈들이 내게 무슨 짓을 할지는 알기나 해? 이 업계에서 내 이름은 진창에 처박힐 거야. 세력 다툼에서 밀려난 놈이라고 말이야! 그런 다음 날 믿어 줄 회사가 있을 것 같아? 이만한 자리까지 다시 올 수 있을 것 같으냐고? 난 끝장이야, 다이앤. 끝장이라고!"

"다시 시작할 수 있어. 당신이라면……,"

"어디서? 어디서 시작하지? 그리고 어디까지 갈 수 있을까? 빌어먹을, 그때가 되면 사무실 사환 녀석들도 내가 다시 크지 못하도록 감시해댈걸. 책상에 묶인 신세나 되고 말겠지. 내가 그렇게 되길 바라는 거야? 그게 사는 거야?"

"그래, 사는 거지. 그렇게 묶인 채 살아가는 사람이 얼마나 많은……,"

"난 아니야! 절대로." 킹은 계속해서 말을 이어나갔다. "다이앤, 당신은 또 어떻게 될까? 자기 생각을 해 봐. 이 모든 것이 사라진다고." 킹은 거칠게 손짓했다. "집도, 차도, 생활 방식도, 심지어 처먹는 음식까지도!"

"숨이 막힐 거야! 당신이 제프를 죽게 내버려 둔다면 나는 음식한 입을 먹을 때마다 숨이 막힐 거야."

"그럼 누가 죽어야 하는데? 나? 내가 그 녀석을 위해 죽어야 하나? 그 녀석이 나한테 뭔데?"

"인간이잖아. 그뿐이야. 다른 인간이잖아. 당신도 전에는……."

"그래, 그리고 나도 인간이지. 이 시대의 순진한 영혼들이 인류라고 명명한 것에 도대체 내가 빚진 게 뭐지? 인류가, 그 정체도 모를 인류라는 게 내게 해 준 게 뭔데? 아무것도 없어! 내 삶은 내 손으로 후벼 파낸 거야. 단단한 바위를 손이 피투성이가 되도록 후벼 파서 얻어 낸 거라고. 다이앤 당신이 그걸 어떻게 알겠어? 어떻게 알겠냐고? 내가 그레인저의 창고에서 죽어라고 일할 때 당신은 사립학교에 다니고 있었어. 난 이 사업에 내 평생을 바쳤어. 모르겠어? 평생이라고! 그게 다 내가 미래를 내다보고 때가 오기만을……."

"듣고 싶지 않아. 한번만 더 사업 이야기를 꺼내면 당신을…… 당신을 때리겠어. 신께 맹세코, 당신을 치고 말겠어!"

"좋아, 사업 얘긴 그만두지. 내가 왜 돈을 내야 하는지만 말해봐. 내가 앞으로 평생 벌 것보다 훨씬 돈이 많은 사람이 세상에 얼마나 많은데. 젠장, 나는 가난하단 말이야. 상대적으로 가난한 편이라고. 이번 거래를 성사시킬 수 있는 돈을 마련하기까지 수년이 걸렸어. 그런데 세상에는 이런 거래를 매일같이 전화 한 통 걸어서 좋다 싫다 말 한 마디만으로 해치우는 사람들이 있지. 왜 그런 놈들은 인심 좋은 제안 한번 안 하는 거냐고? 그 자식들더러 몸값을 내라고 하지?"

"캄스 포인트에 사는 부부도 천 달러를 내겠다고 했잖아, 더그. 그 사람들은 아마 당신보다도 더 가난할걸."

"그래, 천 달러나 내신댔지. 그게 그 사람들이 평생 저축한 것의 몇 퍼센트나 될까? 그것 말고 은행에 넣어 둔 돈은 얼마나 될까? 오천 정도 될까? 좋아, 그럼 답신을 보내서 천 달러만 떼어서 주겠다고 하지 말고 전부 내놓으라고, 오천 달러 다 내놓으라고 하자고. 평생 모은 돈을 내놓지 않으면 아이가 죽는다고 말해 보자고. 그 사람들은 그 돈으로 뭘 할 계획이었을까, 다이앤? 교외에 봐 둔 집 계약금? 새 차값? 유럽 여행비? 뭘까? 그 사람들과는 아무런 상관도 없는 아이를 위해 계획과 꿈을 포기해 달라고 해 봐. 어서 물어봐. 세상 모든 사람에게 물어봐! 그 자애로우시다는 인류에 대고 물어봐! 형제를 위해 자살해 달라고 인류를 향해 호소해 보라고!"

"그 사람들은 당신에게 요구했어. 다른 사람에게 떠넘기지 마."

"요구를 받은 게 나라는 건 나도 알아. 그게 불공평하다는 이야기야. 말도 안 되지! 누구도 그런 요구를 받아야 할 이유는 없어."

다이앤이 갑자기 킹의 발밑에 앉아 그의 두 손을 붙잡고 얼굴을 올려다보았다. "생각해 봐." 달래는 듯한 말투였다. "만약…… 만약 제프가 물에 빠져 죽어가고 있고…… 당신이 물가에 서 있다면……

당신은 반사적으로 그 아이를 구하러 물에 뛰어들 거야. 그렇지? 당신은 그 아이를 구할 거야. 지금도 그렇게 해 달라는 것뿐이야. 아이를 구해 줘, 더그. 구해 줘, 제발, 제발, 제……,"

"왜 나냐고?" 더글러스 킹은 하소연하듯 말했다. "내가 수영하는 법을 배워 두는 수고를 마다 않았기 때문에? 왜 레이놀즈는 수영을 배우지 않은 건데? 왜 레이놀즈가 이제 와서 내게 '제 아들을 구해 주십쇼! 전 수영을 배워 둘 생각을 하지 못했습니다!'라고 말해야 하는 건데?"

"지금 이 일에 대해 레이놀즈를 탓하는 거야?"

"말도 안 되는 소리 마. 내가 그러겠어?"

"그럼 뭘 탓하는 건데? 운전기사라는 것? 오십만 달러를 갖고 있지 않다는 것?"

"좋아, 내겐 오십만 달러가 있어. 그리고 그건 가만히 앉아서 세상 돌아가는 꼴을 구경해서 얻은 돈이 아니야. 대체 정의는 어디로 간 거지? 난 온힘을 다해서 열심히 일했고……,"

"레이놀즈도 열심히 일했어!"

"그럼 열의가 충분하지 않았던 모양이지! 내 반만큼도 열심이지 않았던 게지! 그랬더라면 내가 그 친구 아들내미 몸값을 내줄 필요도 없을 테니까! 그 친구는 방관자야, 다이앤. 방관자들이란 늘 아무것도 하지 않으면서 뭔가를 원하기만 하지. 일확천금을 노리겠단 생각뿐이야! 온 나라가 쓸데없는 정보에 수천 달러를 쥐어 주는 퀴즈 프로그램에 환장해대니까! 백만 달러를 원하시나요? 그럼 가서 타세요! 지랄하네! 나가서 일을 해야지! 개처럼 일해서 손가락이……."

"그만해, 그만."

"레이놀즈가 지금 내게 뭐라고 하고 있지? '도와주십쇼, 저는 무력합니다'. 난 도와줄 생각 없어. 나 자신 말고는 그 누구도 도울 생각 없어."

"진심은 아닐 거야." 다이앤은 킹의 손을 놓으며 말했다. "진심일리 없어."

"진심이야. 나라고 지치지 않을 것 같아, 다이앤? 나라고 앉아 있고 싶지 않을까?"

"무슨 생각을 해야 할지 모르겠어. 더 이상 당신에 관해 아무것도 모르겠어."

"나에 관해서 알아야 할 건 없어. 나는 내 목숨을 위해 싸우는 사람이야. 그것만 알면 돼."

"그럼 제프의 목숨은?" 다이앤은 벌떡 일어났다. "그 사람들이 제프를 죽이길 바라?"

"당연히 아니지!" 킹이 소리쳤다.

"내게 소리치지 마, 더그! 그 사람들은 아이를 죽일 거야. 그러리라는 걸 당신도 알잖아!"

"그걸 내가 어떻게 알아! 그리고 그건 내 문제도 아니야. 걘 내 자식이 아니야. 내 아들이 아니라고!"

"당신 아들 때문에 거기 있는 거잖아!" 다이앤이 소리쳤다.

"그건 미안하게 생각하지만, 내 잘못은 아니……,"

"미안하기는! 당신은 그 사람들이 제프에게 무슨 짓을 하든 신경도 안 써. 오, 맙소사. 무슨 일이 벌어지든 당신은 신경도……,"

"그렇지 않아, 다이앤. 당신도 알잖……,"

"사람이 대체 어떻게 된 거야? 뭐가 돼 버린 거냐고? 더글러스 킹은 어디 있어?"

"무슨 말을 하는 건지 모르겠……,"

"그동안 내내 옆에 서서 지켜보기만 하면서 손가락 하나 까딱 안 했던 내 잘못인지도 몰라. 그래, 당신 손으로 후벼 파낸 길이지. 정말 잘도 할퀴어댔어. 그런데도 난 그걸 훌륭한 성격이라고, 본받을 만한 성격이라고 스스로에게 말했어. 이게 남자다, 내가 사랑하는 남자라고 말이야. 당신이 사람들에게 무슨 짓을 하는지 알고 난 다음에도 난 그게 당신 방식일 뿐이라고 변명했어. 당신이 잔인한 게 아니라고 스스로 설득하면서……."

"어떻게 이런 일을 두고 날 잔인하다고 하는 거지? 자기 보호보다 더 중요한 게……,"

"입 닥치고 내 말 들어! 그동안 내내, 세상에, 그동안 내내 그러더니 결국 당신은 이 꼴이 되고 말았어! 이 꼴이! 난 당신이 재단실 직공장 자리를 차지하려고 디 안젤로를 찍어 누르는 것도 봤고, 공장 맨 꼭대기로 올라가겠다고 여러 사람 박살내는 것도 봤고, 로빈슨을 망가뜨리는 것도 봤고, 이번엔 보스턴 건을 지켜볼 준비도 돼 있었어. 당신이 노인네와 벤자민과 그 밖에 몇 명인지도 모를 사람들을 거리로 내쫓으리라는 걸 알면서도! 사직은 하게 해 줄 거야? 사직할 기회는 주기나 할 거냐고? 오, 맙소사!" 다이앤은 흐느낌을 막으려고, 약한 모습을 보이지 않으려고, 두 손으로 얼굴을 가렸다.

"이건 완전히 다른 문제야."

"아니, 이것도 똑같은 짓거리야! 같은 패턴이지! 계속 계속 반복될 뿐이야. 이제 당신에게 다른 사람들은 더 이상 아무런 의미도 없지? 당신은 자기 자신 말고는 신경도 안 써!"

"그렇지 않아, 다이앤. 당신도 알잖아. 난 언제나 당신이 원하는 거라면 뭐든지 해 줬잖아? 바비에게도 좋은 아빠였잖아? 당신에게도 좋은 남편……,"

"당신이 나나 바비에게 해 준 게 뭔데? 집? 음식? 장신구 나부랭이? 당신의 무엇을 줘 봤는데? 내가 당신에게 사업보다 더 중요했던 게 언제였는데? 내가 지금 쓸 만한 잠자리 상대 말고 또 뭔데?"

"다이앤……,"

"인정해! 당신은 사업이 당신의 목숨이라고 말했고, 그건 진심이었어! 그것 말고는 아무것도 상관없지! 그리고 지금 당신은 한 아이를 살해하려고 하고 있어! 그 고생을 해서 온 게 여기야! 마침내 죄 없는 어린아이를 살해할 준비가 된 거지!"

"살해, 살인, 그런 말을 너무 쉽게……,"

"살인이지! 살인이 아니면 뭐야! 뭐라고 부르든 그건 살인이야! 당신은 살인을 저지르려고 하고 있고, 빌어먹을, 이번에는 그 꼴을 두고 보지만은 않겠어!"

"무슨 뜻이지? 무슨 말을 하는 거야?"

"진심이야, 더그. 난 당신이 유괴범들에게 돈을 주도록 할 거야."

"아니. 안 줘, 다이앤. 그럴 수 없어."

"그럴 수 있어, 더그. 그럴 거고. 왜냐하면 당신이 선택해야 하는 건 당신 사업과 제프의 목숨 말고도 하나가 더 있으니까."

"뭐?"

"돈을 내지 않겠다면 난 떠나겠어."

"떠나……."

"바비를 데리고 이 집을 나가겠어."

"이것 봐, 다이앤. 당신은 지금 자기가 무슨 말을 하는지도 모르고 있어. 당신이……."

"내 말이 무슨 의미인지는 아주 잘 알고 있어, 더그. 돈을 줘. 주지 않는다면 난 당신 곁 어디에도 있고 싶지 않으니까! 썩어빠져 구역질이 나는 것 옆에 있을 생각은 없으니까."

"다이앤……."

"썩어빠져 구역질이 난다고." 다이앤이 되뇌었다. "당신 공장의 기계처럼. 오물이 들어차……,"

"여보, 여보." 킹은 그렇게 말하며 팔을 내뻗었다. "제발……."

"내게서 떨어져!" 다이앤은 날카롭게 외치며 그의 손길을 피해 물러섰다. "이번엔 아냐, 더그! 이번에도 날 침대로 끌어들여 눈 가리고 아웅 할 생각은 마! 내게 손대지 마, 더그. 이번에 당신이 하려는 건 살인이고, 난 이제 참을 만큼 참았어…… 지긋지긋하다고!"

"그 돈을 낼 순 없어. 나한테 그런 걸 요구하면 안 되지."

"요구하는 게 아니야, 더그." 다이앤은 차갑게 말했다. "내일 아침 그 사람들이 전화하면 돈을 주는 게 좋을 거라고 말하고 있는 거야. 준비해서 지시를 기다리고 있으라고. 그러는 편이 좋을 거야."

"그 돈을 놈들에게 줄 순 없어. 다이앤, 그렇게는 못 해. 내게 그런 걸 요구하지 마."

다이앤은 이미 방을 나간 후였다.

10

아침.

도시는 잠들어 있다. 살을 에는 듯한 추위는 절로 늦잠을 부른다. 바깥의 어둠까지 더해지고 나면 침대는 성소가 된다. 이 도시의 바닥은 차갑기만 하고 맨발로 그 위를 딛고 싶은 사람은 아무도 없다.

자명종이 울리기 시작하지만 날은 아직도 어둡다. 해가 뜰 기미조차 보이지 않는다. 별은 하나둘 밤의 궁륭을 떠나기 시작하건만, 동쪽 지평선에 따스한 광채는 보일 줄 모른다. 아침은 검은색으로 가득하고, 자명종은 스타카토 벨소리와 끈질긴 허밍과 자동으로 맞춰 놓은 음악으로 그 어스름을 꿰뚫는다. 굿모닝, 아메리카. 일어나 움직일 시간이야.

지옥에나 가. 손이 뻗어 나와 잠들 줄 모르는 시간의 목소리를 잠재워 지옥으로 보내고, 어깨가 다시 따뜻한 이불 속을 파고들고, 살과 살이 맞닿는다. 조지, 일어날 시간이야.

으으음.

조지, 여보, 일어날 시간이라니까.

도시의 조지들이 이불 밖으로 빠져나와 부부의 침대라는 안온한 자궁을 뒤로한 채 얼음장 같은 마룻바닥에 발가락을 가져다 댄다. 조지들은 몸을 부르르 떨고 황급히 옷을 입는다. 수돗물의 온수와 냉수는 별 차이 없다. 모두 얼어붙은 산골짜기에서 몰려든 것 같다. 귀찮은 면도. 욕실의 전등은 차갑고 으스스한 빛을 뿜어낸다. 아내와 아이들은 아직 자는 중이다. 집 안에서 깨어 있는 유일한 사람인 동시에 도시 곳곳에서 일어나 아침 용변을 보는 수많은 조지 중 하나가 된다는 건 어딘가 부조리하게 느껴진다. 집 안은 아직 춥지만, 이제 라디에이터가 돌아가기 시작했으니 잠시 후면 열기가 쉭쉭 소리를 내고 그 냄새가 코를 찌르기 시작할 것이다. 부엌의 커피 주전자도 들썩이기 시작했으니 커피의 짙은 향이 곧 집 안에 스며들 것이다. 수돗물마저도 이제는 조금 따뜻해진 기분이다. 그리고 무엇보다도, 태양이 떠오르고 있다.

태양은 별 탈 없이 솟아오른다. 선명한 태양은 밤의 끝자락 너머 희미하게 나타난다. 하늘을 엎어 쓴 후광을 두르고 노란 빛줄기로 짙푸른 어둠을 위협하여 쫓아 보내고 불타는 듯한 오렌지빛이 대차게 어둠을 밀어낸다. 별안간 몸을 일으키는 거인처럼 오르고 또 오른 태양은 동녘을 어루만지고, 불현듯 노란빛으로 빌딩 외곽에 선을 긋고, 황금빛으로 하브 강을 물들이며 온기로 거리를 감싼다. 태양에게는 어려울 것도 복잡할 것도 없는 일이다. 그저 떠오르고 빛나면 그만일 뿐. 굿모닝 아메리카. 일어나 움직일 시간이야.

깜빡이는 네온 불빛은 압도적인 태양의 위력 앞에 갑자기 약한 모습을 보인다. 도시의 텅 빈 골짜기 안에서 신호등이 단조로이 점멸한다. 다니는 차가 없으니 빨간 등과 초록 등도 의미가 없다. 횡단 신호에 주의를 기울이는 보행자도 없다. 빨간 등과 초록 등이 번쩍이는 가운데, 태양의 뜨거운 외눈은 무수한 신호등의 유리눈을 비추고 마천루의 창을 비춘다. 수백 개의 빛나는 시선이 동녘을 밝히도록.

소경 하나가 보도 위를 더듬어 간다.

강 위에서는 교통 흐름이 살아난다. 강의 조지들은 소금물과 익어가는 베이컨 냄새에 잠에서 깬다. 기적 소리가 부둣가를 따라 돌며 오르내리기 시작한다. 해군 선박에서는 기상나팔 소리가 확성기를 타고 울려 퍼진다.

가로등이 꺼진다.

이제 태양만 남았다.

순찰 경관 하나가 조용히 거리를 돌면서 상점의 문고리를 점검하고 판유리 문에 붙어 서서 가게 안을 들여다본다. 손목시계를 본다. 5시 45분. 몇 시간만 있으면 근무가 끝난다.

길고 추운 밤이었다.

하지만 이제는 아침이다.

그녀는 햇빛이 들이치는 침실에서 조용히 짐을 쌌다. 꼼꼼히 가방을 싸는 동안 허공의 먼지가 빛다발을 기어오르며 그녀의 몸매를 그려 내었다. 리즈 벨류는 침대 옆 긴 안락의자 위에 늘어져 커피를 홀짝이며 그 모습을 바라보았다.

"알파 베타 타우가 팬티 습격남학생이 여학생 기숙사를 습격해 팬티를 탈취하는 것을 했던 날 아침 이후로 이렇게 일찍 일어난 건 처음이야." 리즈가 말했다.

"나도 기억나." 다이앤이 대답했다.

"타오르는 젊음이여, 너는 어디로 갔는가? 알파 베타 타우는 팬티 습격을 했건만, 지금 해럴드가 습격하는 것이라곤 냉장고뿐이로구나."

"다들 언젠가는 어른이 돼야 하는 법이잖아, 리즈." 다이앤은 옷장 서랍을 열어 슬립 한 무더기를 꺼내다 침대 위에 펼쳐 놓았다.

"그런가? 그럼 자기는 언제 어른이 될 건데? 내가 보기에 이건 퍽 어린애 같은 짓인데."

"애 같아?"

"그렇다니까. 갑자기 자살 충동이라도 생긴 게 아니라면 말이야." 리즈는 인상을 써 보이고는 커피를 홀짝였다. "난 늘 자기가 꽤 분별력 있는 여자라고 믿어 왔는데 말이지. 갑자기 더그에게 그 사람뿐만 아니라 자기까지 파멸시키라고 하다니. 도무지 납득이 안 되는걸."

"안 돼?"

"그래." 리즈는 얼굴을 찌푸렸다. "내 말꼬투리 붙들고 늘어지면서 질문으로 되받는 짓은 그만해. 짝퉁 헤밍웨이 같잖아."

"미안." 다이앤은 슬립의 주름을 펴서 갠 다음 가방에 넣었다. "거기 있는 게 네 아이라면 어떨 것 같아, 리즈?"

"구할 수만 있다면 내 팔이라도 잘라 주지." 리즈는 망설이지 않고 대답했다.

"그럼 내 아이가—바비가— 잡혀간 건데 놈들이 자기한테 돈을 요구했다면?"

리즈는 커피를 쭉 들이켰다. 아직 이른 아침이라서 화장도 하지 않은 상태였지만, 리즈는 화장 없이도 아름다웠고 두 눈도 맑았다. "자기야, 난 자기를 자매처럼 사랑해. 항상 그랬고, 그저 대학 시절 추억 때문에 그러는 것도 아니야. 하지만 나도 자기 아들을 구하기 위해 오십만 달러를 포기할 수 있을지는 장담 못하겠어. 그냥 장담은 못 하겠다는 거야, 다이앤. 그것 때문에 내가 쌍년이 된다면, 어쩔 수 없지."

"놀랐는걸."

"어째서? 내가 애 엄마라서? 난 언덕 위에 있는 우리 집을 싸돌아다니는 세 마리 꼬마 괴물들의 엄마일 뿐이야. 전 인류의 엄마는 아니라고. 다행스럽게도." 그러고는 덧붙였다. "임신은 세 번으로 족해."

잠시 침묵이 흘렀다. 리즈는 커피를 마저 마시고 빈 잔을 내려놓았다. 다이앤은 계속 짐을 쌌다.

"지낼 곳을 마련해 줘서 고마워, 리즈."

"최소한의 성의지." 별것 아니라는 투였다. "하지만 혹시라도 더 그가 이 모든 일에 대해 어떻게 생각하느냐고 묻는다면 난 솔직히 자기가 맛이 간 것 같다고 말해줄 거야."

"그럴 거 없어. 그 사람은 이미 그렇게 생각하고 있으니까."

"정말 자기가 떠나려는 게 유괴 때문이기는 한 거야? 다른 이유는 없어? 이 리지 이모가 들어줄 테니까 걱정하지 말고……." 리즈는 문득 입을 다물었다. "그 사람 아직 침대에서 쓸 만한 거 맞지?"

"그래, 잘해."

"그럼 자기 대체 왜 이러는 건데? 그 가방 풀고 내려가서 그에게 키스해, 제발."

"리즈." 다이앤은 침착하게 설명했다. "그 사람은 하루 열여섯 시간을 침대 밖에서 보내는 사람이야."

"에이, 너무 욕심 부리면 못쓰지." 리즈는 한쪽 눈썹을 치켜들어 보였다.

"농담하지 마, 리즈, 제발. 즐거워할 기분 아니니까."

"미안."

"그 사람이 지난밤에 문을 세 번 두드렸어. 마지막에는 우는 것 같더라고. 더그가 우는 모습이 상상이 돼?" 다이앤은 잠시 침묵했다. "문을 열어 줄 수는 없었어. 내가 진심이라는 걸 알아야 했으니까. 몸값을 내지 않으면 내가 떠난다는 걸 깨달아야 하니까."

"그냥 아예 머리에 대고 총을 쏘라고 하지?"

"난 다만 인간이라면 누구나 할 만한 일을 해 달라고 하는 것뿐이 잖아."

"재계 거물에 관해 이야기할 때는 인간을 들먹이면 안 되지. 둘은 종이 다르다고."

"그렇다면 난 거물과는 상종하지 않겠어. 인생에서 중요한 게 돈 과 권력뿐이라면……."

"그건 일부분일 뿐이야. 거물 노릇이란 질병과 같거든. 우리 같은 평민들은 그걸 팬티 속의 개미라고 부르지. 더구나 해럴드 같은 남자들은 의자에 못 박아 앉혀 놔도 가만히 있질 못하는 법이야. 움직이고 뭔가를 해야 직성이 풀린다고. 그런 사람들을 활동하지 못하게 하는 건 피를 빨아먹는 거나 마찬가지야."

"그럼 그 '거물 노릇'에는 동족에 대한 동정과 연민을 모두 잃어버리는 것도 포함되는 거야? 그것까지 다 포함이냐고?"

침실문을 노크하는 소리가 들렸다.

"누구죠?" 다이앤이 물었다.

"접니다, 피트."

"좀 열어 줄래, 리즈?"

리즈 벨류는 안락의자에서 몸을 일으켜 문으로 향했다. 문을 열며 인사를 건넸다. "좋은 아침." 캐머런이 놀랐다는 듯 쳐다보았다.

"리즈, 여기 있는 줄은 몰랐군요. 이렇게 아침 일찍 일어난 줄도 몰랐는데."

"난 항상 일찍 일어난답니다. 그래서 항상 활력이 넘치죠. 캐머런 씨는 잘 주무셨나요?"

"네, 벨류 부인. 상황을 감안하면요."

"그럼 아직 거물의 단계에 이르지는 못한 거네요. 그 단계가 되면 밤에도 음모를 짜내느라 바빠진답니다."

캐머런은 미소 지었다. "저는 음모를 낮에 다 짜 놓거든요."

"흐음, 그러시겠죠. 당신의 최선은 밤에 이루어지니까." 둘의 눈은 떨어질 줄을 몰랐다. 다이앤은 가방을 싸느라 그들의 낌새를 알아차린 것 같지 않았다. "어인 일로 숙녀의 규방을 찾으셨는지?" 리즈가 물었다.

"문제가 생겨서요. 더그의 수표는 제 주머니에 있습니다, 다이앤. 어떻게 해야 할까요? 가지고 보스턴으로 갈까요? 아니면 찢어 버릴까요?"

"그 사람에게 가서 물어보셔야죠."

"찢어 버려야겠지요. 몸값을 낼 테니 말입니다. 분명 그렇겠죠."

"왜 그렇게 확신하죠?"

"내야죠. 당연하지 않습니까?"

"글쎄요, 당연한 줄은 모르겠군요."

"그럼 제가 보스턴에 가서 계약을 마무리한다고 상상해 보십시오. 그러면 더글러스 킹은 그레인저 제화를 손에 넣게 됩니다. 하지만 신문에서는 동네방네 입방아를 찧어대겠죠. 더글러스 킹, 그레인저 제화를 손에 넣은 사나이이자 한 어린아이의 목숨을 외면한 사나이, 하는 식으로요. 평판 때문에 끝장날 겁니다. 그런 소릴 들고도 누가 그레인저의 신발을 사려들겠습니까?"

"아뇨, 안 그러겠죠. 그런 식으로는 생각해 보지 못했군요."

"그렇다니까요. 지금 더그도 분명 그것을 고려하고 있을 겁니다. 그러니 몸값을 낼 거라고 확신할 수밖에요."

"돈을 내겠다는 이유가 그것뿐이라면……,"

"그 사람들이 언제 전화를 하겠다고 했지?" 리즈가 끼어들었다.

"유괴범들? 그런 말은 없었어."

리즈는 고개를 절레절레 내저었다. "그래 놓고는 전화를 해서 바로 그 질문을 던지겠지. 티브이 퀴즈쇼가 더 인간적이라는 생각이 들지 않아? 그쪽은 최소한 한 주 동안 결정할 시간이라도 주잖아."

침실 문간에서 헛기침 소리가 들렸다. 모두가 돌아보았다. 더글러스 킹이 가운과 파자마를 입은 채 서 있었다. 면도도 하지 않았고 눈은 새빨갛게 충혈되어 있었지만, 서 있는 모습에는 차갑고 단호한 결의가 감돌았다. 문틀 안에 선 모습이 마치 유령이 갑자기 피와 살을 갖추고 나타난 듯했다. 한 번 헛기침을 내뱉었을 뿐 아무 말도 않은 채로, 그냥 그렇게 서서 방 안을 바라보고만 있었다.

"좋은 아침입니다, 더그." 피트 캐머런이 인사를 건넸다. "잘 잤습니까?"

"아니, 잘 자지 못했어."

"저런, 꼴이 엉망이네요, 더그." 리즈가 말했다.

"꼴이 엉망일 만도 하지 않겠습니까? 내 모든 죄가 나를 쫓아와 붙들어대는 판국이니까요. 나는 잔인무도한 개자식입니다. 그게 나죠." 킹은 그렇게 말을 맺은 다음 물었다. "이렇게 일찍 뭘 하시는 겁니까?"

"내가 어젯밤에 리즈에게 전화했어, 더그." 다이앤이 대답했다. "바비를 그 집으로 데려갈 거야."

"가라앉는 배에서 떠날 준비가 다 되셨다 이거로군? 여자와 아이가 먼저지." 킹은 캐머런을 돌아보았다. "자넨 언제 갈 셈인가, 캐머런?"

"네?"

"자넨 언제 갈 계획이냐고?"

"그, 저는…… 모르겠습니다."

"모른다니, 무슨 소리야? 몇 시 비행기인데?"

"예약을 하지 않았습니다."

"어째서?"

"제 생각엔……."

"생각은 자네 일이 아니야. 내가 예약을 하라고 말하지 않았던가? 자네가 전달해야 할 수표도 줬을 텐데?"

"네, 하지만…… 아직도 제가 가길 바라시는지 알 수 없어서요."

"바뀐 건 아무것도 없어. 아래로 내려가서 공항에 전화하게." 캐머런은 고개를 끄덕이고 방을 나갔다.

다이앤이 체념한 목소리로 말했다. "짐이나 마저 싸야겠다."

킹은 잠시 다이앤을 응시하다가 방을 나가 아래층으로 내려갔다. 캐머런은 이미 전화를 걸고 있었다.

"이스턴 항공사 부탁합니다. 여보세요? 보스턴으로 가는 가장 빠른 비행기표 한 장 예약하고 싶은데요. 오늘 아침에요." 잠시 침묵이 흘렀다. "네, 오늘 아침이오. 네, 기다리겠습니다." 그는 송화구를 손으로 가리고 킹을 돌아보았다. "확인 중이랍니다, 더그."

"어젯밤에 다 해 뒀어야지."

"놈들이 아이를 죽이도록 내버려 둘 겁니까, 더그?" 킹이 대답하려고 입을 벌리는 순간 캐머런이 다시 전화기로 돌아갔다. "여보세요? 네? 낮 열두 시요? 잠깐만 기다려 주시겠습니까?" 캐머런은 다시 송화구를 손으로 가렸다. "가장 빠른 비행기는 낮 열두 시랍니다. 다른 건 다 찼고요."

"예약해."

"그럼 명단에 올려 주시겠습니까?" 캐머런이 전화에 대고 말했다. "피터 캐머런입니다. 찰리의 C에 a-m-e-r-o-n, 캐머런이오. U카드가 있으니까—네, 그레인저 제화 소속…… 네, G로 시작하는 그레인저요…… 탑승 수속 시간이 언제까지라고요? ……알겠습니다. 고맙습니다." 캐머런은 전화를 끊고 킹을 마주보았다. "됐습니다. 이렇게 제프리 레이놀즈의 목을 쳐냈군요."

"집어치워."

"사실이잖습니까?"

"집어치우라고!"

"여덟 살짜리 아이를 죽이는 거잖아요?"

"그래, 그래. 여덟 살짜리 아이를 죽이고 있네. 됐나? 난 어린아이의 피를 마신다고, 됐어? 내가 하는 일이 마음에 안 드나? 그렇다면 다른 사람처럼 짐 싸서 꺼져!"

"잠깐만요, 더그. 그런 식으로 나올 이유는……,"

"내가 뭘 하든 이유 따위는 필요 없어! 난 그냥 무자비하고 오물로 들어찬 기계덩어리일 뿐이니까, 자네도 내 냄새가 마음에 안 든다면 다른 사람과 함께 가라고!"

"음, 꽤 직설적인 표현이군요."

"아무렴, 더럽게 직설적이지. 결정이나 해."

"그래도 전 이건 살인이라고 하겠습니다."

"좋아. 그렇게 생각하라고. 난 그런 사람 따위는 필요 없으……,"

"더그, 내 말 좀 들어봐요. 그동안의 우리 관계가 당신에게 조금이라도 의미가 있었다면 제발 내 말 좀 들어보라고요! 거래를 포기해요! 아이를 살립시다! 어리고 연약한 애잖습니까! 그냥 그렇게……,"

"언제부터 그렇게 어리고 연약한 애를 사랑하기 시작했지?"

"그만해요, 더그, 세상에 아이를 싫어하는 사람이 어딨습니까! 설마 당신도 그렇게까지……,"

"특히 피트 캐머런은 그렇다, 이 말인가? 대단한 어린이 애호가 나셨군. 이 보스턴 거래가 자네에게도 도움이 될 거라는 걸 모르겠나? 잘 알 거야, 피트. 그 세월을 함께하고도 사업에 관한 내 냉혈한 안목에서 배운 바가 없단 말인가?"

"물론 그건 압니다. 하지만……."

"그런데도 상관없다 이거야? 자네가 아이를 그렇게 좋아한다고? 코흘리개 제프 레이놀즈를 너무나 사랑하는 나머지 피트 캐머런의 경력 따위는 신경 쓰지 않겠다 이 말이로군그래. 그거 흥미로운데. 흥미로워 미칠 지경이야."

"아이가 제 경력보다 더 중요하다는 얘기가 아니잖습니까, 더그. 제 말은……."

"그럼 도대체 무슨 소리를 하는 건가?" 더그의 고함이 지나가고 난 방에는 침묵이 흘렀다.

"그러니까……."

"그러니까 뭐?"

"아이의 생명은 중요하다는 얘깁니다."

"이 거래보다 더 중요하다 그거지?"

"아니오, 더 중요하지는 않지만……."

"더 중요한가 덜 중요한가? 어느 쪽이야?"

"꼭 그런 식으로 따지겠다면 아마도……."

"내가 몸값을 내면 거래는 폭삭 무너져. 그럼 자네는 거래가 끝장 나길 원하는 건가, 아닌가? 왜 그러는 거야, 피트? 이렇게 꿀 먹은 벙어리가 된 모습은 처음이군. 살인 때문에 겁이라도 난 건가?"

"아니, 아닙니다. 다만……."

"이 거래가 중단되길 바라는 거야, 아니야? 대답해 봐."

"아닙니다."

"그럼 대체 왜 제프리 레이놀즈의 복지에 그렇게 관심을 갖는 거지? 언제부터 그렇게 부성애가 가득했나, 피트? 언제부터 그렇게 아버지의 정이 넘쳐나게 됐는지 궁금한데?"

"아이잖습니까. 어떻게 가만히 서서 어리고 연약한⋯⋯,"

"한번만 더 그 어리고 연약한 어린애 어쩌고 하는 소리를 들었다간 토할 지경이야! 뭔가, 피트? 진짜 이유가 뭐야?" 킹은 문득 입을 다물었다. 영악스런 빛이 눈에 번뜩였다. "따로 꿍꿍이가 있었던 건가? 그런 거야?"

"네? 제가요? 꿍꿍이⋯⋯ 제가요?"

"이거, 이거." 킹은 차갑고 뒤틀린 미소를 입가에 띠며 캐머런에게 살짝 다가섰다. "이 친구 보게. 우린 이제야 서로를 좀 알아 가는군그래? 이제야⋯⋯."

"더그, 말도 안 되는 소리 말아요."

"어제 왜 벤자민에게 전화했지? 극동 비단 라인 어쩌고 하는 헛소린 집어치워! 놈과 뭘 계획하고 있나?"

"제가요? 그런 거 없습니다. 더그, 터무니없는 소리 말아요. 제가 벤자민과 뭘 계획하겠습니까."

"그럼 누구랑 계획하겠나?"

"그런 사람 없습니다." 캐머런이 힘없이 웃어 보였다. "없어요, 더그."

"벤자민에게 보스턴 거래를 이야기했나?"

"보스턴이오? 그럴 리가요. 안 했습니다."

"그럼 왜 전화했지?"

"극동 비단 라인에 관해서였다니까요. 말했잖습니까, 더그. 판촉 관련 회의가 있어서……."

"그건 자네 비서가 처리할 수 있는 문제잖아! 왜 직접 벤자민의 집에 전화를 한 거지?"

"전…… 직접 말하려고 했던 겁니다. 비서를 통하면 혹시 절 무례하다고 생각할까 싶……,"

"오호? 어디 계속해 보게."

"전…… 그냥 절 무례하다고 여길까 봐 그랬던 겁니다. 그것뿐입니다."

킹은 한동안 말없이 캐머런을 노려보았다. 그리고는 곧장 전화 쪽으로 가서 다이얼을 돌리기 시작했다.

"뭘 하려는 겁니까?"

킹은 대답하지 않았다. 그는 전화를 귀에 댄 채 캐머런을 바라보고 서서 기다렸다.

"벤자민 씨 댁입니다." 목소리가 들려왔다.

"벤자민 씨 부탁합니다."

"전화하신 분은 누구시죠?"

"더글러스 킹입니다."

"잠시 기다려주십시오, 킹 선생님."

"왜 그 사람에게 전화를 하는 겁니까?" 캐머런이 말했다. "말했잖아요……."

"여보세요?" 수화기 건너편의 목소리가 말했다.

"조지?" 킹의 목소리는 다정했다. "나 더그야."

"무슨 일인가, 더그?" 벤자민이 대답했다.

"잘 있나, 조지?"

"잘 있지. 안부를 묻기에는 좀 이른 아침이라고 생각하……,"

"조지, 자네 제안에 대해서 심사숙고해 봤네." 킹은 의자 가장자리에 앉아 있는 캐머런을 계속해서 노려보았다.

"그래?"

"그래. 상당히 괜찮은 얘기 같더군."

"아, 그렇던가?" 벤자민의 목소리에 젠체하는 기색이 어렸다. "그것 참."

"조지 자네와 손을 잡는 게 좋을지도 모르겠다고 생각하던 참이었어."

"오, 그렇단 말이지?"

"그래. 어쨌든 나만 생각할 수는 없는 노릇이니까. 오랫동안 신의를 다해 날 보좌해 준 사람들도 많으니까. 이건 그 사람들에게도 좋은 일이 되겠지."

"더그, 정말 착한 사마리아인이 따로 없군."

"뭐, 내가 어제 못되게 굴었다는 건 알지만, 말했듯이 나도 심사숙고했네. 자네 제안을 거절하는 건 내 주변 사람들에게는 부당하기만 한 일일 테지."

"생각을 조금만 더 일찍 해 보지 그랬나, 더그." 벤자민은 의기양양하게 말했다. "유괴 사건으로 보스턴 거래가 망하기 전에 그런 생각을 했어야지!"

킹의 표정이 바뀌었다. 캐머런을 뜯어보던 그의 입매는 굳게 다물려 한 가닥 선이 되었고, 눈은 차갑게 돌변했다. "보스턴 거래라고?" 그렇게 반문하자 캐머런이 움찔했다.

"그래, 그래, 다 알고 있으니까 순진한 척하지 말라고." 벤자민이 말했다.

"저기, 그건 그냥……."

"그냥 실패로 끝날 일이었던 게지! 참으로 안된 일이네만 자네 패를 자네가 잘못 갖고 논 걸 어쩌겠나. 내 제안은 취소야. 아마 슬슬 다른 일자리를 찾아보는 게 좋을 거야. 우리가 회의를 소집하는 대로 다른 일자리가 필요해질 테니까."

"그런 거로군." 킹이 나직이 말했다.

"잘 알아들었길 바라겠네."

"나도 일이 난처해졌다는 걸 알아볼 눈 정도는 있어. 하지만 부디 이번 일이 내 곁에서 일하던 다른 사람들을 대하는 자네의 태도에까지 영향을 미치지는 않길 바라겠네. 내 보장하네만 피트는 내 계획에 대해서 아무것도 모르고 있었어. 내 실수 때문에 그 친구가 피해를 보게 하고 싶진 않아. 조지, 그 친구는 훌륭한 직원이고 똑똑한……."

"피트는 걱정할 거 없어!" 벤자민은 웃음을 터뜨렸다. "우리가 잘 돌봐 줄 테니까."

"해고하려는 건 아니겠지?"

"해고라고?" 벤자민의 웃음이 더욱 커졌다. "해고라니? 자네의 믿음직하고 의리 넘치는 보좌관을 해고해? 말도 안 되는 소리." 웃음소리가 차츰 잦아들었다. "실례가 안 된다면, 골프 약속에 늦어서 이만 끊어야겠군. 잘 있으라고, 더그." 찰칵 소리가 들려왔다. 천천히, 킹은 전화를 내려놓았다.

"이 개 같은 새끼." 킹이 캐머런에게 말했다.

"네."

"보스턴에 관해 말했군."

"네."

"전부 갖다 바쳤어."

"네."

"전부, 이 개놈의 자식아!"

"네, 그랬죠!" 이제 잃을 것이 없어진 캐머런은 의자에서 일어나 거리낌 없이 말을 퍼부었다. "그래요, 전부 말했습니다! 그러니 이제 당신은 끝이야! 끝이라고!"

"오, 그렇게 생각한다 이거지?"

"어디 생각뿐일 것 같은가. 벤자민이 이미 노인네를 자기편으로 끌어들였지. 킹 선생, 당신은 끝이야. 그리고 난 이제 시작이지. 나는! 잘 봐 둬. 나를!"

"보고 있다, 이 개새끼야!"

"똑똑히 봐 두시라고! 다음에 볼 때는 밑바닥에서 올려다봐야 할 테니까!"

"아주 잘 보인다! 보고 있다고, 이 불쌍한……."

"자네보다 더 불쌍하진 않아, 친구. 자네 밑에서 단련한 나야. 내가 영원히 고개 숙이고 빌빌 기기만 할 줄 알았나? 이 피트 캐머런이 남은 평생을 남 밑에서 심부름꾼으로 썩을 거라고 기대했어? 난 아냐, 친구. 난 배웠어. 그것도 빨리 배웠지!"

"잘도 배웠군! 네놈 자식의 목을 졸라 버렸어야 했는데!"

"왜? 뭐가 보이나, 더그? 자네 모습? 십 년 전 자네 모습 같아?"

"십 년 전 내……."

"다시 한 번 봐. 난 십 년 전의 네가 아냐. 내일이면 나는 너야! 내일이면 넌 시궁창에 처박힐 테고. 넌 끝이고 난 시작이야. 내일이면!"

"이 보스턴 건이 성공한다면 얘기가 다르겠지!"

"네놈에겐 그 애를 죽일 배짱이 없어!"

"없다고? 하지만 피트 네놈에겐 있지 않나? 그럼 내게 없을 이유가 있을까? 우린 닮았잖아, 안 그래? 같은 패거리 아니야? 형제나 다름없잖아? 둘 다 개새끼잖아?"

킹은 별안간 캐머런의 양복 옷깃을 움켜쥐고 그를 방 저편으로 내팽개쳤다.

"내 집에서 나가!"

"기꺼이 나가드리지, 킹 선……."

"나가! 나가라고!"

캐머런은 벽장으로 가서 옷걸이에 걸어 둔 코트를 잡아챘다. 바지 주머니에서 킹의 수표를 꺼내어 공처럼 구긴 다음 집어던졌다.

"나가!" 더글러스 킹이 소리 질렀다. "나가, 나가, 나가!" 문이 세차게 닫혀 그의 말이 가로막힌 뒤에도 고함은 계속되었다. "나가, 나가, 나가!"

11

.

소년은 추웠다.

여자가 외투를 주기는 했지만 농가에 외풍이 드는 탓에 여전히 추위에 시달렸다. 코코아라든가 뭔가 따뜻한 것이 마시고 싶다고 말해 봤지만 집에는 커피와 농축 우유밖에 없었다. 태양이 겨울 하늘을 물들이는 가운데, 소년은 침대 가장자리에 앉아 눈에 띄게 떨면서 울음을 애써 참았다.

사내들은 라디오 장비 옆에 마련해 두었던 시가지 지도 두 장을 한눈에 잘 들어오도록 배열했다. 첫 번째 지도는 아이솔라의 정밀 지도로, 스모크 라이즈와 킹의 사유지에 빨간 원이 그려져 있었다. 빨간 선 하나가 사유지에서 뻗어 나오는 도로를 물들인 다음, 도시를 가로질러 블랙 록 스팬까지 이어지는 구불구불한 경로를 따라 나아갔다. 다리를 건넌 빨간 선은 샌즈 스팟에서 교차하는 고속도로를 타고 파란 별로 표시된 지점을 지난 뒤 반도의 맨 끄트머리까지 나아갔다. 정처 없이 구불대는 것이, 이렇다 할 방향을 정해 둔 것 같지는 않았다. 선은 스모크 라이즈에서 제멋대로 빠져나온 뒤 다리를 향해 화살처럼 예리하게 달려들다가 샌즈 스핏 고속도로에 닿은 다음에는 다시 변덕스러운 진로를 택했다. 빨간 선은 계속해서 술 취한 것처럼 감겨들다가 파란 별로 표시한 자리를 지난 다음에는 다시 곧게 뻗어 바다를 향해 작심한 듯 내달렸다. 어떠한 의도가 있는 것인지는 분명치 않았지만, 선은 지도 위에 '농장'이라고만 적힌 점을 넓게 돌아 나가는 경로를 택하고 있었다.

캐시는 떨고 있는 소년에게 팔을 두르고 앉은 채로 지도와 라디오 장비, 그리고 사이와 남편에게서 엿들은 대화의 편린을 짜 맞추어 그 의미를 밝혀내 보려 했다. 라디오 장비가 계획의 필수 요소라는 점에는 의심의 여지가 없었지만, 어떻게 사용하겠다는 것인지는 알 수 없었다. 지도도 중요하기는 마찬가지였으나 장비 앞 의자 가까이에 펼쳐 둔 지도가 라디오와 무슨 관련이 있는지는 역시 알 수 없었다. 라디오 장비에는 사이가 언급한 바 있는 발진기와 송신기 외에도 마이크로폰과 어떤 다른 라디오 장비에서도 본 적이 없는 모양의 다이얼이 달려 있었다.

다시 킹에게 전화를 걸어 돈이 준비됐는지 확인한 다음 돈을 전달할 방법을 지시할 계획이라는 것은 대화를 들어 알고 있었다. 그런 다음 에디를 남겨둔 채 사이만 차를 몰고 집을 나설 계획이라는 것도 알고 있었다. 허나 아는 것은 거기까지였다.

캐시는 품 안에서 떠는 아이를 더욱 바짝 끌어안았다. 도대체 어쩌다 자신이 사랑하는 남자가 자신이 극악무도하다 여기는 범죄에 가담하게 되었는지 자문해 본 게 이걸로 쉰 번은 되었다. 정확히 '극악무도'라는 낱말을 떠올린 것은 아니었다. 애초에 알지도 못하는 어휘였으니까. 하지만 캐시는 유괴란 말도 못하게 끔찍한 짓이며 인간이 할 만한 짓이 아니라고 생각했고, 따라서 도대체 에디 안에 무엇이 있었기에, 어떤 충동이 있었기에, 돈에 대한 갈망이 어느 정도였기에, 어떤 사람이 되고 싶었기에 이토록 파렴치한 짓을 하기에 이르렀는지 도무지 알 수 없었다. 물론 그녀의 잘못이었다. 그거야 바로 알았다. 안토니우스를 붙들어 두었던 클레오파트라의 직감, 트로이 전쟁을 일으킨 헬레네의 직감과 같은 것이었다. 남자의 일이란 여자에게 달린 법이다. 그쯤이야 여자라면 누구나 갖춘, 틀림없는 직감 덕에 알고 있었다. 그러니 에디가 유괴에 가담했다면, 그리고 지금 이렇게 유괴의 마지막 단계에 가담하고 있다면, 자신에게도 어느 정도 책임이 있는 것이다.

캐시는 범죄에 대한 자신의 태도에 묘한 양면성이 있음을 깨달았다. 가령 어제 에디와 사이가 은행을 터는 줄 알았을 때는 그녀도 결행을 반대하지 않지 않았던가. 그렇게 생각하노라니 웃음이 나올 지경이었다. 솜씨 좋은 배우라면 익살스러운 풍자극을 뽑아낼 만한 이야기였다. "당신 이렇게밖에 못해?" 갱스터 역의 남자 배우가 돌아오자 정부 역을 맡은 여자 배우가 불평을 늘어놓는다. "내 인생의 가장 좋은 시절을 당신에게 갖다 바쳤는데? 은행 털러 간다더니 대신 애를 데려와?" 웃겨 죽겠군. 하하. 하지만 실제로 벌어진 일이고 보니 하나도 우습지 않았다. 은행을 터는 줄로 알았을 때는 축복까지 해주었더랬다. 그런데 대신 유괴를 맞닥뜨리게 되자 경멸만 잔뜩 보냈지.

솔직히 지난 수년 간 남편을 범죄에서 손 씻게 하려고 갖은 노력을 아끼지 않았다고 말할 처지도 아니었다. 에디는 젊어서 사고를 쳐 감화원에 들어갔고, 그곳에서 더 거칠고 경험 많은 젊은이들의 노련한 지도하에 생전 몰랐던 기술을 익혔다. 스물여섯에 캐시와 만났을 때 에디 폴섬에게 범죄란 이미 콩팥과 마찬가지로 몸의 일부나 다름없는 존재였다. 애초에 그에게 끌렸던 것도 그러한 면모 때문이었을까? 범죄를 대하는 그녀의 모순된 태도가 극단에 이른 사례라고 봐야 할까? 반사회적인 외모를 과시하는 비트족이 영국 축구선수처럼 보이듯이? 어쩌면 그럴지도. 하지만 정말로 그럴 거라고 믿는 것은 아니었다.

아내인 캐시 폴섬의 눈으로 보자면 에디 폴섬은 악당은 아니었다. 우리가 물려받는 정신적인 유산 중에는 백마 탄 기사라는 이상이라든가, 못된 여자만 섹스를 한다는 터부라든가, 옆이 트인 치마는 섹시하다는 페티시와 마찬가지로 착한 놈/나쁜 놈이라는 개념이 뿌리 깊게 박혀 있는지라 어쩌면 이런 말은 납득하기 어려울지도 모르겠다. 다들 알다시피 세상에는 분명 착한 놈과 나쁜 놈이 있지 않느냔 말이다. 그야 옳으신 말씀. 그러나 나쁜 놈은 자신을 나쁜 놈이라고 생각해 본 적이 있을까? 갱스터 영화를 보는 갱스터는 경찰에 이입할까, 험프리 보가트에게 이입할까?

에디 폴섬도 결국 사람이었다.

짧고 간단하고 쉽고 간편하지 않은가. 사람. 사─람. 캐시는 사람인 그를 알았고 사람인 그를 사랑했으며 그를 도둑질로 생계를 꾸리는 사람이라고 생각했다. 그렇다고 해서 그가 악당이 되지는 않는다. 물론 캐시도 옳고 그름, 법과 무법, 선과 악의 차이쯤은 알았다. 하지만 그렇다고 해서 자신의 남편을 악당이라 여기지는 않았다. 악당이란 정육점에서 양고기를 달 때 저울에 슬쩍 엄지를 올려놓는 사람을 두고 하는 말이었다. 캐시가 필라델피아에 갔을 때 거스름돈을 속였던 택시 운전사가 악당이었다. 노동조합을 지휘하는 사람들이 악당이었다. 살인청부업자가 악당이었다. 거대 기업을 운영하는 사람들이 악당이었다.

그리고 유감스럽게도, 유괴를 계획해서 실행에 옮기는 사람들도 악당이었다.

아마도 이 때문에 이 일에 그토록 심란했는지도 모른다. 하루아침에, 몇 시간 차이로, 에디 폴섬은 도둑질로 생계를 꾸리는 사람이기를 그만두고 악당이 되고 말았다. 이것이 결과물이라면, 에디처럼 상냥하고 다정하고 사랑으로 가득했던 사람이 악당이 되었다면, 아내에게 책임이 있지 않을까? 그럼 그녀에게 책임이 있다고 한다면 그녀는 대체 어느 시점에서 이상을 양보하고 말았던 것일까? 어디서부터 착한 놈/나쁜 놈이라는 개념이 그 참뜻을 잃고 말았던 것일까? 언제부터 도둑질은 범죄가 아니라고 판단했던 것일까? 정말이지 내 남자가 그런 삶을 살아가길 바란 적은 없었는데.

내가 멕시코에 가고 싶은 이유가 이런 것들 아니었던가? 에디가 도둑질을 그만두기를, 라디오를 갖고 하고 싶은 걸 할 수 있기를, 매일매일 살아가는 데에 필요한 것들을—밥을 먹고 싶다거나 따뜻하게 지내고 싶다거나 머리 위에 지붕이 있으면 좋겠다거나 하는 간단한 것들— 냉혹하고 위험한 돈에 기대지 않고도 안락하게 누릴 수 있기를 바랐던 거잖아? 마지막으로 은행 일을 크게 한탕 하는 거다. 그러면 더는 숨지 않아도 되고 더는 도망 다니지 않아도 된다. 멕시코의 거리는 햇볕이 가득하고 하늘은 월요일 아침처럼 새파랗겠지. 안전한 삶. 우리 부부의 삶에 바라는 거라곤 그게 다가 아니었던가?

지금, 바들거리는 여덟 살짜리 소년을 가슴에 끌어안고 있던 캐시 폴섬의 마음에 전에는 한번도 느껴 보지 못했던 무언가가 찾아들었다. 자신의 아이가 아닌 아이를 안은 채 방 건너편에서 사내들이 계획을 수군거리는 소리를 듣노라니 안전한 삶 이상의 것을 바라는 마음이 찾아들었다. 선을 되찾고 악을 극복하고 싶었다. 아이의 떨리는 몸이 그녀의 깊은 곳에 있는 무언가를, 태초부터 존재해온 샘 같은 것을 건드렸다. 바로 그 순간, 그녀는 착한 놈/나쁜 놈이라는 신화는 사람을 놀려먹자고 있는 게 아니라 영감을 주고자 있는 것임을 깨달았다. 그리고 에디가 지금의 딜레마에 봉착하게 된 것이 어째서 자기 책임인지도 깨달았다. 그녀의 남자는 선을 가득 품고 있었다. 그런데 그녀가 이따금 악을 용인함으로써 선에게 해를 가해 왔던 것이다. 지금 그녀가 입 밖에 꺼내고 싶은 말은 이류 멜로드라마에 나오는 도둑이라면 늘 한 번씩 토해 내곤 하는 말이었다. 지금 그녀가 외치고 싶은 말은 피 흘리며 시궁창에 처박힌 갱스터의 입에서 흘러나옴직한 말이었다. 지금 그녀가 흐느끼며 내뱉고 싶은 말은 잭 웹_{경찰 드라마 「드래그넷」의 주인공 조 프라이데이 역으로 유명한 배우}의 통렬한 마무리 대사를 이끌어 내기 위해 조연인 범죄자 캐릭터가 함직한 말이었다.

"한 번만 봐 주면 안 될까?"

영화에서, 도둑은 그 말을 내뱉은 직후 수갑을 찬 채 피를 흘리며 감옥으로 끌려간다. 텔레비전 화면 위로 도둑이 눈을 크게 뜨며 호소한다. "한 번만 봐 주면 안 될까? 제발. 한 번만 봐 줘." 그러면 로스앤젤레스 경찰청을 대표하는 과묵한 사나이가 이렇게 대꾸한다. "넌 봐 준 적 있나?"

현실에는 마무리 대사 같은 건 없다.

캐시 폴섬은 한 번만, 비굴해도 좋으니까, 한 번만 더 기회가 있기를 바랐다.

여성 특유의 직감이 이번 일의 결과에는 제프 레이놀즈뿐만 아니라 더 많은 사람의 목숨이 달려 있다고 말해 주었다.

"에디."

송신기 앞에 앉아 있던 에디가 돌아보았다. "왜, 여보?"

"애가 아직도 추워해."

"무슨 상관이야?" 사이가 말했다. "우리가 여기서 간호학교라도 운영하는 줄 알아?"

"따뜻한 걸 마시게 해야겠어. 뭔가 좀 사다 주지 않겠어, 에디?"

"난 절대로—평생 절대로— 여자를 이해할 수 없을 거야!" 사이는 기가 찬다는 표정이었다. "제일 가까운 가게가 족히 십오 킬로미터는 떨어져 있고, 고속도로를 쏘다니는 경찰이 얼마나 많은지도 모르는데, 따뜻한 음료를 사러 나갔다 오라고? 끝내주는 생각이군, 캐시!"

"그래 줄래, 에디?"

"글쎄. 그러니까……."

"어차피 전화하려면 둘 중 하나는 나가야 하잖아."

"아하, 듣고 계셨구먼. 그래, 둘 중 하나는 나가야 하지. 하지만 나는 나가더라도 식료품점에 들러 몸 녹일 것 따위를 사들고 올 생각은 없어." 사이는 그렇게 말하고는 덧붙였다. "그리고 너도 마찬가지야, 에디. 위험이 너무 크니까."

"애가 아프면 위험이 더 커지겠죠."

"일단 돈만 받으면 더 볼 일도 없는 애인데 뭐 어때."

"그게 무슨 뜻이죠?"

"열 낼 것 없어! 여기다 두고 갈 거란 얘기니까. 두 사람은 멕시코로 갈 테고, 나는 어디가 될지는 모르겠지만 아무튼 갈 테고. 그러니까 녀석이 아프든 말든 무슨 상관이야?"

"사람들이 아이를 찾으려면 시간이 걸릴 텐데요. 애가 아프기라도 하면…… 무슨 일이라도 생기면……."

"그 말은 맞아요, 사이." 에디가 말했다. "일을 더 어렵게 만들 건 없잖아요? 저 애 좀 봐요. 떨고 있잖아요."

"무서워서 그런 거야."

"나 안 무서워요." 제프가 힘없이 말했다.

"어차피 전화하러 가게까지 가야 하지 않나요?"

"그야 그렇지만……."

"뭔가를 사러 들어간 김에 전화를 거는 편이 더 자연스러워 보이지 않을까요?"

사이는 마뜩찮지만 인정한다는 듯한 눈길로 캐시를 뜯어보았다. "괜찮은 생각이야. 어떻게 생각해, 에디?"

"나도 그렇게 생각해요."

"좋아. 전화 걸러 가면서 애한테 필요한 걸 사 와."

"내가 가요?"

"안 될 이유라도?"

"아뇨, 없어요. 내가 가죠."

"어떻게 해야 하는지 알지? 일단 놈이 돈을 구했는지 알아봐. 그 다음에 집에서," 사이는 손목시계를 보았다. "열 시 땡 치면 나와서 곧장 제 놈 차로 가라고 해. DK-74 번호판을 단 캐딜락이야. 정확히 그 차라고 말해야 해, 에디. 다른 차를 타면 곤란해. 마누라의 선더버드를 탈 수도 있으니까."

"알았어요."

"꼭 캐딜락을 타라고 하라고. 그렇게 곧장 차를 타고 스모크 라이즈에서 나오라고 해. 그러면 그 다음 지시를 해 줄 사람을 만나게 될 거라고 하고. 만나게 될 거라고 분명히 말해 둬."

"누가 만나러 갈 건데요?" 캐시가 물었다. "당신이?"

"아무도 안 가." 사이는 히죽거렸다. "오는 내내 계속 지켜볼 테니까 경찰이 따라왔다간 아이를 죽인다고 해. 그거면 돼. 그런 다음 서둘러 돌아와. 이제 고작 여덟 시고 가게까지 가는 데에 사십 분 정도밖에 안 걸릴 테니까 전화 걸고 바로 오라고. 그러면 시간 여유는 충분하겠지."

"알았어요. 뭘 사올까, 캐시?" 에디 폴섬은 벽장에서 코트를 꺼내 입었다.

"핫초콜릿이랑 우유. 쿠키 아니면 컵케이크도. 뭐가 됐든 거기 있는 걸로."

에디는 캐시에게 다가가 뺨에 키스했다. "곧 돌아올게."

"조심해."

"행운을 빈다, 인마." 사이가 말했다.

에디는 문으로 가던 중 멈칫했다. "킹의 전화번호를 깜빡했네."

"아, 그렇지." 사이가 지갑을 꺼내 에디에게 종잇조각을 건넸다. "그거 맞지?"

"맞네요."

"글씨가 지저분한데 읽을 수 있겠어?"

"네."

"좋아, 그럼 가라고."

에디는 다시 캐시에게 다가가 다시 뺨에 키스했고 캐시도 다시 말했다. "조심해."

사이가 문을 열어 주자 에디가 밖으로 나갔다. 마당의 자갈을 밟는 소리가 들리더니 차 문을 닫는 소리로 이어졌다가 시동 거는 소리가 들려왔다. 사이는 차가 마당을 빠져나갈 때까지, 엔진 소리가 들리지 않을 때까지 기다렸다.

그러고는 다시 문을 잠그며 씩 웃었다. "자, 자. 드디어 혼자 남았군."

스티브 카렐라의 마음속에는 무거운 돌덩어리처럼 남은 기억들이 있다. 경찰 업무와 관련된 그 기억들은 결코 지워 버릴 수 없었으며, 늘 두개골 뒤편에 잠복한 채로 언제든 아프도록 선명하게 되살아날 채비를 하고 있었다. 카렐라는 찰스 레이놀즈가 더글러스 킹과 대화하는 모습도 그런 기억 중 하나로 자리 잡으리라는 걸 알고 있었고, 이미 레이놀즈가 눈에 들어왔을 때부터 그 장면이 자신의 무의식을 파고들어 거기에 잠복해 있는 다른 형상들과 합류하지 못하도록 방에서 나가고 싶은 심정이었다.

그는 애니 분 살인 사건을 조사하던 날 밤 주류판매점에서 맡았던 위스키 냄새와 깨어진 병 조각들과 나무 바닥에 생기 없이 늘어진 여인의 몸과 알코올 위를 떠다닌 그녀의 빨강머리를 결코 잊을 수 없을 것이다.

그는 총을 쥔 소년과 마주쳤을 때 놀랐던 순간을 결코 잊지 못할 것이다. 그 아이가 총을 쏘지 않을 거라고 확신한 순간 총이 불을 뿜고 폭발음이 들린 것을 갑자기 깨달았고, 통증이 가슴을 파고드는 것을 갑자기 깨달았고, 아이가 정말로 방아쇠를 당겼다는 것을 갑자기 깨달은 뒤 초점을 잃고 땅을 향해 추락하고 추락했던 그 순간을. 자신을 쏜 소년의 이름은 잊어버린 지 오래였으나 추운 공원에서 일어났던 날의 기억은 결코 잊지 못할 것이다.

그는 테디가 아직 자신의 아내가 아니었던 시절, 클리프 새비지라는 기자가 그녀의 아파트로 보낸 것이나 다름없었던 살인청부업자와 대면하였고, 그자가 신중히 45구경의 겨냥을 마치기 전에 낮은 자세로 재빨리 총을 쏘았던 일을 결코 잊지 못할 것이다. 모든 일이 끝난 다음 자신의 품을 파고들던 테디의 감촉과 향기도 결코 잊지 못할 것이다. 이런 것들은 결코 잊지 못할 것이다.

그리고 지금, 찰스 레이놀즈의 말을 들으며, 카렐라는 귀를 막고 눈을 감고 지금 벌어지는 일을 없었던 것으로 지워 버리고 싶었다. 이 장면 또한 남은 평생을 따라다닐 것이 분명했기에.

레이놀즈는 식당으로 가는 아치를 지나 응접실로 들어온 다음 주저하며 아치 곁에 서서 더글러스 킹이 자신의 존재를 알아차려 주기를 기다렸다. 킹은 살짝 떨리는 손으로 담뱃불을 붙이는 중이었고, 카렐라는 도청 장치 앞에 앉아 그런 킹을 바라보다가 문득 레이놀즈가 문간에 서 있음을 알아차렸다. 레이놀즈의 얼굴에 어린 완연한 절망의 기운은 온몸으로 퍼져 있었다. 어깨는 축 처졌고 두 손은 옆구리 곁에 늘어졌다. 그는 그렇게 생기 없는 모습으로 문간에 버티고 서서 킹이 자신을 돌아보기를, 이 집의 주인이자 고용주가 자신을 알아차려 주기를 기다렸다.

킹은 커피 탁자에서 물러나 초조하게 연기를 내뿜으며 입을 열었다. "어쩌면 아예 전화를 하지 않을지도……," 그리고 레이놀즈를 발견했다. 그는 순간 움찔했다가 다시 담배를 빨아들이고는 말했다. "놀랐잖은가, 레이놀즈."

"죄송합니다, 선생님." 레이놀즈는 머뭇거렸다. "선생님, 저…… 드리고 싶은 말씀이 있습니다." 그는 다시 한번 머뭇거렸다. "킹 선생님, 드리고 싶은 말씀이 있습니다." 카렐라는 그 첫 마디를 듣는 순간 이 광경이 고통스러울 것임을 알았고 방에서 나가고 싶었다.

"레이놀즈, 나중에……." 킹은 말을 이으려다 주저했다. "좋아, 뭔가? 무슨 얘긴가, 레이놀즈?"

레이놀즈는 방 안으로 한 발을 내디뎠다. 마치 자신은 거기까지밖에 갈 수 없다는 듯한 모습이었고, 그 한 발만으로도 방에 들어오기 전에 자신이 세워 두었던 규칙을 깬 거나 다름없다는 듯한 모습이었다. 어깨는 축 처지고 손은 어색하게 덜렁거렸다. "제 아들의 몸값을 내주십사 부탁드리고 싶습니다, 킹 선생님."

"내게 부탁하지 말게." 킹은 등을 돌렸다.

"부탁합니다, 킹 선생님." 레이놀즈는 킹을 자기 쪽으로 끌어당기고 싶다는 듯 손을 내뻗었지만 아치형 입구 바로 안쪽에서 더 다가오지는 않았다. 그렇게 손을 내뻗은 채 간청하며 서 있자 킹이 방 반대편에서 다시 몸을 돌려 그를 마주보았다. 그렇게 15미터 길이의 응접실을 사이에 두고, 얼마나 먼지 짐작조차 할 수 없는 거리를 사이에 두고, 두 남자는 창을 들고 돌격 준비를 하는 기사처럼 서로 마주보았다. 카렐라는 어느 쪽도 응원하지 않는 구경꾼이 된 기분이었다.

"선생님께 부탁을 드려야만 합니다. 아시잖습니까."

"아니. 난 모르겠네. 제발, 레이놀즈. 난 정말……."

"전 평생 누구에게 뭘 빌어 본 적이 없습니다." 레이놀즈가 익숙지 않다는 듯 말했다. "하지만 지금은 빌겠습니다. 제발, 킹 선생님. 제 아들을 되찾아 주십시오."

"듣고 싶지 않네."

"들으셔야 합니다, 킹 선생님. 이건 남자로서 드리는 말씀입니다. 아버지 대 아버지로요. 제 아들을 살려 주시길 부탁드립니다. 제발, 제발, 제 아들을 살려 주십시오!"

"사람을 잘못 찾아왔네, 레이놀즈! 난 자넬 도울 수 없네. 제프를 도와줄 수 없어."

"그 말씀은 못 믿겠습니다, 킹 선생님."

"정말이네."

"제겐…… 제겐 이럴 권리는 없지요. 권리가 없다는 건 저도 압니다. 하지만 제가 달리 어딜 가겠습니까? 제가 달리 누구에게 가겠습니까?"

"자네가 지금 무슨 부탁을 하는 건지 알고나 있나? 자넨 내게 날 파멸시키라고 부탁하는 거야. 내가 그래야 하나? 빌어먹을, 레이놀즈, 나라도 자네에게 그런 부탁은 안 해!"

"저는 해야겠습니다! 제게 선택의 여지나 있습니까, 킹 선생님? 오십만 달러를 구할 곳이 달리 있겠습니까? 어디에 있을까요? 말씀해 주십시오. 가겠습니다. 제가 가겠습니다. 하지만 어디에 있단 말입니까? 아무 데도 없습니다." 레이놀즈는 고개를 가로저었다. "그래서 선생님께 온 겁니다. 선생님께 부탁하는 겁니다. 제발, 제발……."

"안 돼!"

"제가 뭘 해 드리길 바라십니까? 말씀만 하십시오. 하겠습니다. 뭐든 하겠습니다. 남은 평생을 일해서라도 하겠……,"

"말도 안 되는 소리 말게. 자네가 어떻게……?"

"무릎이라도 꿇길 바라십니까, 킹 선생님? 무릎을 꿇고 빌까요?"

레이놀즈가 무릎을 꿇자 카렐라는 움찔하며 눈을 돌렸다. 머나먼 15미터를 사이에 둔 채, 두 남자는 서로를 응시했다. 레이놀즈는 무릎을 꿇고 두 손을 움켜쥔 채로. 킹은 한 손은 가운 주머니에 넣고 떨리는 반대편 손으로는 담배를 들고 선 채로.

"일어나게. 뭐하는 짓인가."

"엎드려 빌겠습니다, 선생님. 부탁드립니다. 부탁드립니다. 제발, 제발, 제발……."

"일어나, 일어나!" 킹의 목소리는 갈라질 듯했다. "맙소사, 자네는……."

"……제 아들을 살려 주십시오."

"레이놀즈, 제발." 킹은 돌아섰지만, 카렐라는 그 전에 그가 눈을 질끈 감는 것을 보았다. "제발, 일어나게. 부탁이네. 부탁하네. 제발…… 날 혼자 있도록 해 주지 않겠나? 안 되겠나? 제발 그렇게 해 주지 않겠나? 제발?"

레이놀즈는 일어섰다. 무릎을 터는 모습에 기품이 가득했다. 그는 더는 아무 말도 하지 않고 몸을 돌려 뻣뻣한 걸음걸이로 방을 나갔다.

더글러스 킹은 굴욕감 속에 문을 바라보았다.

"자기가 똥 같은 놈이라는 생각이 듭니까, 킹 선생?"

"닥쳐!"

"들어야지. 당신은 똥 같은 놈이거든."

"빌어먹을, 카렐라, 그런 소리 듣고 싶지……,"

"지옥에나 가쇼, 킹 선생." 카렐라의 목소리에 노기가 어렸다. "지옥에나 가라고!"

"대체 뭐하는 짓인가, 스티브?" 번스가 계단을 내려오며 말했다. "그만하게."

"죄송합니다."

"위층에서 막 통화를 했네. 도난 차량 목록을 확인해 보니 역시나 있더군. 1949년형 회색 포드야. 텔레타이프를 보내라고 했어. 번호판이 여전히 목록 그대로일 리는 없겠지?"

"아니겠죠, 반장님."

"집어치우게, 스티브."

"뭘 집어치우란 말씀이십니까, 반장님?"

"열 내는 거."

"안 그랬⋯⋯."

"그랬으니까 거짓말 말게. 우리에겐 할 일이 있다는 걸 기억해. 그걸 다 하려면 모두들 꽁지가 빠지게⋯⋯." 번스는 입을 닫았다. 리즈 벨류가 한 손에 여행용 가방을 들고 다른 손으로는 바비 킹의 손을 쥔 채 계단을 내려오고 있었다.

"좋은 아침이에요. 아직 소식은 없나요?"

"없습니다, 부인." 번스가 대답했다.

"아빠?" 바비가 말했다.

"왜 그러니?"

"제프 아직 안 왔어요?"

"그래. 아직 안 왔단다."

"데려오실 줄 알았는데."

길고 불편한 침묵이 흘렀다. 카렐라는 두 사람을 바라보면서 지금 이 순간 바비 킹의 얼굴에 떠오른 저 표정을 앞으로 자신의 아들 마크의 얼굴에서 발견할 일이 없기를 간절히 소망했다.

"바비, 이렇게 이른 아침에 거물 나리께 질문 같은 거 하면 안 되는 거야." 리즈가 쾌활하게 말했다. "이제 저희 집으로 데려가려고요, 더그." 그녀가 윙크했다. "잘될 거예요."

"다이앤은 어디 있습니까?"

"위에서 마무리하고 있어요."

"혹시……?"

"얘기해 봤어요." 리즈는 고개를 내저었다. "안 통하던데요. 하지만 시간을 좀 줘요." 그녀는 번스 쪽으로 고개를 돌렸다. "경찰의 호위를 받을 수 있나요, 경위님?"

"당연히 호위해 드려야지요."

"키 큰 빨강머리 경찰로 부탁드릴게요. 머리에 흰머리 난 사람 말이에요."

"호스 형사 말입니까?"

"그 사람 이름이 그건가요? 네, 그 사람."

"가능한지 알아보겠습니다."

"바깥에서 바람 쐬고 있더라고요. 위층 창에서 봤어요. 제가 가서 호위가 필요하다고 말해도 될까요?"

"네, 네." 번스의 얼굴에는 당황한 기색이 역력했다. "가서 말씀하시죠."

"그럴게요. 따라오렴, 바비. 우리 미남 경찰 아저씨 만나러 가자." 그녀는 아이를 데리고 현관문으로 향했다. 문에 이르러 바비가 돌아보았다.

"안 데려오실 거예요, 아빠?" 리즈는 문밖으로 아이를 끌고 나가며 외쳤다. "유후! 호스 형사님! 유후!"

두 사람 뒤로 문이 닫혔다.

"내 입장을 여러분께 분명히 해 둬야 할 것 같군요." 킹이 목청을 가다듬었다. "겉보기에는 내 거절이……."

전화가 울렸다.

킹은 입을 다물었다. 번스는 카렐라를 보았고, 카렐라는 도청 장치로 부리나케 달려갔다.

"중계선을 맡으세요, 피트!" 번스는 다른 전화로 달려가 수화기를 들고 말할 채비를 갖췄다.

"받으시죠, 킹 선생." 카렐라가 말했다. "받아 봐요. 놈이라면 붙들고 계시고."

전화벨이 울리는 가운데 킹이 물었다. "뭐라고…… 뭐라고 말해야 합니까?"

"그냥 말만 하게 해요. 내용은 아무래도 좋으니까. 붙들고만 있어요."

"그럼…… 돈은?"

"준비했다고 하십시오." 번즈가 말했다.

"피트……."

"유일한 기회야, 스티브. 우리가 장단에 맞춰 주고 있다고 생각하게 해야 해."

"받아요, 받아!"

킹은 잠시 망설이다가 수화기를 집어 들었다. "여보세요?"

"킹 선생인가?"

전에 들었던 목소리가 아니었다. 킹은 순간 이마를 찌푸렸다. "네, 킹입니다. 전화하신 분은 누구십니까?"

"누군지 알 텐데. 어리숙한 척하지 마."

"미안하군. 목소리를 못 알아들었다." 킹은 번스에게 고개를 끄덕였고, 번스는 즉시 중계선 전화에 대고 이야기했다. "놈이 지금 다른 쪽 회선으로 걸었습니다. 시작해요."

카렐라는 헤드폰을 쓰고 도청 장치 앞에 앉아 테이프가 돌아가며 대화를 녹음하는 모습을 지켜보았다. 감히 숨 쉴 엄두도 내지 못한 채 그는 전화 속의 목소리에 귀를 기울였다.

"돈은 준비했나, 킹 선생?"

"그게⋯⋯."

"했어, 안 했어? 준비했겠지?"

"계속 말을 시키십시오." 번스가 속삭였다.

"그래, 했다. 그러니까, 거의 다 했다."

"무슨 소리야, 거의 다라니? 분명⋯⋯."

"나머지도 곧 도착할 거다. 소액권으로 준비하라고 했잖나?"

"그게 이거랑 무슨 상관이지?"

"그리고 일련번호가 연속되면 안 된다고 했잖나. 오십만 달러는 큰돈이야. 게다가 시간도 많지 않았고. 나머지는 지금 은행에서 세는 중이다. 삼십 분 내로 여기에 도착할 거다."

"좋아, 알았다. 이제 어떻게 하면 되는지 말해 주지. 손목시계 있나, 킹 선생?"

"그래. 그래, 있다."

"내 시계랑 일치하게 맞춰라. 지금 시계를 벗어."

"알았다. 잠깐 기다려."

"계속 말을 시켜요." 카렐라가 말했다. "계속 말을 하도록."

"준비됐나, 킹?"

"그래, 풀고 있다."

번스가 중계선 전화에 대고 말했다. "거기 어떻게 된 거요? 망할, 놈이 전화를 걸었다고 말했잖소!"

"준비됐나, 킹?" 목소리에 조급한 기색이 어렸다.

"됐다."

"내 시계는 정확히 여덟 시 삼십일 분이다. 네 것도 똑같이 맞춰."

"알았다."

"맞췄나?"

"그래. 맞췄다."

"좋아. 이제 나머지는 빠르게 한 번 말할 테니까 똑똑히 들어 둬라. 돈을 평범한 종이 상자에 담아 들고 정확히 열 시에 집을 나서라. 곧장 차고로 가서 DK-74 번호판이 달린 검정 캐딜락을 탄다. 그 차를 타야 해, 킹. 알겠나?"

"그래, 알았다."

"어서, 서둘러요!" 번스가 송화기에 대고 속삭였다.

"차를 몰고 집을 나와서 스모크 라이즈 밖으로 나온다. 계속 지켜보고 있을 테니까 차에 다른 사람을 태울 생각은 말고, 경찰이 따라오지도 못하게 해. 따라오는 자가 있으면 바로 아이를 죽이겠다. 잘알아들었나?"

"그래, 알았다. 알아들었다."

"아직 안 됐답니까?" 카렐라가 번스에게 속삭였다. "이 멍청한 새끼들이……."

"계속 운전해 가다 보면 누군가가 나와서 다음 지시를 할 거야. 일단은 여기까지다. 정확히 열 시에, 혼자, 돈을 들고 나와라. 그럼 이만, 킹……."

"잠깐!"

"계속 말을 시키십시오." 번스가 말했다. "샌즈 스핏 교환국까지 추적했습니다!"

"뭔가, 킹 선생?"

"아이는 언제 돌려받게 되는 건가?"

"우리가 돈을 받게 되면 다시 연락하겠다."

"어떻게…… 아이가 아직 살아 있다는 걸 어떻게 알지?"

"아직 살아 있다."

"이야기를 해 볼 수는 없겠나?"

"안 된다. 그럼 이만, 킹 선생."

"잠깐! 너는……."

"끊었습니다!" 카렐라가 헤드셋을 벗어젖혔다.

"개새끼!" 번스가 욕지거리를 내뱉고는 전화를 향해 외치듯 말했다. "놈이 방금 끊었습니다. 어디까지…… 뭐? 오. 오, 그렇군. 알았어요. 그래요, 고마워요." 그는 전화를 끊었다. "아무 짝에도 소용없었어. 놈은 다이얼 전화기를 사용하고 있었네. 교환국까지 추적한 다음에는 자동 연결이라서 신호가 사라졌다는군." 그는 카렐라 쪽을 돌아보았다. "놈이 뭐라고 하던가, 스티브?"

"여러 가지요. 재생해 볼까요?"

"그래, 어서 해 봐. 잘 하셨습니다, 킹 선생님."

"고맙군요." 킹은 무기력하게 대꾸했다.

"놈의 목소리가 다르던데요." 카렐라가 말했다. "그렇지 않았습니까?"

"그래요."

"이번에는 다른 녀석이었던 것 같습니다. 지난번 전화부터 돌려 봐도 될까요, 피트? 목소리만 확인해 보려고요."

"그래, 어서 해 보게."

카렐라는 손목시계를 보았다. "여덟 시 삼십오 분이군요. 아직 시간은 있습니다." 그는 스위치를 올려 테이프를 되감았다.

에디 폴섬은 8시 33분에 전화 부스에서 나왔다. 식료품점까지는 사이가 예상했던 시간보다 더 오래 걸렸지만 그래 봐야 걱정할 것은 없었다. 10시가 되려면 아직도 멀고 멀었으니까.

그는 태연하게 계산대로 걸어갔다.

"핫초콜릿 한 봉지하고 우유 한 병하고 저기 저 쿠키 한 박스 주세요."

12

캐시가 방 안을 거닐기 시작한 시간이 8시 30분이었다. 8시 45분
이 된 지금, 그녀는 앞마당이 내다보이는 창문을 기준점으로 삼아
방 안을 정처 없이 서성였다. 창문으로 다가가 블라인드를 걷고 마
당을 내다본 다음 다시 블라인드를 치고 왔다 갔다 방황하다 담뱃
불을 붙이고 다시 창문으로 다가갔다.

"그 사람 어디에 있는 거죠? 지금쯤 돌아와야 하지 않나요?"

"올 거야." 사이가 말했다. "진정하라고." 그러고는 잠시 후 덧붙
였다. "전화만 걸고 오는 게 아니잖아. 장도 봐야 하지 않겠어."

"애가……."

"애, 애, 애라고? 애 이야기 한 번만 더 들었다간 불우아동 회관
이라도 차리겠군! 이놈의 짓거리 신물이 나! 우유나 사러 가는 머저

리랑 엮이는 게 아니었는데!"

"전화를 하러 간 거죠. 누군가는 해야 했으니까."

"우유를 사러 간 거기도 하지. 그리고 핫초콜릿도." 사이는 가성을 섞어 가며 핫초콜릿이라는 단어를 점잔 빼듯 달짝지근하게 발음했다.

"애가 추위하잖아요." 캐시는 자신의 코트에다 이불까지 덮은 채로 침대 위에 몸을 웅크리고 있는 제프를 곁눈질했다. "애가 울지 않아서 다행인 줄이나 알아요."

"내가 울지 않아서 다행인 줄이나 알아. 슬슬 돈 냄새가 코앞까지 풍겨 오는군."

"사이, 에디가 돌아오면……."

"몇 시지?"

캐시는 손목시계를 보았다. "여덟 시 오십 분이오. 에디가 돌아오면 어떻게 할 거죠?"

"아무것도. 열 시가 가까워지기 전까지는."

"그런 다음은요?"

"걱정 그만해. 네 우유배달부 남편은 돌아올 테고, 모든 일은 잘 풀릴 테고, 우리는 어마어마한 부자가 될 테니까. 왠지 알아? 이 사이 바너드 님께서 이번 건을 맡고 계시기 때문이지. 에디 같은 양아치 녀석이 맡았……."

"그 사람은 양아치가 아니에요!"

"그래? 좋아, 그럼 대도라고 해 두자고, 좋지? 어쩌다가 그런 대도 님과 엮이게 된 거지?"

"무슨 상관이에요?"

캐시는 초조한 기색으로 옷장으로 가 핸드백을 열었다. 그러고는 역시 초조한 기색으로 머리를 빗어 내리기 시작했다.

"궁금해서. 정말이야."

"그냥 만났을 뿐이에요."

"어디에서?"

"기억 안 나요."

"금고털이 댄스파티에서?"

"안 웃겨요, 사이."

"그래도 녀석이 뒷골목에서 놀았다는 건 알았지?"

"알았죠. 상관없었어요." 캐시는 말을 이었다. "에디는 착한 사람이에요."

"그렇지, 아주 예쁘장한 녀석이지."

"농담하는 거 아니에요. 오, 내가 왜 당신이랑 말을 섞고 있는지!" 캐시는 빗을 던지듯 넣은 다음 핸드백을 닫고 다시 창가로 다가갔다.

"예쁘장하다고 한 것뿐이잖아?"

"그 사람은 아는 게 이것뿐이라 이 일을 하는 거예요. 손만 씻고 나면, 손을 씻도록 도와주기만 하면 착한 사람이 될 거예요. 난 알아요. 그 모습을 보고 말 거고요."

"왜 녀석과 결혼한 거지?"

"사랑하니까요."

"그런 타입에 약한가 보지?"

"나 언제 보내줄 거예요?" 침대 위의 제프가 물었다.

"닥쳐라, 꼬마야."

"안 보내줄 거예요?"

"닥치랬다. 이미 참을 만큼 참았어!"

캐시는 다시 블라인드를 올려 마당을 훑어보고는 한숨을 내쉰 다음 창문에서 돌아섰다.

"녀석이 걱정되나?"

"당연하죠."

"왜? 바다에 물고기도 많은데. 더 큰 놈, 더 똑똑한 놈."

"내 남편이잖아요."

"블라인드 내려."

"아침이잖아요. 뭐 하러……?"

"누가 훔쳐볼지도 모르잖아."

"사방 천지에 사람이 어디 있다고 그래요!"

"내리라고!"

캐시는 블라인드를 내리고 다시 옷장으로 가서 핸드백에 손을 넣어 담배를 찾다가 다 떨어졌음을 깨닫고는 핸드백을 홱 닫았다.

"걱정하지 마. 남편 같은 거 다 쓸데없어. 법률 서류 쪼가리랑 금반지 말고 뭐 있나. 남편한테 신경 쓰는 사람이 어디 있다고?"

"난 신경 써요. 사랑하니까."

"사랑은 십 대 애들 좋으라고 지어낸 거고. 그런 게 어딨어."

"당신이 틀렸어요. 당신이 모르는 것뿐이죠."

"난 자기가 생각하는 것보다 더 많은 걸 알고 있다고. 아주 많은 걸 말이야. 예를 들어 난 자기 서방님께서 속속들이 썩어빠졌다는 걸 알지. 이제 와서 네가 놈을 위해 할 수 있는 건 없어. 이미 늦었다고."

"너무 늦은 건 아니에요. 이번 일만 끝나면……."

"이번 일만 끝나면 다른 일거리가 올 테고, 그 다음엔 또 다른 게 올 테고, 그 다음, 또 다음, 또 또 다음이 이어지지! 누구한테 헛소리야? 자신한테 들려주는 소린가? 에디 같은 건달은 전국의 감옥에서 신물 나게 봤어. 녀석은 썩었어! 악취가 난다고! 젠장맞을, 녀석도 나랑 같다고! 내가 그렇게 훌륭해 보이나?"

"듣고 싶지 않아요."

"그럼 듣지 마. 대단한 개혁가 나셨구먼. 돼지 귀로 비단 지갑도 만들겠어. 지랄!"

"그런 식으로 말하지 마요, 사이. 나는……."

"왜? 뭘 어쩌시게?"

"나는…… 그냥 그렇게 말하지 마요."

"그거 지금 협박처럼 들리는 거 아냐? 나더러 발조심하라 이거지? 조심해야지. 저 금발 꼬맹이랑은 다른 신세니까, 안 그래? 저 녀석은 조심할 게 없지." 사이는 말을 멈추고는 라디오 수신기를 바라보았다. "에디 녀석, 나가기 전에 괴물일랑 깨워 놓고 갈 것이지.

한동안 아무 것도 못 들었잖아."

"검문소 얘기밖에 더 들을 거나 있겠어요."

"그럼 어때? 검문소도 흥미롭지." 사이는 캐시를 유심히 바라보았다. "어이, 한잔할래?"

"이렇게 이른 아침에요?"

"그래. 마시고 기운 좀 내라고. 이리 와."

"싫어요."

"왜 그래, 이쁜이? 술 못 마시나?"

"마셔요."

"그럼 와서 한잔하라니까. 나 원, 우린 지금 돈방석에 앉아 있다는 거 알기나 해? 송장처럼 늘어져 있을 필요 있냔 말이야? 여기가 무슨 묘지인가? 거, 와서 긴장 좀 풀어."

"마시고 싶으면 마셔요. 말리는 사람 없으니까."

"옳거니! 내가 원하는 건 아무도 못 말리지!" 사이는 캐시를 한동안 곰곰이 뜯어보다가 옷장으로 다가갔다. 맨 위에서 반 리터들이 병을 꺼내어 치켜들고는 "건배."라고 말하고 입으로 기울였다. "좋은 술인데. 다시 생각해 보지그래?"

"난 마시기 싫어요. 에디는 어디 있죠?"

"전전긍긍이시구먼?" 사이는 제프에게 병을 내밀었다. "한 모금 할래, 꼬마야? 배때기가 따뜻해질 거다. 싫어?" 그는 어깨를 으쓱하고는 입을 닦았다. "캐시는 걱정이 너무 많아. 걱정이나 하고 있을 게 아니라 파티를 열어야 할 판국인데 말이야. 제대로 된 파티

말이지." 그는 미소를 지으며 고개를 끄덕이고는 캐시를 바라보았다. 캐시는 스웨터 앞에 팔짱을 낀 채 다시 창가로 다가갔다. "자기 문제가 뭔지 알아? 인생을 즐길 줄 모른다는 거야. 서방님이 가게 좀 갔다고 바짝 졸아 있으니 원. 느긋해지는 법을 배우라고. 나를 봐. 경찰이 전염병처럼 온 도시를 뒤덮고 있어. 그런데 내가 걱정해? 절대 아니지."

"에디에게 무슨 일이 생겼을지도 모르는데 내가 어떻게 느긋하게 있겠어요?"

"에디에 관해서는 잊어버리면 되지. 어서 한잔해."

"사이, 성가시게 좀 하지 마요! 술 마시기 싫어요."

"어이구 미안. 내가 성가시게 하는 줄은 몰랐네그려. 좋아, 싸돌아다니면서 걱정하는 게 좋다면 그렇게 하라고. 시간을 죽이기엔 그보다 훨씬 좋은 방법도 있지만 말이야." 사이 바너드는 캐시의 스웨터에 눈을 고정한 채 그녀에게 다가섰다. "자기 같은 여자는 좋은 옷을 입어야 해. 알아? 그 케케묵은 싸구려 스웨터는 어디서 난 거야? 에디 녀석, 부끄러운 줄 알아야지! 자기는 화려하고 레이스 달린 걸 입어야 해. 자기처럼 옷이 잘 어울리는 여자는 그렇게 흔하지 않다고."

"관심 없어요."

"이번엔 대체 또 왜 그래? 나 원 참, 칭찬하는 거잖아!"

"고맙네요." 캐시는 냉담히 대꾸했다.

"거, 진짜 서로 아껴 주는 세상은 다 어디로 간 거야? 애정은 다

저 금발 꼬맹이한테만 쏟으신다? 에디가 옆에 있으면 에디에게 쏟고 말이야. 하여간 이 사이한테 줄 건 없으시다. 내 생각을 말해 줄까? 자기는 에디 같은 양아치에게 시간만 낭비하는 거야. 그게 내생각이야. 경찰이 놈을 잡아가는 편이 자기한텐 훨씬 나을걸."

"닥쳐요."

"진짜라니까 그러네. 자기처럼 예쁘장하게 생긴 아가씨가 삼류양아치한테나 묶여 있다니. 그놈이 무슨 소용이야? 이런 일은 나혼자서도 할 수 있어. 우리 아씨는 자기 재능을 녀석에게 낭비하고계신다니까. 자기한테 필요한 건 세상 돌아가는 일에 빠삭하고 자기를 챙겨줄 수 있는……,"

"닥쳐요, 사이!"

"솔직히 말해 봐. 녀석이 잡히길 바라고 있지 않나? 처음부터 이일에 반대했잖아? 자기가 걱정하는 거라고는 저기 저 금발 꼬맹이뿐이었잖아. 우리가 해치지는 않을까, 우리가……,"

"닥쳐요, 닥쳐!"

"왜 그래? 가족이라도 꾸리고 싶어? 그런 거야?" 사이는 통렬하게 웃으며 병을 다시 입에 대고 기울였다. 캐시는 창가로 가서 블라인드를 올렸다. 사이는 병을 입에서 떼고는 소리쳤다. "니미럴, 블라인드 내리라고!" 캐시는 음울한 눈길로 쏘아본 다음 그 말에 따랐다. "아가, 파티가 참 흥겹지 않냐? 빨리 이 판이 끝나야 내가 속이시원하지, 원!" 사이는 병을 들어 건배해 보였다. "숙녀분의 사랑을한 몸에 받는 우리 친애하는 유괴 아동을 위하여 건배. 건배다, 이

놈아." 그는 술을 마셨다. "마음에 드냐, 이 꼬맹이 새끼야? 나 방금 너한테 건배했다."

제프는 대답하지 않았다.

"내가 너한테 건배했다고." 사이가 거듭 말했다. "왜 그래, 예의도 모르냐? 니 에미가 고맙다는 말 하라고 안 가르치디? 아니면 말할 줄을 몰라서 그래?"

"말할 줄 알아요." 제프는 추위에다 에디가 농가를 나선 순간부터 찾아온 생생한 공포까지 더해져 아직도 떨고 있었다.

"그럼 말을 해 봐. 망할 놈의 경찰들은 날 찾겠답시고 온 도시를 쏘다니고, 동업자란 놈은 장 보러 갔고, 나는 여기 이렇게 쌀쌀맞은 년하고 틀어박혀 있는데, 그래도 나는 네 건강을 위해 건배를 해 줬잖냐, 이 꼬맹이 새끼야. 이만하면 나도 참 착하지 않느냔 말씀이야. 고맙단 말이라도 해 보지?"

"고맙습니다."

"어쩌면 네 녀석은 내가 궁둥이까지 얼어붙어 있을 저 아가씨랑 이렇게 같이 처박혀 있는 이유를 모를지도 모르겠군. 그 이유가 네 녀석 때문이란 걸 모르는 거 아니야? 내가 좋아서 이러고 있다고 생각하는 거 아니냐고?" 사이는 말을 이었다. "너, 내가 이렇게 불쌍해진 게 너 때문이라는 거 아냐?"

"난…… 네."

"오, 알아?"

"아, 알아요." 제프는 이불을 꽉 끌어안았다.

"그럼 어떻게 해줄 건데, 이 새끼야?"

"애한테 성질부리지 마요, 사이. 그 입 조심하고요."

"애한테 성질부리지 마요, 사이. 그 입 조심하고요." 사이가 흉내 냈다. "그래도 그렇게 열이라도 내니까 보기 좋네. 이미 죽어서 뻗어 버린 게 아닌가 생각했지 뭐야." 사이는 다시 제프 쪽으로 고개를 돌렸다. "내가 질문했잖냐, 금발 꼬맹아."

"뭐…… 뭘 해야 할지 모르겠어요."

"이 새끼 태도가 엉망이구먼!" 사이는 말을 이었다. "안 그러냐?"

"네, 그런 것……."

"네, 선생님이라고 해야지!"

"아, 알았어요, 선생님."

"태도가 아주 글러 먹었어. 네놈 자식 때문에 내가 이렇게 불쌍한 신세인데 뭘 해야 할지도 모르겠단 말이지. 좀 생각을 해 보지? 너처럼 영리한 꼬맹이 새끼라면 뭔가 생각해 낼 수 있지 않겠냐?"

"사이, 애를 내버려 두라고요!"

"그래, 입도 조심하고 말이지. 알아들었으니까 이쁜이는 지옥으로나 꺼져."

"왜 애한테 성질을 부려요?"

"누가 성질을 부렸다고 그래? 얘기하는 건데. 내가 그만하면 좋겠어?"

"그래요."

"그럼 그만하고 싶게 해 봐. 날 설득해 보라고." 사이는 웃음을 터뜨리며 다시 제프를 돌아보았다. "생각 시작해라, 꼬마야. 나 기다린다."

"무슨 말을 듣고 싶은 건지 모르겠어요, 선생님."

"아이디어를 떠올려 보란 말이다."

"아이디어 없어요, 선생님."

"나 이것 참, 부끄러운 노릇 아니냐? 아이디어가 없다니. 쯧쯧쯧. 나한테 무슨 일이 벌어지든 넌 상관없다 이거지?"

"나…… 무슨 말을 해야 할지 모르겠어요, 선생님."

"머릿속에 든 거 아무거나 씨부리라고, 이 멍청한 새끼야! 누가 뭘 물으면 생각하는 걸 말해야 할 거 아냐!"

"아, 알았어요, 선생님."

"좋아. 넌 내가 전기의자에 앉는 꼴 보고 싶으냐?"

"난…… 몰라요."

"선생님!"

"선생님." 제프 레이놀즈는 어쩔 줄 몰라하기 시작했다. "모르겠어요, 선생님."

"모르긴 왜 몰라. 보고 싶어, 안 보고 싶어? 예, 아니요로 대답하라고. 내가 전기의자에 앉는 꼴을 보고 싶으냐고?"

"사이, 그만해요!"

"예야, 아니요야?" 사이는 끈질기게 물었다.

"예, 선생님. 나……."

"뭐?"

"나 보고 싶⋯⋯."

"뭐? 이 쥐방울만한 새끼가!"

"사이, 애가 무서워 어쩔 줄 모르는 거 안 보여요?"

"네년은 가만히 궁둥이나 붙이고 있어! 아니면 날 설득할 아이디어를 내 보든가!"

제프는 갑자기 침대를 기둥이 내려와서 캐시가 서 있는 곳으로 달려가 스웨터에 머리를 묻고 두 팔로 허리를 끌어안았다. 사이는 질투하는 구혼자라도 되는 듯 소리쳤다. "그 대가리 치워라!"

캐시는 아이를 꼭 끌어안았다. "그만하면 됐어요, 사이."

"되긴 뭐가 돼? 네까짓 게 뭔데. 감히 뭐라고 지껄이는 거야? 나한테 명령하는 거냐? 계집년 주제에 나더러 이래라저래라 하고 무사할 것 같아!" 사이는 제프의 팔을 쥐고 캐시에게서 떼어 내 방 저편으로 내동댕이쳤다. "자! 이러면 어때? 어쩔 거냐고, 이 싸구려 갈보년아?" 캐시는 팔과 어깨와 내뻗은 손바닥에 온 힘을 실어 사이의 따귀를 때렸다.

사이는 손을 얼굴 앞으로 휙 올렸다가 천천히 내렸다. "놀아 보자 이거지?" 손이 주머니에 들어갔다 나오자 칼이 나타났다. 주머니를 채 다 빠져나오기도 전에 칼날이 튀어나왔다.

"이제야 놀아 볼 마음이 드신 게로군?" 칼을 휘두르자 캐시가 뒤로 물러섰다. 사이는 그녀를 따라 방을 가로지르며 칼을 휘둘러댔다. 베는 시늉만 해 보이면서 이리저리 몰아대다가 그녀의 등이 문에 닿자 몸을 도사리면서 칼을 휘저어 넓은 호를 그려 보였다.

"사이, 하지 마……."

"뭘 하지 말까, 이쁜이? 베지 말라고? 우리 이쁜이를 내가 벨 것 같아?" 사이는 면도날처럼 날카로운 칼날을 흔들어 칼끝으로 캐시의 스웨터를 꿰고 잡아당기다가 갑자기 칼을 위로 추켜올려 스웨터 앞부분을 목까지 베어냈다.

"사이!"

사이는 다시 검투사처럼 예리하게 칼을 놀려서 스웨터를 찢고 브래지어가 드러나게 했다. 캐시는 팔로 가슴을 감싸안아 가리려 했지만 다시 칼이 번뜩이자 손을 몸에서 치워야 했고, 스웨터는 흰 브래지어 위에서 누더기가 되었다.

사이는 히죽거렸다. "이번엔 브라야."

캐시는 순간, 본능적으로 손을 들어 가슴을 가렸지만 칼이 찔러 오자 다시 손을 빼야 했고, 이제는 주체할 수 없이 숨을 헐떡이며 그저 강철 칼날이 면 브라를 잘라 내기만을 기다렸다.

"탐스러운 것들을 편하게 풀어 주자고." 사이는 칼을 든 채 더 가까이 다가섰다. "손 내리고 있어. 너까지 베고 싶은 생각은 전혀 없으니까! 고 잘 익은 년들만 풀어……."

아이는 허공에서 나타난 것 같았다. 아이는 살쾡이처럼 사납게 사이의 등을 타고 올라 한껏 광분하며 할퀴고 두들기고 때리고 머리카락을 잡아당겨댔다. 사이가 깜짝 놀라 몸을 곧추세워 이리저리 흔들면서 아이를 떼어 내려고 하는 동안 캐시는 문을 향해 내달렸다. 사이는 뭐라도 잡으려고 뒤를 휘젓던 손에 아이의 바지가 잡히자 아이를 떼어 내서 방 저편으로 팽개쳤다. 문에 이른 캐시는 문고리와 씨름하고 있었다. 사이는 두 걸음 만에 캐시에게 다가가 팔을 붙들고 잡아당겼다. 오른손으로는 칼을 꽉 쥐고 있었다.

"그냥 마음 편히 먹는 게 좋을 거야, 이쁜이. 그러면 자기도 더 좋아할……,"

문을 세 번 두드리는 소리가 들렸다. 문에 기대어 서 있던 사이와 캐시는 문짝이 덜컹거리자 황급히 물러났다.

"에디예요." 속삭이는 캐시의 목소리가 기도처럼 들렸다.

사이는 즉각 캐시에게서 물러섰다. "코트 걸쳐. 어서!"

캐시는 서둘러 문에서 떨어져 침대 위에 있는 코트를 집어 미끄러져 들어가듯 입고는 목까지 단추를 채웠다.

"에디에게 한 마디만 뻥긋했다간 애는 죽는다. 알아들어? 애가 죽는다고."

캐시는 멍하니 고개를 끄덕였다.

사이는 아이에게 다가가 곁에 앉았다. "좋아. 이제 열어."

캐시는 다시 문으로 다가갔다. "에디?"

"그래. 뭐하는 거야? 문 좀 열어."

캐시는 문을 열었다. 에디는 황급히 방 안으로 들어오더니 문을 걸어 잠갔다. "뭐하느라 이렇게……," 그는 말을 하려다가 캐시의 얼굴을 보고 즉각 뭔가 잘못되었다는 걸 알아차렸다.

"어서 와, 영웅 나리." 사이 바너드가 태연하게 말했다. "우유는 사 왔나?"

"네." 에디는 꾸러미를 탁자 위에 올려놓았다. 캐시는 조용히 물건을 꺼냈다. 에디는 그 모습을 지켜보았다. "어이, 무슨 일이야?"

"아무것도 아냐. 별일 없어, 에디."

"캐시랑 좀 다퉜을 뿐이야." 사이가 말했다.

"뭣 때문에요?" 에디는 다시 아내를 바라보았다. "코트는 왜 입고 있는 거야?"

"그건…… 방이 쌀쌀해서."

"둘이 왜 싸운 건데?"

"이놈의 짓거리가 다 마음에 안 든다잖아." 사이가 어깨를 으쓱했다. "내가 갑자기 성질을 부려서 그랬을 거야. 미안해, 에디. 밖에서는 별문제 없었고?"

"없었어요. 오가는 내내 경찰 한 명 못 봤어요." 에디는 다시 의심 어린 눈길로 두 사람을 살펴보았다. "아웅다웅할 때가 아니잖아요." 어물거리는 목소리였다. "뭐하는 짓이에요."

"미안하다고 했잖아."

"그래요. 뭐." 에디는 어깨를 으쓱했다.

"핫초콜릿 만들어 줄게." 캐시가 제프에게 말했다.

"괴물 켜봐, 에디. 바깥소식 좀 들어 보자고."

"지금 몇 시죠?"

사이가 손목시계를 보았다. "아홉 시 조금 넘었어. 혹시 모르니까 난 아홉 시 삼십 분쯤 나가야겠군."

"그래요." 수신기 쪽으로 다가간 에디는 스위치를 올리고 주파수를 맞추었다. "도대체 둘이 왜 싸웠는지 모르겠군요. 거의 다 끝나 가는 마당에 이제 와서……."

"……번호판은 RN 6210으로 추정된다. 이는……."

"니미럴, 소리 좀 줄여!" 라디오 소리가 터져 나오자 사이가 질겁 했다. 에디는 재빨리 볼륨을 줄였다.

"……1949년형 회색 포드 세단에 번호판은 RN 6210으로 추정된다."

"이건……?" 사이가 말했다.

"웨스트 코스트에 다시 한 번 알린다." 경찰 통신원이 말했다. "제프 레이놀즈 유괴 사건에 사용된 차량은 1949년형 회색 포드 세단에 번호판은 RN 6210으로……."

"우리 차를 알잖요!"

"흥분하지 마!" 사이가 날카롭게 말했다.

"그런데 차를 끌고 갔다니! 번호판은 바꿨더라도 알아볼……,"

"진정해! 빌어먹을, 겁먹지 말라고!"

"놈들에게 걸릴 수도 있었어요. 잡힐 수도…… 어이! 우린 이제 어떻게……? 사이, 우리 계획에는 차가 중요하잖아요. 이제 저걸 어떻게 타고 다녀요?"

"나도 몰라. 일단 진정 좀 해." 사이는 방 안을 오가기 시작했다.

"우린 이제 어떻게 하죠? 그 돈을 다 포기할 순 없어요!"

"안 되지. 안 되고말고. 포기하지 않아도 돼. 여기서 식료품점까 지 가는 길은 깨끗하다고 했지. 그래, 놈들이 모든 길을 다 막지는 못한 거야. 어떻게 그러겠어? 좋아, 라디오를 들으면 놈들이 어디에 검문소를 설치했는지 나올 거야! 다시 처음부터 들으면서 이번에는 정보를 받아 적으면 돼."

"사이, 그걸로는 안심할 수 없어요!"

"뭘 그렇게 걱정하고 지랄이야? 차를 운전하는 건 나라고."

"그래도……."

사이 바너드는 손목시계를 보았다. "삼십 분쯤 남았군. 그동안 놈들이 열심히 나불거리길 바라자고. 그렇든 안 그렇든 여기서 아홉 시 반에는 차를 갖고 나가야 하니까. 열 시에 네가 해야 할 일도 준비해 둬."

"사이, 우리 중 하나라도 잡혔다간 이 일은 몽땅……."

"난 걱정하지 마, 인마. 누구도 이 몸을 잡을 수는 없을 테니까. 오십만 달러를 짊어지고 있는데 어림도 없지."

"……애거서 코너와 둘 하나 영……."

"쉬이." 사이가 말했다.

"……검문 중인 백팔 번 차량과 교대하라. 알았나, 백십이?"

"여기는 백십이. 알았다."

"좋았어." 사이는 힘차게 고개를 끄덕였다. "떠벌려 봐, 욘석아. 계속 떠벌리라고."

13

아침 10시 정각, 더글러스 킹의 집 현관문이 열렸다. 검은 오버코트를 입고 검은 홈부르크 모자를 쓰고 진주색 장갑을 낀 더글러스 킹이 집 밖으로 나왔다. 손에는 신문지가 들어찬 갈색 종이 상자가 들려 있었다. 그는 자신을 슬쩍 훑어보며 집 옆의 차고로 곧장 가서 문을 열어젖히고 검은 캐딜락에 올라타 시동을 걸었다. 잠시 엔진이 공회전하도록 두었다가 차를 차고 밖으로 빼서 돌린 뒤 진입로를 따라 돌기둥 두 개가 서 있는 도로까지 갔다. 스모크 라이즈 로를 탄 다음에는 슬쩍 백미러를 보았다. 차 한 대, 사람 하나 보이지 않았다. 만일 출발하는 모습을 지켜보는 사람이 있었다면, 잘 숨어 있는 게 틀림없었다.

차는 특별히 목적지를 두지 않고 움직이기 시작했다. 몇 블록 직진하다가 스모크 라이즈 로를 빠져나와서 리버 하이웨이 위 고가도로로 올라간 다음 다시 시내를 가로지르는 길로 접어들었다. 따라오는 경찰차는 없었다. 더글러스 킹은 감시자에게 자신이 지시를 충실히 따르고 있음을 보여 주고 있었다. 오전 10시 정각에 돈이 가득 든 평범한 종이 상자를 들고 집을 나선 다음 차를 혼자 몰며 추가 지시를 기다리고 있는 것이다.

유괴범의 감시가 느슨했든 철저했든 오전 9시 30분에 스티브 카렐라 형사가 부엌에서 이어지는 문을 통해 차고로 들어갔다는 사실을 들켰을 리는 없었으며 그가 캐딜락에 탑승하여 뒷좌석 바닥에 편안히 드러누워 있었다는 사실 또한 들켰을 리 없었다.

그렇게 누운 채로 카렐라가 말했다. "뭔가 보입니까?"

"뭐가 말입니까?" 킹이 되물었다.

"따라오는 차가 있다든가? 행인이 신호를 보낸다든가? 헬리콥터가 떠 있다든가?"

"아니오. 아무것도 없군요."

"대체 놈들은 어떻게 접촉을 해 오려는 걸까요?" 카렐라가 툴툴거렸다. "신께서 벼락이라도 보내실 셈인가?"

·

아침 10시 정각, 에디는 라디오 장비를 가동하기 시작했다. 사이는 9시 30분에 검문소 목록을 손에 쥐고 머릿속에도 새긴 채 집을 나섰다. 진공관이 빛을 발하며 살아나고 발진기와 송신기가 웅웅거리는 소리가 방 안에 가득 차자, 에디의 명치께에서 초조함이 솟아

올라 온몸으로 퍼져나갔다. 검측기를 다시 살펴 주파수가 제대로 됐는지 확인한 다음 장비 앞에 앉았다. 마이크로폰은 얼굴 바로 앞에 두었고, 시가지 지도는 앉은 자리 가까이 두었으며, 오른손은 다이얼에서 10센티미터 떨어진 곳에 두었다. 손목시계를 보았다. 10시 3분이었다. 킹에게는 7분의 여유가 남아 있었다. 10시 10분이 되면 시작할 것이다.

"아직 뭐 없습니까?"

"없습니다."

"몇 십니까?"

"열 시 오 분이오."

"킹 선생께선 왜 따라나선 겁니까?"

"내 일이잖습니까."

"이러실 필요까진 없었습니다. 다른 형사가 맡았어도 됐는데."

"압니다."

"그리고 집이 감시당하고 있으리라고 생각하기는 어렵습니다. 놈들 패거리가 아주 많지 않은 다음에야 그렇게 많은……."

"카렐라 씨, 결혼했습니까?"

"네."

"아내를 사랑합니까?"

"네."

"나도 내 아내를 사랑합니다. 그 아내가 오늘 아침 내게서 떠났죠. 결혼 생활을 그렇게 오래 해 놓고 날 떠난 겁니다. 왜 그랬는지 압니까?"

"알 것 같습니다."

"그렇죠. 내가 레이놀즈 아들의 몸값을 안 내겠다니까 그랬죠." 킹은 도로에서 눈을 떼지 않은 채 고개를 끄덕였다. "당신도 내가 상당히 썩어빠진 놈이라고 생각하지 않습니까?"

"노벨상감은 아니죠."

"그렇겠죠. 하지만 난 노벨상은 원하지 않습니다. 내가 원하는 건 그레인저 제화뿐입니다."

"그럼 아내분께서 떠나신 것도 마음에 두지 않으시겠군요."

"그래요, 그래야겠죠. 내가 원하는 게 그레인저 제화뿐이라면, 다이앤이든 바비든 누구든 딱히 신경 쓸 필요가 없겠지요?"

"아마 그렇겠죠."

"그런데 난 여기서 뭘 하고 있는 겁니까?"

"그건 제가 먼저 물었습니다."

"내가 여기서 뭘 하는 건지 모르겠습니다, 카렐라 씨. 내가 아는 건 이것뿐입니다. 나는 아이의 몸값을 지불할 수 없다는 것. 몸값을 낸다는 건 내가 망한다는 뜻이고, 그럴 수는 없으니까. 난 동화는 믿지 않습니다. 당신은요?"

"안 믿습니다."

"나는 납니다, 카렐라 씨. 앞으로도 변하지 않겠지요. 사업은 내 삶의 한 부분이고, 사업이 없으면 나는 죽은 거나 다름없습니다. 나

는 그런 사람입니다. 그 점에 대해 변명하지는 않겠습니다. 난 썩어
빠진 놈인지도 몰라요. 그래요, 그럴지도 모릅니다. 그리고 남을 다
치게 했을지도 모릅니다. 하지만 그럴 만한 이유도 없이 누구를 누
르려 든 적은 한번도 없었습니다. 그게 나고, 그 점에 대해서 변명
할 생각은 없습니다. 내가 지금 이 자리에 오기까지는 오랜 시간이
걸렸습니다, 카렐라 씨."

"그래서 지금 어디 계십니까?"

"차 안에서 도둑놈의 지시를 기다리고 있죠." 더글러스 킹은 엷
은 미소를 띠었다. "내 말이 무슨 말인지 알 겁니다. 내가 늘 필요
하다고 여겼던 것들을 얻어 내기까지 오랜 시간이 걸렸단 겁니다.
사람은 바뀌지 않습니다, 카렐라 씨. 다이앤은 가난이 뭔지 몰라
요. 어떻게 알겠습니까? 평생 돈 부족한 줄 몰랐던 사람인데. 난 아
닙니다. 나는 지독하게 가난했습니다. 배도 고파 봤고요. 가난이란
건, 굶주림이란 건, 잊을 수 있는 게 아닙니다. 난 열여섯 살 때 그
레인저에서 일을 시작했습니다. 창고에서요. 남들보다 열심히 일했
죠. 그 망할 놈의 신발들을 남보다 더 많이 쌓았고, 더 많이 날랐어
요. 공장에서 가장 지저분한 일을 하면서도 자부심을 느꼈습니다.
언젠가는 내 회사가 될 거라는 걸 알았기 때문이죠. 정신 나간 소리
같지 않습니까?"

"야심을 두고 정신 나갔다고 할 수는 없지요."

"그럴지도 모르겠군요. 난 공장 일을 속속들이 익혔습니다. 직
책, 공정, 사람까지 모두 다요. 신발에 대해서도 배웠습니다. 나중

에 내 회사가 될 테니까 배운 거지요. 내가 장차 원하고 바라는 건 그것뿐이리라 여겼습니다. 다이앤을 만났을 무렵에는……."

"어디서 만나셨습니까?"

"내가 수작을 걸었지요. 아직 전쟁이 한창인 시절이었습니다. 그러니까, 이차세계대전 말입니다."

"다른 전쟁도 있나요?" 카렐라가 대꾸했다.

"난 휴가 중이었습니다. 병장이었죠. 오등급 기술병이오. 육군에 계셨습니까?"

"네."

"그럼 휴가를 받아 돌아왔을 때 자기 고향이 얼마나 쓸쓸하게 느껴지는지 따로 설명하지 않아도 되겠군요. 나는 다이앤을 미군위문협회에서 만났습니다. 다이앤은 지원병을 위로해 주러 오는 그런 부자 아가씨 중 하나였죠. 우리는 함께 몇 번 춤을 췄습니다. 둘이 눈이 맞았어요. 그냥 그렇게요. 스튜어트 시티에서 온 부자 아가씨가 켈리스 코너스의 가난뱅이 청년과 만나서…… 이 도시를 잘 압니까, 카렐라 씨?"

"제법 알죠."

"그럼 흔히들 스튜어트 시티라고 부르는 지역을 알겠군요. 아이솔라 남쪽 강을 끼고 있는, 문지기와 펜트하우스와 에어컨이 즐비한 아주 호화로운 동네죠. 켈리스 코너스도 어딘지 알 겁니다. 내 어린 시절에는 스멜리 코너스Smelly Corners 냄새나는 모퉁이라고 부르곤 했죠. 우린 그렇게 만났습니다. 만날 리 없는 두 사람이 만난 겁니다. 그리고 눈이 맞았어요. 그리고 결혼했지요. 나는 제대 후 그레인저로 돌아갔습니다. 결혼 첫 해에는 주당 육십 달러 정도를 벌었습니다. 그걸로는 부족했지요. 다이앤에게도 부족했고, 내게도 부족했습니다. 그래서 해야 할 일을 시작했습니다. 공장 내의 지위를 굳히고 내 길을 막는 사람은 누구든 밟아 버렸습니다. 내 처지가 좋아질 상황이 달리 없었거든요. 난 여전히 회사를 차지할 계획이었습니다. 다이앤 케슬러의 아버지가 자기 말을 씹어 먹도록 해 줄 참이었습니다. 에어컨도 있고 카펫도 두텁게 깔린, 스튜어트 시티에 있는 그 사람 집까지 터덜터덜 걸어가서 나를 두고 '아무 짝에도 쓸모없는 놈'이라고 말했던 것에 대해 사과하도록 해 줄 생각이었습니다. 사실 복수의 기쁨은 맛보지 못했습니다. 그 늙은이는 내가 제대로 자리 잡기 전에 죽어 버렸거든요. 그 작자는 우리가 결혼하겠다고 말한 뒤로는 딸과 말 한마디 하지 않았고, 딸을 찾지도 않은 채 죽었습니다. 나는 복수하지 못했습니다."

"복수는 달콤하지 않습니다. 지루하기만 하죠."

"그래요, 그래도 난 좋아했을 겁니다. 분명히 좋아했을 거예요. 오 년 후에는 그 늙은이 눈에 침을 뱉어 줄 준비가 됐지만, 그는 이미 땅 속 깊이 묻힌 뒤였습니다. 남의 묘지를 밟아대며 춤을 출 수는 없는 노릇이죠. 오 년 후, 스모크 라이즈에 집을 샀습니다. 아직 집을 장만할 여유는 없었지만 나는 집이 내게 중요하리라는 걸 알고 있었습니다. 실제로 그랬고요. 집이란 훌륭한 거래 도구입니다, 카렐라 씨. 일상생활용품이며 집이며 은식기며 자동차 따위의 겉치

레에 깊은 인상을 받는 사람이 세상에 얼마나 많은지 알면 아마 깜짝 놀랄 겁니다. 그렇게 해서 지금은…… 이 자리에 이르렀죠. 아직도 집을 갖고 있고, 날 그레인저의 회장으로 만들어 주기에 충분한 주식을 손에 넣었거나 곧 넣을 참입니다. 아들은 사립학교에 다니고, 내겐 요리사도, 운전기사도, 정원사도, 가정부도, 내 아내가 타고 다니는 스포츠카도, 내가 타고 다니는 캐딜락도, 원하는 건 뭐든 구할 수 있는 돈도 있습니다, 카렐라 씨. 내가 원하는 건 뭐든지 말입니다."

"그런데 왜 여기 있는 겁니까? 왜 당신 차를 직접 몰고 나와 살인자만도 못한 놈들이 될지도 모를 작자들이 접촉해 오길 기다리고 있는 겁니까?"

"모르겠습니다. 아니면, 그래요, 모르겠습니다. 놈들이 원하는 돈을 줄 수는 없습니다. 그러면 내가 죽을 테니까 안 됩니다. 그것 때문에 내가 썩어빠졌다는 소리를 듣는다면, 좋습니다. 난 썩어빠진 놈입니다. 하지만 나를 바꿀 수는 없습니다, 카렐라 씨. 그건 동화에나 나오는 얘기죠. 사악한 마녀가 사랑스러운 공주로 변하고, 두꺼비가 왕자로 변하고, 썩어빠진 기생충 같던 놈이 문득 자기 방식이 잘못되었다는 것을 깨닫고 남은 평생을 선을 위해 헌신하는 그런 동화는 미국 텔레비전 시청자나 보라고 만든 헛소립니다. 나는 절대 바뀌지 않을 겁니다. 나도 알고 다이앤도 압니다. 그리고 다이앤은 내게 돌아올 겁니다. 날 사랑하니까요. 나는 절대 바뀌지 않을 겁니다. 내가 썩어빠진 놈이라면 썩어빠진 놈 하겠습니다. 하지만 난 평생을 싸워 왔으니까 놈들이 원하는 돈을 줄 수는 없을지 언정 이런 식으로 따라가면서, 뭔가 하기라도 하면서, 놈들과 싸울 수는 있습니다."

킹은 고개를 내저었다.

"다 말도 안 되는 소리라는 것 압니다. 신혼 초 육 개월 동안 우리 는 박쥐만한 바퀴벌레가 나오는 집에서 살았습니다. 다시는 그렇게 살고 싶지 않습니다, 카렐라 씨. 나는 스모크 라이즈에 있는 내 집 을 원하고, 내 고용인들을 원하고, 대시보드에 전화가 걸려 있는 내 캐딜락을 원하고, 또……."

바로 그 순간, 대시보드에 걸려 있는 전화가 울렸다.

가까운 곳에서 작동하는 모든 카폰이 사용하는 주파수 대역을 알 아내는 것은 간단한 문제였다. 일단 이런 것을 알아 두면 그에 필 요한 장비를 훔치는 것도 간단했다. 6백 볼트짜리 발진기와 1천6백 볼트짜리 발진기, 송신기와 각종 중계기 및 개폐기, 그리고 마지막 으로 배터리까지. 그에 비하면 캐시가 라디오 장비와는 어울리지 않는다고 생각한 다이얼 쪽은 약간 더 어려웠다. 실제로 잘 어울리 지 못하는 물건이었기 때문이다. 그 다이얼은 전화기 다이얼을 배 터리와 중계기에 연결한 것으로, 그렇게 해서 킹의 차에 있는 전화 와 접촉하여 벨이 울리도록 할 수 있었다. 킹이 전화를 받으면 에디 는 수신기에 부착한 마이크로폰에 대고 말하면 된다. 킹의 카폰 번 호야 당연히 전화 회사에서 알아낸 것이었다.

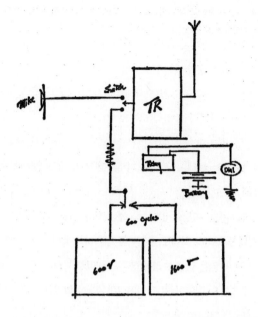

에디 폴섬이 처음에 장비를 준비하며 그린 스케치는 위 그림과
같았다.

그 장비가 이제 에디의 앞에 실제로 존재했다. 그는 떨리는 손으
로 킹의 번호를 돌렸다. 기다리는 동안 마이크로폰을 감싸 쥔 손이
떨렸다. 수신기는 킹의 목소리를 잡아내기 위해 조정되었고, 송신
기는 에디의 지시를 전달할 채비를 갖추었다.

전화를 받아.

받으라고!

"이건……?" 킹이 말했다.

"무슨……?" 카렐라가 뒷좌석에서 말했다.

"전화입니다! 전화가 울리는군요."

"맙소사, 바로 이거였어…… 받으세요! 어서 받아요!" 킹은 대시보드에 걸려 있던 수화기를 들었다. "여보세요?"

"좋아. 킹 선생. 바로 그거야." 에디가 말했다. "잘 들어라. 앞으로 우리가 원하는 곳까지 가는 내내 이 전화로 지시를 듣게 될 거다. 알았나?"

"그래. 그래, 듣고 있다."

"이제 도와줄 사람은 아무도 없다. 킹 선생. 이 대화는 추적이 불가능하니까. 나는 전화가 아니라 라디오 송신기를 이용하고 있다. 그러니까 차를 멈춰 누군가에게 이 일을 말해 보려는 생각은 집어치워. 네가 앞으로 갈 곳까지 얼마나 걸리는지 정확히 알고 있으니까 장난질할 생각은 하지 않는 게 좋아. 자, 지금은 어디에 있나?"

"난…… 모르겠다."

"좋아, 전화기는 계속 들고 있어. 이 여정이 끝날 때까지 끊지 마. 계속 든 채로 교차로가 나올 때까지 간 다음 위치를 말해."

"알았다."

"뭡니까?" 카렐라가 속삭였다. 좌석 등받이 가까이에 무릎을 꿇은 채 입은 킹의 귓가에 갖다 댔다. 킹은 고개를 저으며 전화기를 가리켰다.

"우리 소리가 들릴 것 같습니까?"

킹은 고개를 끄덕였다.

"앞자리로 가겠습니다. 지금부터는 제가 놈과 얘기하죠. 분명 이

망할 것의 수신 기능이 그리 훌륭하지는 않을 겁니다. 목소리가 바뀐 걸 알아차리지 못하길 바랍시다. 그래서, 어쩌랍니까?"

"교차로로." 킹이 그렇게 속삭이는 동안 카렐라는 좌석을 넘어가 킹에게서 전화기를 건네받았다. 앞 유리창 밖을 내다본 다음 수화기를 입으로 가져갔다.

"북 삼십구 번가와 컬버 가 교차로다."

에디는 목소리가 달라진 것을 알아차리지 못한 모양이었다. 에디의 목소리는 평온하고 침착했다. "북 사십 번가에서 좌회전해. 그로버 가가 나올 때까지 남쪽으로 계속 간 다음 다시 좌회전. 사십팔 번가가 나올 때까지 가면 공원으로 들어가 시내를 가로지르는 길이 보일 거다. 거기로 들어가서 계속 따라간다. 홀 가에 도착하면 말해라. 알아들었나?"

"북 사십 번가에서 좌회전. 남쪽으로 그로버 가까지 가서 다시 좌회전. 사십팔 번가까지 올라간 다음 공원으로. 알았다."

카렐라는 손으로 송화구를 가렸다. "알았습니까, 킹?"

"알았습니다."

"조금씩만 알려 줘서 근처 교통순경에게 우리가 어디로 가는지 알리지 못하도록 하고 있군요. 약삭빠른 자식들입니다." 카렐라는 눈썹을 찌푸렸다. "놈들을 막을 방법이 떠올라야 할 텐데요. 제발 떠올랐으면."

주차해 놓은 차에 앉아서, 사이 바너드는 30분 동안 열 번째로 뽑아 든 담배를 피우고 있었다. 그는 초조하게 손목시계를 바라보다가 다시 길에 시선을 던졌다. 숲 속에 세워 둔 차는 낡은 전기회사 정비소에 가려 있어 길에서는 전혀 보이지 않았다. 지난 30분간 지나간 차는 한 대뿐이었고, 에디와 함께 이 자리를 골랐던 날은 2시간 반 동안 차가 세 대밖에 지나가지 않았다. 호기심 많은 운전자에게 발각당할 가능성은 무시해도 좋을 정도로, 아예 없는 거나 다름이 없었다. 경찰차가 돌아다닐 가능성도 별로 없었다. 차량검문소 목록을 살펴본 바로 가장 가까운 경찰 바리케이드는 서쪽으로 25킬로미터가량 떨어진 큰 교차로에 있는 게 고작이었다. 여기 오는 길에도 쉽게 피해 왔고, 농가로 돌아갈 때도 쉽게 돌아갈 수 있을 것이다.

킹이 명령을 따르지 않는다고 하더라도, 설령 지금 이 순간 경찰차가 검정 캐딜락을 따라오고 있다고 하더라도, 계획은 여전히 안전하기만 했다. 이 계획이 그토록 멋진 이유 중 하나는 어디로 가게 될지 아는 사람이 킹밖에 없으며, 그조차도 조금씩만 알려 주기 때문에 제3자에게 의미 있는 정보를 전달할 수 없다는 데에 있었다. 전기회사 정비소는 커브를 막 돌아간 자리에 있었다. 경찰이 킹을 뒤따라온다고 하더라도 들키지 않으려면 상당한 거리를 두어야 할 것이다. 들켰다가는 아이가 위험할 테니 뒤따르는 경찰은 선두차량보다 한참 뒤에 있을 수밖에. 여기서 8킬로미터 떨어진 지점에 이르면 킹은 에디에게 이를 알릴 것이다. 그러면 에디는 킹에게 차를 길가로 붙인 다음 오른쪽 창을 내리라고 할 것이다. 그런 다음 다시 움직이라고 한다. 정비소에서 8백 미터 떨어진 지점에 이르면 에디는 킹에게 곧 커브가 나올 거라고 말해줄 테고, 커브를 돌자마자 속력을 늦춰 차를 세우고 돈이 든 판지 상자를 창밖의 길 오른편에 있는 덤불 안으로 집어던지라고 할 것이다. 그런 다음 가능한 한 빨리 이 지점을 벗어난 뒤 계속해서 전화를 통해 전달되는 지시사항을 따르도록 한다.

이 계획의 멋진 점이 바로 거기에 있었다. 따라오는 경찰차의 시야에는 상자를 던지는 순간이 들어오지 않는다. 경찰이 전기회사 정비소에 접근할 즈음이면 킹은 멀어진 다음이다. 경찰은 상자를 던지는 것도 보지 못하고, 그런 일이 벌어졌다는 사실조차 모른 채 따라가기만 할 것이다. 에디는 킹에게 계속 지시를 내린다. 샌즈 스핏 맨 끝까지 가게 한 다음 반도 끝에서 차를 돌려 다른 길을 타고 도시로 돌아오게 한다. 뒤따르는 경찰차가 있다 한들 앞서 가는 차를 따라다닐 뿐이다. 에디는 사이가 돈을 챙겨 농가로 돌아올 때까지 계속해서 킹에게 지시를 내린다. 사이가 문간에 들어서면 송신을 멈춘다. 그다음이야 킹이—그리고 경찰이 있다면 경찰도— 알아서 할 일이다. 어디든 가고 싶은 곳으로 알아서 가라지. 원한다면 전기회사 정비소로 돌아와도 상관없다. 사이는 오래 전에 자리를 떴을 테니까.

그런즉, 실로 멋진 계획이었다.

그런데도 초조했다.

무언가 잘못될 거라는 기분이 집요하게 파고드는 것을 떨칠 길이 없었다.

그렇지만 그게 무엇인지는 알 수 없었다.

그는, 그러니까, 성경을 읽는 사람은 아니었다.

온유한 자가 세상을 물려받으리란 것마태복음 5장 5절을 알지 못했다.

에디 폴섬이 시가지 지도를 살펴보며 말했다. "좋아, 이제 블랙 록 스팬에 접어들면 요금소가 있을 거다. 요금은 쿼터, 이십오 센트다. 지금 주머니에서 잔돈을 꺼내 준비해라. 징수원에게 백 달러짜리 지폐를 건넨다거나 해서 시선을 끌지 마. 그리고 아무 말도 하지 마라. 경찰이 따라와 봐야 좋을 것 하나도 없다. 돈을 둘 때쯤 경찰이 하나라도 보였다간 전부 취소하고 아이를 죽이겠다. 알겠나, 킹선생?"

"그래, 알았다." 카렐라가 대답했다.

"좋아. 요금소를 통과해서 다리로 가라. 다리를 빠져나올 때쯤 말하면 다음에 할 일을 알려 주겠다. 어디로 가게 될지 아직 모를 테니까 요금을 받는 경찰에게 무슨 말을 하든 소용없어. 서툰 짓을 하면 아이를 죽인다."

남편의 말을 듣고 있던 캐시는 그 말에 움찔했다.

아이를 죽인다.

아이를 죽인다.

내 남편이.

내 잘못이야.

차 안에서, 스티브 카렐라는 뒷주머니로 손을 가져가 지갑을 꺼냈다. 배지가 가죽에 꽂혀 있는 부분을 황급히 펼쳐 배지를 뽑은 다음 수첩을 꺼내어 서둘러 갈겨 적었다.

경찰 본서에 연락 요망. 카폰에 전파를 보내서 킹에게 연락 중이라고 알릴 것. 위치 추적 시도 바람. 긴급!

스티브 카렐라 형사

카렐라는 배지를 쪽지에 꽂은 다음 25센트짜리 동전을 꺼내고는 킹에게 조수석 창 쪽을 요금을 받는 부스에 붙이라고 손짓했다.

"아직 요금소에 도착하지 않았나, 킹?" 에디가 물었다.

"막 다가가는 중이다." 카렐라가 말했다.

"잔돈은 준비했나?"

"그래, 이십오 센트짜리로 준비했다."

"좋아. 허튼 수작은 마라."

차는 천천히 요금소 곁에 멈춰 섰다. 카렐라는 근무 중인 제복 경관에게 동전과 쪽지와 배지를 건네며 짧게 고개를 끄덕여 보였다. 킹은 다시 차를 몰아 다리를 건너는 자동차들의 끊임없는 대열 속으로 파고들었다.

"이제 다리를 다 건넜을 텐데. 맞나?" 에디가 물었다.

"그렇다." 카렐라가 대답했다.

"좋아, 좌회전해라. 캄스 포인트로 빠지지 말고. 미드 샌즈 고속도로라고 적힌 큰 간판이 있는 도로를 타라."

남편 뒤에 선 캐시는 시가지 지도에 있는 표시들이 의미하는 바를 파악하기 시작했다. 빨간 동그라미를 두른 지점은 더글러스 킹의 집이 분명했고, 빨간 선으로 칠해진 경로는 지금 에디가 킹에게 지시하는 경로였다. '농장'이라고 표시된 곳은 당연히 스탠베리 로에서 8백 미터쯤 떨어진 레어레인 로에 있는 이 농가를 가리키겠지. 그럼 파란 별로 표시한 저 곳은……?

"십칠 번 출구가 나올 때까지 계속 가라. 알아들었나, 킹?"

"알아들었다."

빨간 선이 파란 별을 그대로 지나쳐 곧장 반도 끝까지 이어졌다가 다시 방향을 틀어 도시로 돌아오고 있었기 때문에 파란 별이 왜 있는 것인지 이해하기 어려웠다. 돈을 두는 곳이…….

그렇구나.

파란 별은 사이가 숨어 있는 장소를 가리킨다. 킹이 돈을 둔 다음 계속 이동하게 해서 해당 장소에서 멀어지도록 하는 한편, 뒤따라올지도 모를 추적자들을 혼란시키려는 속셈이다. 당연하지. 그렇다면 사이 바너드가 숨어 기다리는 곳은…….

캐시는 지도를 더 자세히 살펴보았다.

……탠터마운트 로, 127번 도로에서 커브를 막 돈 지점이다.

"에디."

"지금 말을 걸면 어떡해!" 에디는 한 손으로 마이크로폰을 감싸며 소리쳤다.

"에디, 여기서 나가자. 제발, 제발."

"안 돼!" 그런 다음 에디는 마이크로폰에 대고 물었다. "지금은 어딘가, 킹?"

"십오 번 출구에 접근 중이다."

"십육 번을 지날 때 말해라."

"알았다." 카렐라는 전화기 송화구를 가렸다.

"우릴 어디로 가게 하는 것 같습니까?" 킹이 물었다.

"글쎄요. 반도 바깥 어디쯤일까요." 카렐라는 고개를 내저었다. "그것만 안다면……."

사이 바너드는 다시 손목시계를 보았다.

이제 얼마 남지 않았다. 어서, 에디. 놈들을 재촉하란 말이야. 금덩어리를 이쪽으로 보내라고. 놈들은 던지고, 나는 줍고, 그런 다음 안전하게 농가로 돌아가는 거야.

어서. 제발. 서둘러.

사이는 자기도 모르게 기도하고 있었다.

"이게 뭐 같나, 해리?" 제복 경관이 물었다.

근처 요금 징수 부스에서 오토바이 운전자에게 거스름돈을 건네던 경찰이 대꾸했다. "뭐?"

"잠깐 그 라디오 소리 좀 줄여 봐."

"그러지." 볼륨이 줄어들었다. "뭔데?"

"웬 녀석이 방금 주고 갔어. 이게 뭐 같아?"

해리는 배지와 쪽지를 살펴보았다. "이게 뭐 같으냐고? 이 멍청아, 형사잖아! 얼른 전화 걸어!"

"진짜인 줄 어떻게 알아?"

"이거 보세요, 이런 배지는 아무 데서나 파는 게 아니거든요!"

"본서 스나이더 형사입니다."

"저는 순찰 경관 엄버슨, 배지 번호 육삼사오칠입니다. 블랙 록 스팬의 요금소에 있습니다."

"그래, 뭔가, 엄버슨?"

"검은색 캐딜락 한 대가 막 요금소를 통과했습니다. 거기 탄 남자가 배지와 함께 본서에 연락해 달라는 쪽지를 주고 갔습니다."

"어떤 배지인데?"

"형사 배지요."

"번호가 어떻게 되나?"

"잠시만요." 짧은 침묵이 흘렀다. "팔칠일이 번입니다."

"그래서 뭐라고 적혀 있는데?"

"카폰에 전파를 보내서 킹에게 연락 중이라고 본청에 알리랍니다. 위치 추적해 달라고 하고요. 무슨 의미가 있는 얘깁니까?"

"킹에게 연락……." 스나이더 형사는 어깨를 으쓱였다. "내가 막

출근해서 말이야. 난 짚이는 게 없는데. 배지 번호를 조회해서 진짜 배지인지 알아보지. 그 사람 이름이 뭐라고 그랬지?"

"킹입니다."

"킹이라고? 스모크 라이즈 유괴 사건의 그 사람이랑 이름이 같……," 스나이더의 목소리가 뚝 끊겼다가 별안간 터져 나왔다. "이런 젠장!"

"그만둬, 에디." 캐시가 말했다. "끝내라고. 아이를 데리고……,"

"아무것도 그만둘 생각 없어!" 에디는 단호했다. "난 이 일을 해야 해, 캐시! 해야만 한다고!"

"제발. 날 사랑한다면, 내 말을 듣고……,"

"막 십칠 번 출구를 통과했다." 카렐라가 말했다.

"좋아. 십칠 번에서 나와 북쪽으로 네 블록을 가라. 그런 다음 다시 차를 돌려 지금 있는 출구 아래에 있는 큰 길 입구까지 가라. 반대쪽으로 가는 거야. 출구 하나를 지나서 십오 번 출구까지 간다. 도착하면 말……,"

"아이는 스탠베리에서 팔백 미터 떨어진 페어레인 로의 농가에 있어요!" 캐시가 갑자기 통신 중인 마이크로폰에 대고 소리쳤다.

"이게 뭐하자는……," 에디는 캐시 쪽으로 몸을 돌렸지만 이미 늦은 뒤였다. 비밀은 폭로되었고 캐시의 입에서 말이 쏟아져 나오고 있었다.

"사이 바너드가 차를 기다리는 곳은……."

"캐시. 그만해. 미쳤어?"

"……탠터마운트 로 백이십칠 번 도로 모퉁이 부근이에요."

"저거 들었습니까?" 카렐라가 소리쳤다.

"들었습니다." 킹이 대답했다.

카렐라는 수화기를 걸대에 내리꽂았다. "탠터마운트 로 백이십칠 번 도로로 갑시다. 곧장 가다가 이십이 번 출구에서 나가요. 밟아요. 속도제한 같은 거 신경 쓰지 말고." 그는 다시 수화기를 집어들고 교환의 응답을 기다렸다.

"어디로 연결해 드릴까요?"

"경찰입니다. 당장 본서로 연결해 줘요."

"알겠습니다!"

사이 바너드는 차 안에 앉아 열다섯 번째 담배를 피우고 있다가 검은 캐딜락이 커브길을 도는 모습을 보았다.

이거다. 이거야.

차가 천천히 멈추었다. 오른쪽 창문이 열렸다. 사이는 두 손이 창밖으로 나오기를, 돈을 담은 판지 상자가 덤불 속에 떨어지기를 기다리며 지켜보았다. 대신 문이 열리더니 손에 총을 든 사내가 뛰쳐나왔다.

이게 무슨……? 사이는 자신에게 어떻게든 경고해 주지 않은 에디를 향해 욕설을 내뱉었고, 자신에게 경고해 줄 방법이 없었음을 깨닫고는 욕설을 그만두었고, 대체 뭐가 잘못된 것인지 의아해했고, 열쇠를 돌려 시동을 걸었고, 몸을 수그렸다. 저 개자식이 총을 쏴대는 게 아닌가. 사이는 총을 든 사내를 향해 곧장 차를 몰아갔다. 사내는 계속 총을 쏘았다. 총알 두 방이 앞 유리창을 산산조각 냈지만 사이는 그대로 전진했고 다른 사내가 캐딜락에서 뛰쳐나오는 모습을 보았다. 쇄석으로 포장한 고속도로에 닿는 순간 총소리가 빗발치더니 차가 갑자기 요동쳤고 사이는 타이어가 맞았음을 직감했다. 뒤 유리창이 박살나자 여기서부터는 걷는 편이 낫겠다 싶었다. 덜덜거리는 차를 끌고 몇 미터쯤 더 간 다음 차가 멈추기 전에 뛰어내려 숲 속으로 달려들었다.

총을 든 녀석은 재장전 중이었다.

다른 녀석, 관자놀이가 희끗희끗한 키 큰 사내가 사이를 쫓아 달리기 시작했다.

사이는 즉시 권총을 뽑아 들고 몸을 돌려 두 발을 쏘았지만 빗나갔다.

그는 허둥지둥 숲 속을 내달렸다.

"포기해!" 쫓아오는 사내가 소리쳤다. "네 동료가 어디 있는지도 알고 있다!"

"지옥에나 가!" 사이는 다시 몸을 돌려 총을 쏘았지만 쫓아오는 덩치 큰 사내는 걸음을 늦추지 않았다. 사내가 쿵쿵거리며 사이를 따라 숲으로 뛰어들자 사이는 다시 총을 쏘았고, 또 쏘았고, 다음 순간 총은 비어 있었다. 그는 쓸모없어진 권총을 내던졌다. 주머니에 손을 가져가자 접이식 칼이 번뜩이며 나타났고, 그 순간 덩치 큰 사내가 지면에 박힌 바위머리를 돌아 다가왔다. 사이는 조용히 말했다. "거기 서!"

"서기는!" 더글러스 킹은 달려들었다.

칼이 킹의 오버코트를 길게 올려 베었다. 다시 휘둘러졌을 때는 더 깊게 파고들어 킹의 재킷을 찢고 살갗에 가는 핏줄기까지 그어 놓았다. 킹의 두 손은 사이의 목을 움켜쥐었다.

"이 개새끼! 이 더러운 개새끼!" 킹은 낮게 으르렁거리며 두 손을 조이고 또 조여 사이를 나무로 밀어붙였다. 칼은 이제 마구잡이로 번뜩이며 살을 노렸다. 사이의 목을 쥔 킹의 손아귀는 풀릴 줄을 몰랐다. 한때 가죽을 자르던 강인한 손이 조금도 느슨해지지 않은 채 말없이, 냉정히, 잔인하게 사이의 머리를 나무에 박아댔고, 조용히 늘어진 손가락 틈새로 칼이 떨어졌다.

정신없이 두들겨 맞아 현기증이 나는 탓에 사이 바너드는 웅얼거리는 게 고작이었다. "한…… 한 번만 봐 줘."

킹은 이런 순간 「드래그넷」에서 늘상 하는 대꾸를 알지 못했다. 그는 카렐라가 수갑을 들고 올 때까지 사이를 붙들고 있었다.

그걸로 끝이었다.

본서의 연락을 받은 순찰 경관들이 농장 앞마당으로 몰려와 경찰차를 세웠다. 리볼버를 뽑아 들고 문 옆에 자리를 잡은 다음 귀를 기울였다. 집은 조용했다. 순찰 경관 하나가 조심스럽게 문고리를 돌려 보니 문이 가볍게 열렸다.

여덟 살짜리 소년이 어깨에 담요를 두른 채 방 한가운데에 펼쳐진 소파 침대에 앉아 있었다.

"제프니?" 순찰 경관이 물었다.

"네."

"괜찮아?"

"네."

순찰 경관은 방을 살펴보았다. "여기 같이 있는 사람 없니?"

"없어요."

"어디 갔는데?" 다른 순찰경관이 물었다.

제프 레이놀즈는 한참 동안 대답을 망설이다가 입을 열었다. "누구 말이에요?"

"널 여기 잡아 두고 있던 사람들 말이야."

"여기 잡아 둔 사람 같은 거 없는데요."

"응?" 처음에 들어온 순찰 경관이 검정색 수첩을 펼쳐 보았다. "자, 봐." 그는 아이라기보다는 당황한 어른을 상대하는 것처럼 참을성 있게 말했다. "카렐라라는 형사님께서 카폰으로 본서에 전화하셨어. 네가 스탠베리에서 팔백 미터 떨어진 페어레인에 있는 농가에 갇혀 있다고 하셨지. 그래서 우리가 이렇게 왔단다. 그분은 또 캐시라는 이름의 아가씨가 라디오 마이크로폰을 통해 소리쳐 정보를 알려 주었고 남자 한 명도 함께 있을 거라고 하셨어. 그 사람들은 지금 어디 있니? 어디로 갔어?"

"누구 얘기를 하는 건지 모르겠어요. 사이가 나간 다음에는 내내 혼자 있었는걸요."

두 순찰 경관은 서로를 바라보았다.

그중 하나가 말했다. "쇼크 상태인가 봐."

제프는 자기 이야기를 고집했다.

그리고 삶이 조그마한 깜짝 선물이라도 마련해 두었던 것인지 사이 바너드도 아이의 거짓말을 거들었다. 도대체 경찰이 누구 얘기를 하는 건지 모르겠다. 캐시라는 이름은 알지도 못한다. 나 혼자 일을 계획하고 실행에 옮겼던 거다.

"넌 거짓말을 하고 있고 우린 그게 거짓말이라는 걸 알아." 번스 경위가 말했다. "그 송신기를 조작하려면 누군가는 거기에 있어야 했으니까."

"화성인이라도 있었나 보지." 사이가 대꾸했다.

"거짓말해서 얻을 게 뭐가 있다고 그러는 거야?" 카렐라가 물었다. "누구를 보호하려는 거냐고? 그 여자가 널 팔아넘긴 장본인이라는 걸 몰라?"

"무슨 여자?"

"캐시라는 이름의 여자 말이야. 그 여자가 고래고래 소리 지를 때 남자가 이름을 외쳤단 말이다."

"캐시라는 여자는 모르겠는걸."

"뭐야, 너희들끼리 무슨 의리라도 지키는 거야? 패거리의 규율이라도 돼? 부는 놈은 안 받아 준다. 뭐, 그런 거야? 그 여자는 널 정확히 어디서 찾으면 되는지 말해 줬다니까, 바너드!"

"내내 나 혼자 한 일인데 대체 누가 얘기해 줬으려나." 사이는 주장을 고집했다.

"우린 놈들을 잡을 거야, 바너드. 네놈이 돕든 말든."

"그러셔? 있지도 않은 사람을 어떻게 잡겠다는 건지 모르겠네."

"나를 토하고 싶게 하는 게 하나 있는데 말이야." 파커가 말했다. "바로 의리 지키는 도둑놈들이야."

"그럼 토하시든가." 사이가 대꾸하자 파커가 느닷없이 그를 매섭게 후려쳤다.

"그년 성이 뭐야?"

"누구 얘긴지 모르겠다니까!"

파커가 다시 쳤다.

"캐시, 캐시, 캐시 뭐냐고?"

"누구 얘긴지 모르겠다고."

"대체 무슨 수작질이야? 누구 얘긴지 모를 리가……."

"수작 부리는 거 아니야."

파커가 주먹을 치켜들었다.

"손 치워, 앤디." 카렐라가 말했다.

"이 자식을……."

"손 치우라고." 카렐라는 사이를 돌아보았다. "이래 봐야 좋을 거 없어, 바너드. 네 친구들에게도 좋을 거 없고. 우리가 잡을 테니까.

넌 그냥 시간만 조금 벌어 준 것뿐이야."

"녀석들에게 필요한 게 그 시간인지도 모르지." 사이가 말했다. 목소리에 문득 슬픔이 깃들었다. "모두들 필요한 거라곤 약간의 시간뿐인지도."

"집어넣어." 번스가 말했다.

14

87분서 형사실, 스티브 카렐라 형사는 제프리 레이놀즈 유괴 사건에 대한 최종 보고서 타이핑을 마무리했다. 11월 말의 차디찬 날로 책상에 올려 둔 커피 잔에서 솟아오르는 김이 전해 주는 안온함만 빼면 형사실은 온통 우중충했다. 긴 창을 뒤덮은 쇠그물창살에 걸러진 11월의 희뿌연 햇빛이 바닥에 창백한 금빛 조각을 남겼다. 카렐라는 타자기에서 보고서 3부를 뽑아 먹지에서 떼어 내고 마이어 마이어를 향해 몸을 돌리며 말했다. "끝."

"이야기는 이걸로 끝." 마이어가 말했다. "「아이솔라 지라시」의 스타 기자 스티브 카렐라가 또 다시 서른 쪽짜리 눈부신 기사를 뽑아내다. 정의는 또 한 번 승리를 거둔다. 사이 바너드는 감옥에서 썩는다. 경찰은 환호한다. 대중의 안전을 위협하는 또 하나의 협박은 제거되었다. 스타 기자 스티브 카렐라는 담배에 불을 붙이고 죄와 벌, 정의와 언론의 권력에 관해 묵상한다. 카렐라 만세, 군중들이 소리친다. 카렐라여, 만수무강하소서. 군중들이 포효한다. 카렐라를 대통령으……,"

"시끄러워." 카렐라가 말했다.

"그러나 무대 뒤에 있던 자들의 운명은?" 마이어는 장엄하게 물었다. "캐시라고만 알려진 신비의 여인은 어찌되는 것인가? 저 외지고 황량한 농가에서 마이크로폰에 대고 그녀의 이름을 부르짖었던 남자는 또 어찌된 것인가? 그들은 지금 어디에 있는가? 당연히 궁금할 것이다. 용감무쌍한 스타 기자조차 모르는 판이니."

"아마 이 나라를 떠났겠지. 행운을 빌어 주고 싶군."

"아니 대체 왜? 유괴범한테?"

"애들은 강아지와 같아. 제프 레이놀즈가 누군가의 손을 물지 않겠다고 했다면 그건 그 손이 친절을 베풀었기 때문이겠지. 내 생각은 그래. 이 모든 일 뒤에 뭐가 있는지 누가 알겠나, 마이어? 바너드는 입을 다물고 있고, 앞으로도 다물고 있을 거야. 밀고자라는 낙인이 찍히느니 전기의자에 앉을 놈이지. 입을 다문 덕분에 놈은 캐슬뷰 감옥에서 경찰도 꺾지 못한 악당이라며 거물 대접을 받고 있거든. 좋아, 영광의 날을 누리시게 내버려 두자고. 누구에게나 영광의 날이 오기 마련인지도 모르지." 카렐라는 잠시 생각에 빠졌다. "캐시. 멋진 이름이야."

"아무렴. 멋진 여자이기도 할걸." 마이어가 말했다. "유괴에 가담했다 뿐이지."

"모르는 일이잖나. 어쩌면 제프 레이놀즈의 호의를 받을 만한 여자인지도. 누가 알겠나?"

스티브 카렐라의 냉혹한 눈이 부드러워졌다. "이 스타 기자의 딱딱해 보이는 가슴 속에는 나이 든 세탁부의 심장이 뛰고 있다니." 마이어는 한숨을 내쉬었다. "다음에는 누구를 세탁해 주지? 더글러스 킹?"

"그 사람은 벌을 받았어."

"제 놈이 자초한 짓이지. 모든 일이 끝나고 난 다음 그 자식이 가장 기뻐했던 게 뭔지 알아? 그 망할 주식 거래가 성사돼서 제 놈이 그 빌어먹을 신발 회사 회장이 될 거라는 사실이었어. 그건 어떻게 생각하나, 스티브? 어떠냐고?"

"운을 주워 담는 사람도 있기 마련이잖아. 아내도 돌아왔다던데, 그것도 알고 있지?"

"알다마다. 왜 기생충 같은 놈들은 항상 보상을 받는 걸까?"

"착한 사람은 일찍 죽고 말이지." 카렐라가 마무리해 주었다.

"난 아직 안 죽었어."

"킹도 안 죽었지. 이 망할 사건에서 몸값을 낸 사람은 아무도 없을지 모르지만, 어쩌면 모두가 낸 건지도 몰라."

"설명이 필요하겠는데?"

"시간을 좀 줘 보란 얘기야. 그 사람도 칼날 앞에서 목숨을 걸 필요는 없었잖아."

"칼을 상대할 배짱이 있다고 해서 자기 자신을 상대할 배짱까지 있다는 얘기는 아니지."

"진주는 인고의 산물이나니. 시간을 줘 보라니까. 그는 자기가 바뀔 수 없다고 말했어. 하지만 난 그가 바뀌어야만 한다고, 그렇지 않으면 죽을 거라고 봐. 그 사람 아내가 왜 돌아갔다고 생각해? 할머니 길 건너시는 걸 도와 드려서?"

"그 자식한테 투자한 게 있으니까 돌아간 거지."

"맞아. 하지만 그레인저 제화에 투자한 건 아니야. 그 여자는 더 글러스 킹에게 투자했어. 그리고 내가 보기에 그 여자는 값이 떨어질 때는 주식을 팔 줄 아는 여자 같더군."

"자네 말조심하지 않으면 경제면으로 보내 버릴 거야."

"후우!" 앤디 파커가 팔을 옆구리에 부딪치고 발을 굴러대며 널빤지를 댄 칸막이 가로대가 달린 문으로 들어왔다. "밖이 더 추워지면 난 남극으로 이사 갈 거야."

"거리는 어때?"

"추워."

"내 말은……."

"알게 뭐야? 자넨 내가 이런 날에 범죄나 찾아다닐 것 같나? 내가 찾는 건 따뜻한 사탕 가게라고."

"다들 바뀐다고? 쳇. 앤디 파커가 변하는 날엔 나도 거리 청소부가 될걸." 마이어가 말했다.

"자넨 이미 거리 청소부야. 그 커피는 어디서 났어, 스티비?" 파커가 말했다.

"미스콜로."

"어이, 미스콜로!" 파커가 고함쳤다. "커피 좀 줘!"

"언젠가는 그도 죗값을 치를 날이 올 거야." 카렐라가 생각에 잠긴 어조로 말했다.

"엉? 누가 뭘 치른다고?" 파커가 물었다.

"킹 말이야. 자기 몸값."

"추운 날에 수수께끼는 싫어."

"그럼 왜 경찰이 된 건데?"

"엄마가 강제로 시켰지." 파커가 재촉했다. "미스콜로, 그 빌어먹을 커피는 어디로 간 거야?"

"간다, 가." 미스콜로가 되받아쳤다.

"이건 파일에 넣기 싫은데." 카렐라가 보고서를 읽으며 말했다.

"왜?" 마이어가 물었다.

"사건이 아직 끝나지 않았다는 생각이 들어서. 많은 사람들에게 이건 아직 끝나지 않은 사건이야."

마이어가 씩 웃었다. "자네 바람이 그렇단 거겠지." 그렇게 말하는 순간 커피가 도착했다. 미스콜로가 컵과 커다란 주전자를 들고 비틀거리자 향기가 코를 엄습했다. 사내들은 커피를 따라 마시며 음담패설을 나누었다.

형사실 밖에서 도시가 몸을 도사렸다.

1. 제보를 기다립니다

(우리나라에서 유독 성행하는) 번역서의 권말 해설이나 편집자/역자 후기 관행에는 다소 멋쩍은 구석이 있다. 물론 출발어와 도착어 양쪽에 능숙할 뿐만 아니라, 해당 작품을 여러 차례 읽어 잘 알고 있으며, 작품을 쓴 작가의 생애와 특성에도 밝고, 작품이 속한 장르에도 친숙하며, 그 동안 작품을 둘러싸고 벌어진 다양한 담론을 두루 꿰뚫고 있을 뿐만 아니라, 자기 글도 잘 쓰는 그런 전지전능한 역자가 옮긴 이상적인 번역서라면, 출간을 기회 삼아 전문가의 견해를 접해 보는 것도 나쁘지는 않으리라. 그러나 세상일이란 늘 이상대로만 되는 것은 아니어서, 그 분야의 가장 빼어난 고수(애초에 그런 사람을 가려낼 수 있기나 하다면 말이지만)가 번역을 맡은 책보다는 그렇지 못한 책이 훨씬 많기 마련이다. 그런 상황에서 후기를 독촉당한 역자는 다소간의 민망함을 감추지 못한 채 ① 한 사람의 독자로서 번역서에 관한 자신의 소감을 늘어놓는 것으로 만족하거나, ② 벼락치기 공부를 하여 고수의 전문적인 해설 방식을 흉내 내려 발

버둥치곤 한다. 그래도 일이 거기서 마무리되어서 역자 한 사람의 창피함으로 끝나면 오죽 좋으련만, 가끔은 또 그렇게 쓴 해설이 활자화된 글 특유의 권위를 획득한 채 독자들의 감상문 속에서 확대 재생산되는 사태가 벌어질 때조차 있으니, 이만저만 민망한 일이 아닐 수 없다.

안타깝게도 이 책 『킹의 몸값』 또한 이상적인 소수에는 들지 못해서, 우리나라 제일의 에드 맥베인 전문가(어디 계신가요?)와 만나는 행운을 누리지는 못했다. 따라서 본 후기에서는 감히 총 55권에 이르는 87분서 시리즈 전체 흐름 안에서 『킹의 몸값』이 차지하는 위치를 조망하거나, 범죄 소설의 기나긴 역사 안에서 유괴라는 주제가 다루어져 온 방식을 검토하고 『킹의 몸값』만이 갖추고 있는 개성을 확립하거나 연보를 제시하며 작가의 작품 세계와 생애를 들이파는 따위의 연구를 감행하지는 않고자 한다. 이 글은 다만 역자로서 맥베인의 문장을 다루며 느낀 바와 그를 통해 파악한 작품의 한두 가지 성격, 그리고 간략한 소회만을 짧게 늘어놓고 있을 뿐이다. 그외의 여백은 독자 여러분께서 채워 주시기를 바라마지 않는다.

2. 그/녀는 말을 멈추었다

맥베인의 글을 옮기는 내내 가장 역자를 쩔쩔매게 했던 것은 수식이 화려한 장문이나 상응하는 한국어를 바로 떠올리기 어려운 영어권 고유의 낱말이 아니라, 뜻밖에도 'pause'라는 단순한 표현이었다. 맥베인은 이 표현을 너무나도 아낀 나머지 걸핏하면 대화문 사이에 집어넣곤 한다. 'All right, they were our friends. They're not anymore.' King paused. 'He was making me look bad.' 하는 식으로.

이때 'pause'가 직접적으로 가리키는 바는 단순하다. 말을 하던 사람이 잠시 말을 멈추었다는 뜻이다. 하지만 역자로서는 이 표현이 나올 때마다 기계적으로 '그/녀는 말을 멈추었다'로 옮기기는 망설여진다. 'pause'는 아예 입을 닫아 버리는 것이 아니라 잠시 말을 끊는 정도에 가까워서, 하던 말을 멈추는 행위일 뿐만 아니라 숨을 고르며 뒤이어 나올 말을 예비하고 연결하는 행위이기도 하기 때문이다. 그런 함의를 간과한 채 기계적인 번역을 가할 경우 영어에서는 별 탈 없었던 문장의 흐름이 한국어에서는 어색해질 위험이 있다. 그리하여 이 책에서 'pause'는 '말을 멈추었다' 외에도 '잠시 입을 다물었다가 덧붙였다', '그러고는 다시 덧붙였다', '말을 이었다', '잠시 말을 골랐다', '잠시 뜸을 들였다' 등 다양한 모습을 취하게 되었다.

그런데 맥베인은 거기서 그치지 않고 몇몇 다른 낱말도 'pause'와 비슷한 방식으로 활용한다. 's/he said', 's/he called', 's/he answered' 등등. 물론 이는 영어권 소설에서 대사를 누가 말하고 있는지를 표시해 주기 위해 관습적으로 사용하는 표현이기는 하지만, 맥베인은 유달리 이에 심취하여 위와 같은 표현을 거의 문장부호처럼 활용하는 경향이 있다. 특히 그는 인물이 한 대사를 단숨에 끝까지 말하도록 하는 대신 대사를 중간에 잘라내고 그 사이에 말하는 사람의 기분이나 몸짓을 묘사하는 짤막한 동사나 부사를 끼워 넣기를 지나치게 좋아한다. 흡사 소설이 아니라 희곡의 지문이라도 쓰는 듯한 태도다.

그런 대목들이 종종 야기하는 난관 앞에서 투덜대다가, 어쩌면 그것이야말로 맥베인의 취향과 기질을 가장 잘 드러내는 흔적인지도 모르겠다는 데에 생각이 미쳤다. 『킹의 몸값』뿐만 아니라 기존에 출간된 다른 87분서 시리즈를 통해서도 확인할 수 있는 바이지만, 맥베인은 종종 끊임없이 말이 오가고 있다는 사실 자체를 너무나 즐거워하는 모습을 보인다. 그는 한 사람이 대단한 사상을 담은 일장연설을 늘어놓거나 정곡을 찌르는 대사를 툭 던져 좌중을 압도하는 순간보다는, 설령 말 하나하나에는 대단한 의미가 담겨 있지는 않더라도 누군가가 다른 누군가를 향해 계속해서 말을 건네며 테니스공처럼 언어를 주고받는다는, 발화 행위 자체의 현장감과 리듬감을 사랑하는 작가다. 따라서 어떤 말을 어디에서 끊어 말할 것인가, 그리고 그런 말을 하고 있는 인물이 어떤 자세를 취하고 어디를 바라보며 어떤 음색으로 말하는가가 더없이 중요해진다. 이때 'pause'를 비롯한 지문성 표현들은 단지 누가 대사를 말하는지를 보여 주기 위해서만 존재하는 것이 아니라, 글말로는 다 전달하기 어려운 대화의 호흡, 그 음악적인 흐름을 독자의 독서 과정 자체에 반영하기 위한 장치다. 이것이 한 사람의 주인공이 아닌 여러 사람이 한데 뒤얽히고 협력하고 불화하며 거미줄처럼 이야기를 짜 나가는 87분서 시리즈의 성격에 어울리는 태도임은 물론이다.

그렇기에, 소설을 번역하는 자라면 응당 그래야하는지도 모르겠지만, 특히 『킹의 몸값』을 옮기면서는 역자가 직접 등장인물이 되어 말을 내뱉어 보는 과정을 거치고자 애썼다. 어떤 장면은 유독 괴로 웠고(킹과 다이앤이 몇 페이지에 걸쳐 부부싸움 하는 장면), 또 어떤 장 면은 각별히 즐거웠다(에이드리언 스코어가 등장하는 장면). 독자 여러 분께서도 책을 읽어 나가시는 동안 여기 등장하는 사람들의 저마다 다른 목소리가 어우러지고 흐트러지는, 그 (불협)화음에 귀를 기울 여 주신다면 기쁘겠다.

3. 그/그녀가 돌아보았다

'pause'만큼 까다롭지는 않았지만, 그만큼 다양하게 변용해야 했 던 또 다른 표현으로 'turn to'가 있다. 『킹의 몸값』에는 'turn to'라는 표현이 자주 등장하는데, 영어권의 저자가 속 편하게 두 어절로 적 어 놓은 이 표현 앞에서 한국어권의 역자는 갖은 상상력을 발휘해 야만 했다. 사정인즉, 이 'turn to'는 to 이하의 방향으로 (무엇을?) 돌 렸다는 표현인데, 이게 말이 쉬워서 돌렸다는 거지 실상은 고개만 돌렸을 수도 있고, 상반신을 틀었을 수도 있고, 아예 전신을 좌향좌 우향우로 돌렸을 수도 있으며, 아니면 발걸음을 돌렸을 수도 있는 지라 도무지 함부로 옮길 수 없었던 탓이다.

앞서 살펴본 'pause'가 대사를 내뱉는 인물의 기분이나 말투를 생 각해 보도록 이끈다면, 'turn to'는 인물이 공간 안에서 차지하는 위 치와 동선에 관해 생각해 보도록 이끈다. 아닌 게 아니라 『킹의 몸값』은 87분서 시리즈의 다른 작품과 비교해 보더라도 유독 공간 감각을 일깨우는 기질이 있다. 주요한 사건이 벌어지는 무대는 킹 저택의 응접실과 사이 일당이 은신처로 삼은 농가의 응접실로 한정된다. 그리고 맥베인은 이 응접실에 한꺼번에 여러 사람을 밀어 넣은 다음 각자의 입장에 따라 위치를 배정한다. 각자가 사건에 관해 생각하고 말하는 내용 이전에, 그들이 어디에 서거나 앉은 채 공간을 점유하고 있는가 하는 문제가 사람들 사이의 관계를 드러낸다. 캐머런은 임원 회의가 벌어지는 동안 멀찍이서 바를 점거한 채 모두를 관찰하면서 킹에게 넌지시 미소를 보내고, 킹과 레이놀즈는 응접실 전체를 텅 비워 놓고 양 극단에서 서로 마주본 채 대화를 나누고, 캐시는 틈만 나면 응접실의 창가에 붙어 서고 등등.

이와 같은 공간에 관한 의식을 좀 더 확장해 보자면, 서술자가 집 전체를 돌아다니는 대신 응접실이라는 공간에만 관심을 집중한다는 점도 흥미롭다(물론 여기에도 다이앤의 방과 같은 예외가 있기는 하지만). 가령 독자는 킹 저택의 부엌이나 사이가 총을 넣어 둔 농가의 침실에는 결코 들어갈 수 없다. 등장인물들은 자유로이 드나드는데도 말이다. 이 응접실이라는 선택받은 공간은 그 위치상 생활공간과 출입문 사이를 연결하는 통로처럼 활용되고, 실제로 『킹의 몸값』은 다양한 인물이 이곳에 입장하거나 퇴장하기를 반복하는 과정을 따라 이야기의 흐름을 나누어 나간다. 새로운 인물이 입장하면 사건에는 변화가 생기고, 있던 인물이 퇴장하면 정보의 결락이 생기거나 감정의 여운이 남은 사람들 사이를 맴돌게 된다. 그런즉 『킹의

『몸값』에서 응접실은 단순한 배경이 아니라 갈등의 밀도를 조절하고 이야기 전개의 리듬을 관장하는 맥베인의 가장 주요한 무기 중 하나다.

아울러 이러한 공간 연출 안에서 소리가 또 다른 주요한 장치로 활용된다는 점도 지적해 두고 싶다. 이 작품의 대화를 단지 대사의 언어적 의미를 전달하는 과정만이 아니라 발화 행위 자체로서도 받아들일 필요가 있다고 말했던 것과 같은 맥락인데, 『킹의 몸값』에서는 갑작스레 터져 나오는 외침이나 비명, 혹은 느닷없이 내려앉는 침묵이 사태를 급박하게 몰고 가거나 차마 입 밖으로 꺼낼 수 없는 아픔을 전달하는 데에 일조한다. 그리고 이러한 소리는 기본적으로 넓고 적막한 응접실이라는 공간 안에서 더욱 증폭된다. 이와 같은 청각적 연출이 가장 돋보이는 예는 유괴당한 아이가 바비가 아니라 제프임을 깨닫는 순간이겠지만, 그 외에도 처음 아이들이 등장하는 대목이나 캐시가 사이의 샤워 소리를 듣는 장면 등 다양한 사례를 작품 전반에 걸쳐 확인할 수 있다.

4. 맥베인을 읽은 구로사와

이상에서 간략히 살펴본 특성은 어쩐지 소설에 관한 이야기라기보다는 연극이나 영화 연출에 관한 이야기처럼 들리기도 한다. 과연 그러한 요소에 영감을 받았는지 어땠는지, 『킹의 몸값』은 출간 후 4년 만에 태평양 건너 일본에서 걸출한 영화로 만들어지기에 이르렀으니, 그것이 바로 구로사와 아키라 감독의 「천국과 지옥」이다. 흔히들 원작 소설만한 영화는 없다고들 하지만, 「천국과 지옥」은 원작의 꽁무니를 좇는 데에만 심혈을 기울이기보다는 『킹의 몸값』의 설정을 출발점으로 삼되 그것을 20여 년 동안 구축된 구로사와적 세계관에 맞게 변용하기를 주저하지 않았고, 결국 구로사와라는 한 작가의 경력에서뿐만 아니라 일본영화사 혹은 범죄영화사 안에 크나큰 자취를 남겼다. 아마 영화애호가라면 「천국과 지옥」의 명성 덕분에 『킹의 몸값』이라는 작품의 존재를 알게 된 경우가 더 많지 않을까 조심스럽게 추측해 본다.

두 작품의 차이는 무엇보다도 제목에서 드러난다. 『킹의 몸값』이라는 제목은 이야기의 초점을 무엇보다도 더글러스 킹이 맞닥뜨린 윤리적 갈등에 맞추도록 이끈다. 몸값을 낼 것인가 말 것인가, 더글러스 킹의 목숨 대 제프 레이놀즈의 목숨. 맥베인은 이 질문에 대한 최종 답변을 가능한 한 뒤로 미루면서 경쟁 사회에서 살아남는 법에 익숙해져 버린 사업가의 본능과, 그럼에도 마음속 어느 한 구석에 남아서 꿈틀대는 인간의 도의를 충돌시키고, 둘 사이에서 천천히 갈기갈기 찢겨 나가는 한 사내의 초상을 바라본다. 그리고 그러한 초상은 작품 말미에 이르러 여전히 몸값을 내지 않겠다고 되뇌면서도 굳이 카렐라와 함께 차에 오른 뒤 자신의 선택을 정당화하기도 하고, 자신에게 의문을 던지기도 하는 킹의 모습에 이르러 절정을 맞이한다.

또한 맥베인은 이와 같은 주제를 킹이 없는 자리에서도 일관되게 이어나가고자 고심했던 듯하다. 킹 저택의 응접실이 유괴범들이 숨은 농가의 응접실과 쌍을 이루듯, 킹 저택을 떠도는 윤리적 문제가 농가에 와서도 사라지지 않기를 바라지 않았을까. 그리하여 맥베인은 킹이 마주한 문제를 킹 한 사람에게만 떠넘기는 대신 킹과 다이앤의 관계 안에서 발전시킨 다음, 다시 농가 쪽에는 캐시와 에디 커플을 등장시켜 같은 문제를 몸값을 받는 쪽에서도 다루도록 한다. 양쪽 모두 유혹에 시달리는 것은 남자이고, 그런 남자의 변화를 재촉하고자 행동에 나서는 것은 여자라는 점에서 두 커플의 닮은꼴은 한층 강화되며, 세부 사항의 차이가 있기는 하지만 결국 양쪽 모두 최종적으로는 선의지가 일시적인 승리를 거둔 상황에서 작품이 마무리된다. 두 커플의 선택이 각자의 관계에 어떤 결과를 낳았는지를 계속해서 추적하기보다는, 절체절명의 상황에서 터져 나오고야 마는 윤리적 결단과 변화의 가능성 자체에 주목하고자 한 작가의 일관성이 드러나는 선택이라 하겠다.

그런데 흥미롭게도 이것은 1940~50년대에 구로사와가 천착했던 주제이기도 하다. 전후 폐허가 된 일본에 자본주의의 물결이 밀려들고, 사람들이 숭앙하는 사회적 가치가 급변한다. 이때 그 안에서 어떻게 인간으로서의 도리를 지킬 것인가. 거리의 폭력배가 엄격한 의사에게 꾸지람을 들어 가며 점차 변화해 나가는 과정을 다룬 「주정뱅이 천사」나 권총을 도난당한 경찰의 절박한 수사 과정을 따라가면서 "아프레게르戰後" 세대의 풍경 안에서 기어이 선을 되찾고자 애쓰는 「들개」와 같은 작품이 그 예로, 이 작품들에서 구로사와는 끝없는 실망 속에서도 최후에 발휘되는 인간의 선의지에 기대고 싶어한다.

그러나 「천국과 지옥」을 만든 1960년대에 이르러 구로사와는 젊은 날의 낙관적인 믿음을 일정 부분 잃은 상황이었다. 문제는 개인의 의지가 아니다. 개인의 선택이 얼마나 고된 갈등을 통해서 나온 것이든 간에, 그 선택은 다시 더 거대한 사회 체제 안에 귀속된다. 더글러스 킹이 어떤 결정을 내리느냐보다도 대체 애초에 왜 이런 일이 벌어졌느냐가 더 중요해진다. 그러므로 이제 구로사와에게는 『킹의 몸값』에서 선의지를 앞에 둔 채 투쟁을 벌이는 두 개의 축, 다시 말해 킹 저택의 응접실—농가의 응접실이라는 축, 혹은 더글러스 킹—캐시라는 축이 빚어내는 병렬 관계를 대체할 다른 구조가 필요했다. 그 결과 나온 것이 바로 '천국'과 '지옥'이다.

영화에서 구두회사의 임원인 곤도는 도시 한가운데에 우뚝 선 언덕 위에 지극히 현대적인 집을 짓고 산다. 그의 응접실 외벽은 통유리로 되어 있어 커튼만 걷으면 도시 전체가 한눈에 내려다보인다. 가을을 배경으로 한 『킹의 몸값』과 달리 「천국과 지옥」은 일본의 여름을 무대로 삼았다. 영화 내내 푹푹 찌는 열기가 함께한다. 그러나 곤도의 저택에서만큼은 냉방장치의 가호가 늘 함께한다. 이 '위'가 바로 천국이다. 그리고 그 외의 모든 곳, 한여름의 열기를 온몸으로 받아 내면서 시궁창의 냄새 속에 살아가야 하는 곳, 어디를 가더라도 언덕 위의 하얀 저택이 자신을 감시하는 것만 같아 절로 증오의 눈길을 보낼 수밖에 없는 저 '아래', 그곳이 바로 지옥이다. 어쩌면 구로사와는 맥베인이 2장 도입부에서 묘사한 '스모크 라이즈'라는 지역의 특성, 그리고 5장 도입부에서 카렐라가 킹의 부유함 앞에서 불편함을 느끼는 대목에서 영감을 얻었는지도 모른다.

그러한 구도 안에서 영화는 이야기를 절반으로 나누어 앞에서는 '천국'만을 다루고 뒤에서는 '지옥'만을 다룬다. 몸값을 둘러싼 윤리적인 갈등은 '천국' 쪽에서 마무리 되며, 곤도-킹은 주인공의 자리를 박탈당한 채 사라진다. 남는 것은 '천국'에서 어떠한 선한 결정을 내린다 한들 바뀌지 않고 이해할 수도 없을 '지옥'의 풍경이다. 과연 개인의 결단만으로 그 거대한 단절을 넘어설 수 있을까? 구로사와는 회의 섞인 전망으로 답한다. (여담이지만, 흥미롭게도 이 '지옥'의 풍경을 목도하는 것은 맥베인의 87분서 형사들을 닮은 경찰들이며, 영화는 맥베인이 감식반 그로스먼 경위가 연구실에서 타이어 자국을 추적하는 과정을 꼼꼼하게 다루는 것처럼 유괴범의 흔적을 찾아 나가는 수사 과정 하나하나를 밀착하여 따라간다. 줄거리의 전개와는 별개로, 구로사와가 맥베인의 방법론에서 영향을 받은 또 하나의 흔적으로 보아도 좋지 않을까)

이와 같은 정리를 통해 단순히 구로사와의 영화를 맥베인의 소설과 대립시키거나, 어느 한쪽이 더 나아갔다거나, 심지어 둘 중 어느 예술이 더 낫다는 식의 편들기에 나설 생각은 없다. 다만 이를 독자가 소설을 읽음으로써 자신의 세계를 확장하고 자신의 표현을 찾아 소설을 향해 화답하는, 지극히 능동적인 독서 행위의 사례로서 찬미하고 싶을 뿐이다. 특히 영화 전반부 '천국' 편에서 선보이는 구로사와의 연출은 근사한 예를 제공한다. 여기서 구로사와는 맥베인이

제시한 공간에 관한 감각을 이어받아 끝까지 밀어붙여서, 총 143분의 상영시간 중 55분을 응접실에서만 버텨낸다(임원들이 떠나거나 경찰들이 도착하는 짤막한 대목은 제외). 맥베인과 마찬가지로 구로사와도 인물들이 응접실에 들고 나는 타이밍과 응접실에서 점유하는 위치를 소중히 여긴다. 다만 차이가 있다면 구로사와에게는 응접실이라는 공간 외에도 카메라가 만들어 내는 직사각형의 공간이 하나 더 있다는 것이다. 그리하여 구로사와는 인물들이 응접실뿐만 아니라 직사각형의 화면 안으로 들어오고, 자리를 차지하고, 빠져나가는 동선까지도 거의 무용처럼 유려하게 펼쳐 놓는다. 그중에서도 운전기사 아오키는 맥베인이 그려낸 레이놀즈보다도 더 말없이, 오직 화면 귀퉁이에 서서 곤도를 바라보았다가 고개를 돌리고 빠져나가기를 반복하는 것만으로 관객의 가슴을 미어지도록 한다. 소설과 영화가 하나의 이야기를 두고 각자의 언어로 대화를 나누는 아름다운 공명의 순간이자, 저자와 출판사와 역자 모두가 꿈에서 그리던 독자의 목소리를 듣게 되는 순간이다.

바라건대 그 목소리가 끝이 아니기를.

5. 진정한 역자 후기

논문 쓰는 방법을 배우던 어느 수업 시간에 한 교수님께서 이르시기를, 혹시 누군가에게 감사의 말을 전하고 싶을 때에는 논문 목차 앞에 간략하게 써도 좋지만 지도 교수에게 감사를 표하는 것만은 피하라고 하셨다. 그 이유인즉, 학생의 논문 작성을 돕는 것은 지도 교수로서 당연히 해야 할 일이기 때문에 그런 것을 두고 새삼스럽게 감사를 표하고 받기란 민망한 노릇이라는 말씀이셨다. 듣고 보니 과연 그럴 법도 했다. 같은 맥락에서, 경험이 일천한 역자에게 번역을 맡기겠다는 용단을 내리시고 꼼꼼한 교정으로 부족한 결과물을 다듬어 주신 피니스 아프리카에 박세진 대표에게는 아무런 감사의 말씀도 드리지 않고자 한다.

번역 과정에서 간접적/정신적으로 도움을 주었을지도 모를 가족 및 지인들이나 영화, 소설, 음악, 음식에까지 일일이 감사를 표했다가는 지면이 한없이 난잡해질 터이니 마찬가지로 그에 대한 감사도 생략하기로 한다. 그렇다면 번역 과정에 보다 직접적인 도움이 되었을, 말을 고르고 문장을 빚어내는 역자의 언어 능력 자체에 지대한 영향을 미친 요인들을 향해서는 감사를 표해야 할까? 그러나 그런 경우라면 아예 자서전을 쓰는 것도 모자라 사전에게도 감사를 표해야 할 판일 테니, 역시 생략하는 편이 좋으리라.

그러고도 여전히 감사해야 할 사람이 둘 남았다. 먼저 처음 번역 의뢰를 받았을 때 이 세계에 뛰어들어도 괜찮을 것인가 몹시 망설이던 역자를 다독여 내몰아 주고 이후 번역 과정 전반에 걸쳐 자문 역할을 맡아주신 박예정 님께 감사드린다. 흔히들 하는 말이지만, 박예정 님이 없었더라면 이 책은 존재할 수 없었을 것이다. 두 번째로 '젖 대신 당밀을 먹고 자란 듯한' 남부 사내 프랭크 블레이크의 대사를 동남 방언으로 옮기는 과정에 도움을 주신 장민재 님께 감사드린다. 비록 편집자와 협의를 거치는 과정에서 다시 표준어를 사용하게 되었으나 작업 과정에서 방언의 이용에 관해 많이 배울 수 있었으며, 그 흔적은 지금도 은밀하게 이 번역본에 남아있다. 노파심에 덧붙여 두자면, 원문에서도 맥베인은 프랭크가 사용하는 어휘 자체를 과격하게 변형하여 남부 방언을 만들어 내려 애쓰지는 않는다. '두터운 남부 액센트가 뚝뚝 떨어졌다'는 표현에서 짐작할 수 있듯 프랭크의 남부 방언은 글말로는 좀처럼 표현되지 않는, 음성적인 차원에서 발현되는 것이다. 따라서 대사 자체는 표준어로 번역해도 별 차이가 없으리라는 결정을 내렸다.

끝으로, 본 역서는 2003년 Orion Books에서 출간한 페이퍼백판을 저본으로 삼았음을 밝혀 둔다. 아울러 번역이 부족한 부분이 있다면 독자 여러분의 따가운 비판을 부탁드린다. 그러나 무엇보다도, 그 따가운 비판이 증쇄를 통해 실효를 거둘 수 있을 만큼의 판매량이 확보되기를 바란다. 그리하여 최근 다시 일어나고 있는 에드 맥베인과 87분서 시리즈를 향한 관심이 계속되는 데에 이 책 또한 일조할 수 있기를 바라마지 않는다.

2013년 6월 6일
마침 생일이네
홍지로

죄 없는 사람이 먼저 돌을 던져라

『킹의 몸값』은 87분서 시리즈 10번째 작품으로 『살의의 쐐기』 다음다음 작품이다.

제목을 짓는 에드 맥베인의 센스에 종종 감탄하곤 한다. 이 작품의 제목은 『살의의 쐐기』처럼 중의적인 데다 작가의 장난기까지 첨가됐다. '왕의 몸값King's ransom'은 관용적인 표현으로 '막대한 돈'을 뜻한다. 맥베인은 본 작품에서 이 관용어의 'king'을 등장인물의 이름으로 설정하고, 'ransom'에서 유괴를 착안한 다음 독자들에게 얄궂은 질문을 던진다. 『살의의 쐐기』를 읽고 개성 강한 형사들의 좌충우돌 활약을 기대하며 이 책을 집어 든 독자라면 형사들의 활약보다 킹의 주변 상황에 대해 더 많은 지면이 할애된 것에 실망할지도 모른다. 유괴로 인해 고통스러워하는 당사자와 주변 인물보다 남의 아이의 목숨을 놓고 자신의 파멸을 고민해야 하는 인물의 심리에 초점을 맞춘 『킹의 몸값』은 87분서 시리즈 중에서 가장 철학적인 냄새를 풍긴다고 할 수 있다. 누가 쉽사리 더글러스 킹에게 돌을 던질 수 있으랴. 가난의 상처 때문에 출세지향주의자가 된 킹을 두고 누가 쉽게 악인이라고 단정할 수 있겠는가. 작중 카렐라의 말처럼 언젠가는 그도 죗값을 치를 날이 올지 모르지만 배금주의가 만연한 이 세상에는 오히려 다이앤의 결단이 낯설게 느껴진다.

끝으로, 본문 중 "……병장이었죠. 오등급 기술병이오."(P.261)라는 대목에 군대 고증 문제에 민감한 독자들을 위해 역자가, '원문은 "……a sergeant, a T-five."이지만 2차 세계대전 당시 미 육군 계급 체계에서 5등급 기술병T-five은 병장sergeant이 아니라 상병corporal에 해당한다. 작가의 착오로 추정된다.'라는 주를 달았는데 중요하지 않다는 판단하에 삭제하기로 결정했다. 87분서 시리즈를 읽다 보면 에드 맥베인의 착오, 혹은 건망증(?)이 종종 눈에 띈다. 『살의의 쐐기』결말 부분에서는 형사실에 갇힌 형사들의 이름이 한 명씩 열거되는데 유독 브라운 형사만 잊힌 존재가 되고 만다. 브라운 형사가 보란 듯이 활약하는 작품을 기대해 본다.

편집자/박세진

킹의 몸값
KING'S RANSOM

초판1쇄 발행 2013년 7월 1일

지은이 | 에드 맥베인
옮긴이 | 홍지로
발행인 | 박세진
편 집 | 이도훈
교 정 | 문소희, 박은영, 심완선, 윤숙영, 이형일, 정유선
표지디자인 | 허은정
용 지 | 두송지업
인 쇄 | 대덕문화사
제 본 | 자현제책사

펴낸곳 | 피니스 아프리카에
출판등록 | 2010년 10월 12일 제25100-2010-000041호
주소 | 143-220 서울시 광진구 중곡동 639-9 동명빌딩 7층
전화 | 02-3436-8813
팩스 | 02-6442-8814
블로그 | www.finisafricae.co.kr
메일 | finisaf@naver.com